Efratia Gitai

EM TEMPOS COMO ESTES

Correspondência, 1929-94

Organização Rivka Gitai
Tradução Paulo Geiger

Minha mãe, Efratia, queria preservar traços de seu passado. Por motivos conscientes ou inconscientes, ela guardou suas cartas e por vezes pediu aos destinatários que as devolvessem. Sabia que esse seria um meio para compreender o destino de nosso país, como se à sua história íntima se incorporasse a história de Israel. Seus relatos me ajudaram a compreender e a fazer perguntas.

A introdução desta correspondência se baseia em nossas conversas, que foram gravadas e depois transcritas.

Amos Gitai

INTRODUÇÃO

Um dia, Jonathan – filho do meu primo Ephraim Broïde, que por sua vez era primo de Zvi Luria – foi visitar a avó, prima da minha mãe, que vivia num retiro para idosos no monte Carmelo. Eu o acompanhei e levei comigo meu filho Amos, que devia ter uns seis anos. A avó se acomodou bem antes de se dirigir a seu neto Jonathan, e a Amos, neto de sua prima. Falou longamente sobre os parentes da mãe de cada um deles e as ramificações da árvore genealógica da família, que incluíam sábios, criadores da Cabala (do lado dos Luria),[1] rabinos e grandes comerciantes... Seu hino à glória familiar ainda ressoava em nossos ouvidos quando voltamos para casa. "Mamãe", Amos me perguntou, "por que você nunca me disse que vinha de uma família tão importante e conhecida?" "Eu mesma não sabia", respondi. Pouco depois, quando devolvi a pergunta a minha mãe, ela me disse: "Efratia, conheci rabinos que eram homens sábios, com um grande coração. E também conheci rabinos maus, egoístas, obcecados por seus pergaminhos. Conheci pessoas ricas que contribuíram para a cultura e a prosperidade dos outros, e pessoas ricas que eram avarentas e só pensavam em dinheiro. Conheci pessoas simples que eram boas e sábias, e outras que não eram. Então decidi que julgaria os seres humanos não em função da educação que receberam dos pais, nem da riqueza, mas com base nas pessoas que eram".

---

1. Referência a Isaac Luria (1534-72), chamado *Haari Hakadosh*, o Leão Sagrado, que revolucionou o misticismo judaico com as revelações da Cabala e a decifração do *Zohar*, o livro magno da Cabala. [Todas as notas da Introdução são do tradutor, salvo indicação contrária.]

Essas palavras foram ditas há muito tempo. Minha mãe morreu poucos anos depois, numa noite de *shabat*, durante a festa de Chanuká,[1] em 30 de dezembro de 1957. Era muito bonita (não me pareço com ela), gentil e digna, e meu pai a chamava de Esther Hamalká, a rainha Ester.

Ela nasceu em Bialystok – então na Rússia – em 1885, sob o reinado do tsar Nicolau II. Na juventude, foi presa por sua atividade sionista, ela e duas amigas: Sônia, irmã daquele que viria a ser meu pai, e Hassia Feinsold, que mais tarde se casou com Eleazar Sukenik, o arqueólogo que descobriu os manuscritos do mar Morto. As atividades sionistas haviam sido proibidas desde que uma grande onda de pogrons tinha varrido a Rússia. A comunidade judaica protestou contra a prisão das moças e elas foram libertadas. Sônia falou a seu irmão sobre Esther, que tinha confortado as amigas na prisão. "Uma mulher como essa poderia ser minha esposa", disse Eliyahu, "e ir comigo para a Terra de Israel. A vida lá é dura e exige pessoas corajosas como ela." Minha mãe imigrou em 1907, um ano depois dele. Seus pais, religiosos ortodoxos, fizeram *shivá* como se ela tivesse morrido, por não ter esperado a chegada do Messias para ir à Terra Santa.

Após uma longa e cansativa viagem de trem, ela embarcou num navio turco. A bordo, contraiu disenteria. O capitão estava prestes a jogá-la ao mar para impedir o contágio e a disseminação da doença, quando um jovem casal interveio e se dispôs a cuidar dela. Eles puseram seus filhos no convés, abrigaram Esther em sua pequena cabine e trataram dela até o navio chegar a Haifa.

Quando meu avô paterno morreu, meu pai tinha catorze anos e mudou seu sobrenome de Margalit (Margulies) para

---

1. Ver o Glossário (p. 279) para explicações sobre as festas judaicas e também para traduções livres das expressões idiomáticas presentes no texto.

Vista da baía de Haifa, 1905

Munschik, como era comum para escapar do serviço militar.[1] Ele imigrou para Erets Israel[2] em 1905 e, ao chegar, trabalhou em Kfar Saba para um tio, Dov Ber Margalit, que lhe concedeu um terreno com 48 mil metros quadrados para plantar laranjeiras e amendoeiras. De lá ele foi para Petach Tikva, depois para Jaffa, onde fundou a fábrica de óleo Atid (Futuro). Os imigrantes da Segunda Aliá,[3] além de realizar um árduo trabalho físico, dedicavam-se à militância comunitária, fundando instituições. Meu pai, por exemplo, tornou-se um dos redatores do

---

1. O serviço militar era feito, então, aos 25 anos.
2. Erets Israel, Terra de Israel, ou simplesmente Erets, ou Arets, é como os judeus se referiam à terra que fora sua pátria no passado, chamada pelos romanos, quando conquistaram a Judeia, de Palestina.
3. *Aliá*, em hebraico, significa "ascensão", "subida", termo usado para indicar imigração individual ou em grupo para Erets Israel. As levas de imigração foram divididas nestas fases: Primeira Aliá (1881-1902), Segunda Aliá (1904-14), Terceira Aliá (1919-23), Quarta Aliá (1924-28) e Quinta Aliá (1929-39). [N. E.]

jornal semanal publicado pelo *Hapoel Hatsair*,[1] que era um dos dois maiores partidos trabalhistas. O outro era o Achdut Avodá Poalei Tsion (União dos Trabalhadores de Sion), liderado por Ben-Gurion e Berl Katznelson. No *Hapoel Hatsair* havia muitos imigrantes da Segunda Aliá, a maioria com residência em Haifa.

Quando meus pais finalmente resolveram se casar, a cerimônia foi realizada em volta de um poço em Jaffa, conduzida pelo grão-rabino Kook, que quis demonstrar seu respeito pelos pioneiros "de pés descalços". Eles dançaram a noite toda em torno do poço, a ponto de molhar a roupa de suor. Foi um momento de grande alegria.

—

Nasci em 28 de agosto de 1909 e fui considerada a "filha mais velha" da Segunda Aliá. O país era, então, um deserto: nenhuma sombra, nenhuma árvore... Foi muito difícil para pessoas refinadas como meus pais e outros de seu grupo.

Quando eu tinha um ano, meus pais voltaram para a Rússia. Papai pretendia organizar e ajudar grupos que queriam imigrar para Erets Israel, mas na verdade acabou se dedicando a ajudar a *chamula* a imigrar: os Fink, os Broïde, os Luria e os Novik (parentes do marido de sua irmã Sônia). Reuniu todos eles na fronteira da Letônia, numa grande propriedade rural onde nasceu minha irmã Rachel.

Com o estouro da Primeira Guerra Mundial, a família se retirou para um lugar a leste de Moscou, mas, por lei, os judeus eram proibidos de morar lá. Eles se mudaram para Nijni Novgorod, uma cidade bonita, numa colina junto ao rio Volga, e lá

---

1. O *Hapoel Hatsair* (O Jovem Trabalhador) foi um partido sionista socialista fundado na Palestina em 1905 por imigrantes judeus da Rússia, inclusive Yossef Aharonovitz e sua mulher, a escritora Dvora Baron. Seus objetivos incluíam a "conquista do trabalho" pelos trabalhadores de Erets Israel, a defesa de seus interesses e a difusão da língua e cultura hebraicas. [N. E.]

Esther e Elyahu, os pais de Efratia, c. 1907, chegando a Jaffa.
Efratia com um ano de idade, Haifa, 1910.

meu pai e o cunhado dele estabeleceram uma fábrica de botas. Meu pai era o homem das ideias e do gerenciamento, enquanto tio Novik cuidava da fabricação. Embora a fome grassasse durante a guerra, eles enriqueceram vendendo botas.

Papai, que se recusou a me matricular numa escola russa, criou um jardim de infância hebraico, um verdadeiro paraíso cercado de natureza. Em casa falávamos *rak ivrit*, verdadeiro milagre, segundo os judeus que nos visitavam. Um dia, lendo um jornal russo, ele viu o anúncio de um refugiado judeu à procura de trabalho, um professor temporariamente instalado em Odessa: esse homem acabou se tornando nosso professor de hebraico. Ativistas do movimento dos pioneiros,[1] meus pais

---

1. Movimento que pregava, propagava e implementava a ideia e a ação de imigrar para Erets Israel na qualidade de "pioneiro", geralmente para trabalhar na agricultura ou em serviços de infraestrutura, como construção de estradas, edificações etc.

As famílias Novik e Munschik-Margalit (da esquerda para a direita): Kalman, Sonia e Ephraim; Rachel, Sarah, Esther, Ygal, Elyahu e Efratia, em Nijni Novgorod, 1915.

iam a reuniões pela Rússia toda, e nós ficávamos em casa, que era bem grande. Eu tocava piano, nós dançávamos – lembro-me da colcha bordada da cama de casal, que enrolávamos no corpo para dançar – e passeávamos nos bosques. A neve não nos impedia de brincar.

Em 1915 ou 1916, os judeus foram expulsos de Nijni Novgorod. Mudamos para Malakhovka, uma aldeia de aristocratas perto de Moscou, onde meu pai conseguiu alugar um dos inúmeros palácios. Vivemos lá vários meses com nosso tutor e nossa governanta, uma camponesa russa. Foi em Moscou, em 11 de novembro de 1917, que meu irmão Yigal nasceu, um ano depois de minha irmã Sarah. Quando mamãe deu à luz no hospital, meu pai lhe levou um ramo de flores do tamanho de uma criança. Durante a comemoração do *brit milá*, ouvimos à distância o troar dos canhões. A revolução tinha começado. Lembro-me de ter pegado o telefone para ligar para uma amiga, mas o serviço telefônico tinha sido cortado. Os comunistas haviam tomado o poder. Papai decidiu que era preciso ir embora e sugeriu ao Exército russo que providenciasse um trem para evacuar refugiados letões e lituanos, já que muitos grupos étnicos estavam tentando repatriar seus soldados. Ele ficou encarregado dos lituanos, e toda a nossa pequena *chamula* embarcou num vagão que nos foi fornecido. Não havia combustível suficiente, estávamos com fome, e me vêm à memória lembranças muito duras do antissemitismo que enfrentamos naquela ocasião. Os letões interceptaram o trem e acusaram os judeus de terem roubado combustível e suprimentos. Fomos condenados à morte. Ainda vejo meu pai de pé nos degraus do vagão e nós atrás dele, agarrados à mamãe. Ele perguntou aos letões, citando o livro de Samuel em russo: "De quem foi que tomei um boi, e de quem foi que tomei um jumento?". Então sugeriu que enviassem um grupo para revistar nosso vagão. Nossas malas e pertences pessoais foram revistados, nada foi encontrado. Quando estávamos prontos para partir, as rodas tinham congelado. Meu pai requisitou toda a gasolina e manteiga disponíveis – as rodas foram untadas e o trem pôde seguir viagem.

Depois de muitos solavancos, reviravoltas e desvios, finalmente chegamos a Bialystok, onde familiares de meu pai nos esperavam. Dois anos mais tarde, em 1920, embarcamos em nossa jornada de volta a Erets Israel. Tomamos um trem e fomos obrigados a parar em Viena; ficamos lá um mês, com outros ativistas sionistas. Antes de partir, minha mãe havia reunido tudo o que tínhamos num grande *sanduk*, espécie de contêiner: utensílios de cozinha, cortinas, casacos, castiçais de prata, dois baús de madeira cheios de enciclopédias russas e livros em russo e em hebraico. Todos esses pertences foram roubados quando chegamos à Itália, pouco tempo depois – os ladrões provavelmente pensaram que, por serem muito pesados, os baús contivessem ouro. Tudo o que nós, crianças, possuíamos eram as trouxinhas que mamãe fizera para cada um de nós.

Em Trieste, embarcamos no navio *Allouan* com destino a Alexandria, onde comemoramos Shavuot, a festa de Pentecostes. De lá tomamos um barco para Jaffa e, ao chegar, encontramos à nossa espera Nahum Tversky, um amigo do meu pai. Fomos morar no térreo do sobrado dele, na rua Chelouche. Tínhamos três quartos, todos com belos ladrilhos alemães. Lembro-me do jarro de água fresca num canto. Ainda hoje me vejo lavando o chão ou lendo estirada numa esteira de vime. *Haiá kef!*

Em 1921, o grande escritor Yossef Haim Brenner foi assassinado. Defensor da coexistência pacífica entre judeus e árabes, ele vivia no distrito árabe de Jaffa. Do nosso telhado, mamãe e eu vimos os arruaceiros árabes se dirigindo a Neve Shalom e Neve Tsedek aos gritos de "Alá, Maomé!". Fomos nos refugiar nas cercanias de Neve Tsedek, em um dos prédios novos, de três andares.

Naqueles tempos não éramos nem pobres nem abastados. Foi uma época de grandes esperanças, amizades, camaradagem, da beleza que existe na simplicidade. Adorávamos ler os livros publicados por Shoshana Persitz, uma senhora muito interessante que tinha imigrado da Rússia tsarista e cuja editora traduzia o que de melhor havia na literatura mundial. Aqueles livros transcendiam as fronteiras do mundo dos jovens sabras[1] que éramos. Não tínhamos cinema nem teatro: a luz que nos iluminava vinha de dentro, dos amigos e das interações. Os psicólogos se referem frequentemente à idade da rebeldia, porém não nos revoltávamos contra a geração dos nossos pais. Não queríamos uma ruptura, mas continuar o que eles tinham começado. A regra vigente nas famílias era de respeito mútuo. Não que todos concordassem com tudo, no entanto sempre havia debates sérios sobre os problemas do país e do mundo. Meus pais não eram religiosos – na verdade, eram antirreligiosos. Os pioneiros diziam que a missão deles era propiciar a vinda do Messias. E meus pais respondiam: "Não estamos esperando por ele!". Meu pai nunca pôs o pé numa sinagoga em Erets Israel. Era um homem de princípios.

Ele e alguns amigos decidiram comprar terrenos em Tel Aviv, entre Tel Nordau, a rua Haiarkon, a rua Dizengoff e a rua Frischman. Eles chamaram essa região de Mopkassim (contração de *morim*, *pkidim*, *sofrim*, isto é, "professores, funcionários de escritório, escritores"). A ideia era construir pequenas casas para cada família. Depois de comprá-los, eles sortearam entre si qual terreno caberia a cada um, e a meus pais coube o da rua Haiarkon, de frente para o mar... Havia três quartos, e, como eu era a mais velha, fiquei com o que tinha vista para o

---

1. O sabra é um cacto cujo fruto é muito espinhento por fora, mas muito doce por dentro, características atribuídas aos jovens nascidos em Erets Israel. Daí a denominação dessas pessoas.

mar: eu quase podia abrir a janela e pular na água. Na terceira casa depois da nossa, morava Arie Yoffe, um professor que mais tarde dirigiu nossa escola em Neve Tsedek, e cuja filha, Rivka, era minha melhor amiga.

Em nossos estudos secundários, frequentamos o Colégio Herzliya. Ainda não havia ruas nem calçadas, assim íamos para a escola descalços, em passarelas de madeira, levando os sapatos nas mãos. Muito já se escreveu sobre essa grande escola, mas hoje meus netos, que encaram os estudos e as notas com grande seriedade, ficam chocados quando lhes digo que o que realmente nos interessava era a convivência. O que experimentamos então foi muito intenso, porém não estudávamos, no sentido tradicional do termo. Éramos muito próximos a Baruch Ben Yeudah, o professor de Matemática, que sonhava com um ambiente que satisfizesse todas as nossas expectativas: estudos, interação social, experiência em agricultura... O poeta Chaim Nachman Bialik foi quem entregou nossos diplomas, e o poeta Shaul Tchernikhovsky era o médico da escola.[1]

Na 7ª série, Yona, Bruria Ben Yaakov – que eram da Ucrânia –, Rivka Yoffe e eu, assim como outros colegas, formamos os *chuguim*, grupos de estudo e discussão. Nossos objetivos eram sionistas e socialistas, mas não queríamos bandeira, uniforme ou hino. Para aprender mais sobre o surgimento dos movimentos operários, convidamos os líderes preeminentes da época: Moshe Shertock[2] falou sobre movimentos socialistas e obreiros na Grã-Bretanha; Berl Katznelson e Yossef Aharonovitz discorreram sobre a estruturação de instituições trabalhistas; Mania Shohat nos contou a história da organização

---

1. Esses dois poetas estão entre os maiores, se é que não são os maiores, da literatura hebraica moderna.
2. Depois, tendo mudado o nome para Moshe Sharet, foi ministro do Exterior e primeiro-ministro de Israel.

Hanka, Rivka, Efratia e Yona (da esquerda para a direita) ao redor de Baruch Ben Yeudah, seu professor no Colégio Herzliya, em Tel Aviv, 1925.

Hashomer.[1] Pouco depois, decidimos transformar os *chuguim* num movimento nacional e nos encontramos com os Tsofim, de Jerusalém, liderados pelo dr. Schwabe, um intelectual alemão profundamente influenciado pelo Wandervogel, um movimento que pregava a volta à natureza. Quando Katriel Katz e eu fomos vê-los, estavam sentados no chão, descalços, em volta de uma mesa em forma de U. Depois de trocarmos algumas ideias, Yossef Meynhas, que provinha de uma família sefardita, convidou-nos para ir a sua casa, no bairro judeu da Cidade Velha. Naquela época não havia racismo nas relações entre sefarditas e asquenazitas. Foi assim que nasceu o movimento dos Machanot Olim (Campos dos Olim, de imigrantes pioneiros).

—

No ano em que cursávamos a penúltima série do ensino médio, minha amiga Hanka Weinberg desapareceu. Correu o boato de que ela fora para Haifa, onde o porto estava sendo edificado, e que ela havia passado as férias empurrando carrinhos com cimento na construção das fundações. Hanka desapareceu novamente em 1928, no final de nosso último ano no colégio. Tinha recebido uma proposta para ensinar em Aden, ainda sob domínio britânico, e foi embora sem dizer nada a ninguém. Passou um ano inteiro ensinando judeus iemenitas a ler, escrever e falar hebraico. Ganhou cinquenta libras esterlinas – então uma fortuna – e voltou para Tel Aviv.

Após o ensino médio, minhas amigas Yona e Rivka e eu decidimos ir para o *kibutz* Ginegar, na Baixa Galileia. A única maneira de chegar lá era pegar o ônibus árabe que passava por Nablus. Cantamos canções em russo e em hebraico durante

---

1. Organização criada na comunidade judaica da Palestina para guardar e defender colônias e estabelecimentos judaicos de ataques dos árabes, muito comuns na época. Hashomer quer dizer "guarda".

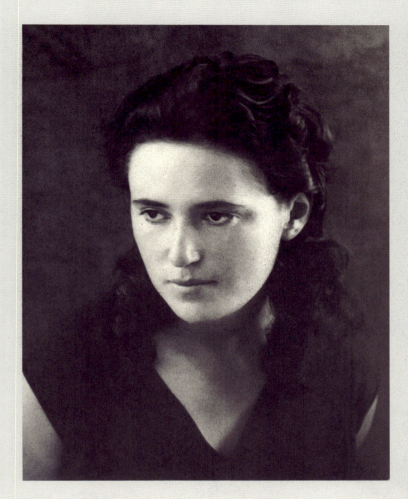

Efratia c. 1927.

todo o percurso. Foi uma sensação estranha: os assassinatos e conflitos de um lado, um sentimento de tranquila felicidade de outro. Paramos no *kibutz* Bet, que depois recebeu o nome de Mishmar Haemek. Não havia nada para comer. Todos estavam sentados no chão em torno de Yaakov Chazan, que vestia um casaco de pele, e cantavam, acompanhando a música com

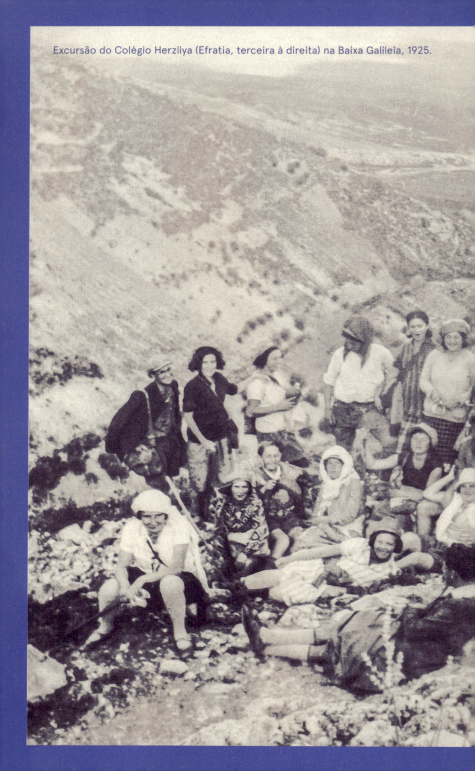
Excursão do Colégio Herzliya (Efratia, terceira à direita) na Baixa Galileia, 1925.

Duas das fundadoras do grupo dos Chuguim — Efratia (quarta à esquerda), Yona Ben Yaakov (segunda à direita) — em visita à escola agrícola de Mikveh Israel, 1926.

Excursão do Colégio Herzliya (Efratia, sentada embaixo à direita) em Nahalal, na Galileia, 1926.

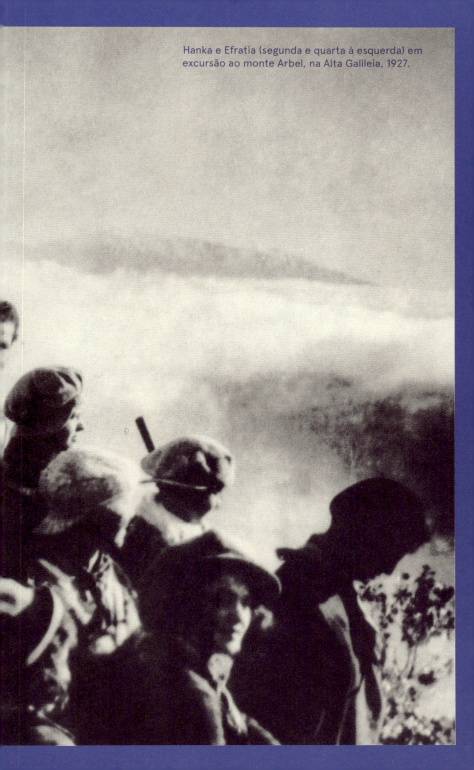

Hanka e Efratia (segunda e quarta à esquerda) em excursão ao monte Arbel, na Alta Galileia, 1927.

Excursão a Massada, nas margens do Mar Morto, 1927.

utensílios de cozinha. As panelas eram instrumentos de percussão e as tampas, os címbalos. Foi maravilhoso. Quando se levantaram para dançar *hora*, nós nos juntamos à roda. Chegamos a Ginegar no meio de uma noite chuvosa. Na manhã seguinte, fomos chamadas para participar do plantio da floresta Balfour. Um burro puxava um arado, abrindo sulcos, e íamos atrás, passo a passo; nós nos curvávamos e plantávamos pequenas mudas no sulco, e pouco depois havia uma fileira de pequenos pinheiros. Aguentei ficar lá durante sete meses.

Era inverno. Não quis voltar para casa. Meu pai permitiu que eu me alojasse no banheiro da Hasneh, uma companhia de seguros que ele dirigia na rua Nachlat Binyamin. Um colchão de palha na banheira, sobre o qual pusemos um colchão de verdade, lençóis e um cobertor, um pequeno tapete e na parede uma pintura de Shaltz sobre o Cântico dos Cânticos... Todo o pessoal que trabalhava na Hasneh foi admirar a transformação de um banheiro no palácio de uma dama.

Para não nos sentirmos provincianas, minhas amigas – Yardena Cohen, Yemima Tchernovitz, Leah Kassel e Hanka Weinberg – e eu decidimos estudar em Viena. Resolvi estudar psicologia e sociologia. Meus pais me ofereceram quatro libras por mês para o meu sustento e as despesas na universidade, mas eu lhes disse que não precisava de dinheiro nem de diploma, algo de que sempre me arrependi.

Viena era a meca da Europa. Uma ilha de cultura dentro da conservadora Áustria. A cidade era cercada por uma floresta. Em Erets Israel não havia árvores, nem sombra, nem outono. Tínhamos pouco dinheiro, mas mundos inteiros se abriam para nós – música, teatro, estudos universitários, a paisagem... Mergulhamos num mar de sensações. Assisti a conferências de Charlotte Bieler e Otto Bauer sobre marxismo social-democrático e estudei psicologia individual (psicologia das diferenças) com Anna Freud e Alfred Adler. Freud estava nos Estados

Unidos na época, no entanto seus alunos mais importantes tinham ficado em Viena. Tenho gravadas na memória conferências sobre psicanálise e interpretação de sonhos. Viena era uma janela para uma Europa humanista e criativa. Foi lá que nasceu a ideia de moradia pública, bem como o sistema educacional socialista e jardins de infância para crianças da classe trabalhadora. Aquele ano nos enriqueceu muito.

Em 1932, numa excursão a Berlim, vi Adolf Hitler falando na Alexanderplatz. O discurso era ardente, enlouquecido, cheio de ódio. Decidi que era tempo de voltar para Erets Israel, chegara o momento de realizar meu ideal de viver num *kibutz*. Não sei por que escolhi o *kibutz* Ein Hachoresh, do Hashomer Hatsair,[1] nas proximidades de Guivat Chaim. Em 1933, aquela região sofreu um surto de malária. Grande parte dos *kibutzniks* adoeceu. Em geral eram de Varsóvia, figuras muito interessantes. A vida em Ein Hachoresh foi dura para mim. Eu não era de Varsóvia nem de nenhum outro lugar da Polônia, era uma sabra. No *kibutz* a vida é difícil para uma pessoa sozinha ou de fora. Não estou querendo dizer que tenha sido maltratada por ser de fora, mas me senti um pouco alijada. Lavei muita louça. As pessoas que trabalhavam na cozinha não eram realmente o tipo de gente com quem eu gostaria de criar um vínculo. Deixei Ein Hachoresh depois de dez meses e, de certa forma, senti que isso representava o fim dos meus ideais quanto à vida num *kibutz*.

Como tinha estudado educação e psicologia, recebi uma proposta de trabalho numa escola em Hadar HaCarmel, em

---

1. Movimento juvenil sionista fundado em 1913 em Lvov, na Galícia polonesa. Com base na ideologia marxista, em 1920 o Hashomer Hatsair passou a exigir de seus membros que imigrassem para Erets Israel com o propósito de fundar *kibutzim* (Beit Alfa, Gan Shmuel, Mishmar Haemek etc.). Comprometido com as lutas sociais, assim como outros movimentos operários no mundo, seguia um programa educacional com seus *chanichim* (educandos) no sentido de incentivá-los a imigrar. O movimento ainda existe em vários países, inclusive em Israel e no Brasil.

Haifa. Foi logo antes de conhecer Munio. Fui assistir a um show em um centro cultural em Haifa e ele estava sentado atrás de mim, com seu irmão, Shlomo, os dois recém-imigrados. Munio e eu conversamos durante o intervalo e depois nos encontramos novamente. Nossa história de amor começou com a arquitetura. Com seu jeito maravilhoso de falar sobre a Bauhaus, ele me oferecia o vislumbre de um mundo desconhecido. Eu era uma jovem professora, e o relacionamento entre ofício e arte me intrigou. A Bauhaus tinha estado na vanguarda da modernidade em muitas áreas, era um lugar em que os estudos eram muito diferentes dos tradicionais – os professores eram parte da comunidade de estudantes. Munio conhecera os grandes, como Kandinsky, Paul Klee e Moholy-Nagy, além do diretor, Mies van der Rohe, com quem trabalhou no último projeto em Berlim antes de Hitler assumir o poder. Os estudantes na Bauhaus foram influenciados por Erwin Piscator e Oskar Schlemmer. Munio conheceu os mais renomados arquitetos do século XX: Walter Gropius, Hannes Meyer e Marcel Breuer. Ele pensava ser possível libertar o indivíduo e criar um mundo ideal por meio da arquitetura. Lembro-me de um lema da Bauhaus que ele citava frequentemente: "Um apartamento mal projetado é capaz de matar como um machado".

Munio era dono de muitos talentos. Sua intuição visual aguçada permitiu que ele aprimorasse seus talentos arquitetônicos entre os mestres de nossos tempos. Tinha apenas vinte e poucos anos. Eu sempre me perguntava como um jovem que crescera na cidade de Bielitz, na Silésia (hoje Bielsko-Biala, na Polônia), numa família tradicional, tivera a inteligência de ir até Berlim aos dezenove anos, para conhecer Walter Gropius e ser aceito na radiante escola de vanguarda da arte e da arquitetura.

Depois do nosso casamento, em Tel Aviv, fomos viver em Haifa, num grande apartamento de dois quartos, situado em um porão na rua Nordau. Ocupávamos um quarto, e os pais dele, o outro. Eram religiosos praticantes, de outra geração, mas nos demos bem. Munio conseguiu emprego como arquiteto, para fazer o levantamento das areias em Kiryat Bialik, uma cidade perto de Haifa. Era um trabalho muito difícil.

Munio nasceu na Galícia, na Polônia. Durante a Primeira Guerra Mundial, seu pai ingressou no Exército austro-húngaro, deixando a mulher com quatro filhos. Passaram muitas necessidades, conheceram a fome, e a saúde de Munio foi precária pelo resto da vida.

Em 1936, um ano depois do nosso casamento, ele foi convidado para projetar o pavilhão alusivo ao estabelecimento judaico em Erets Israel, na Feira do Oriente, em Tel Aviv, e permaneceu alguns meses por lá. Foi nesse período que comecei a trabalhar na escola dos *chuguim*. Um dia, quando estava ensinando o Gênese, um garoto chamado Gabi Warburg me perguntou: "Por que Deus puniu Adão por ter errado, apesar de ele ainda não saber a diferença entre o bem e o mal?". Uma pergunta muito avançada para um menino de sete anos. A classe ficou em silêncio. "Bem, o que você pensa?", devolvi. "Ele não sabia a diferença entre o bem e o mal, mas tinha orelhas e ouviu quando Deus lhe disse para não comer da árvore do conhecimento", ele respondeu. Não me esqueci disso.

Eu não ensinava o Gênese da maneira tradicional, mas o interpretava como um livro educativo sobre relacionamentos humanos e a família. Estimulava as crianças a fazer perguntas. Encenávamos pequenos esquetes da Bíblia com a ajuda de minha amiga Yardena Cohen, que tinha estudado dança em Viena e em Dresden. Munio construía os cenários, aptidão desenvolvida no tempo em que trabalhou com Oskar Schlemmer na Bauhaus, em Dessau.

Em 1937, ainda morávamos na rua Nordau, em Haifa, quando dei à luz um bebê maravilhoso, Dan. Eu o amamentava e depois voltava para o trabalho, deixando-o aos cuidados de uma vizi-

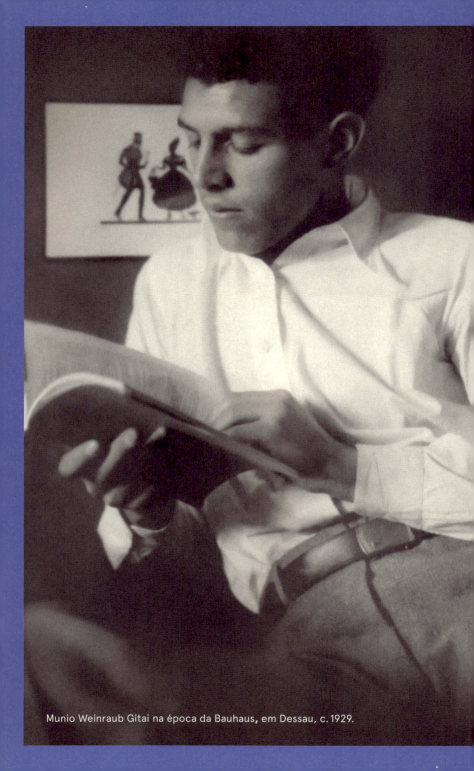

Munio Weinraub Gitai na época da Bauhaus, em Dessau, c. 1929.

nha costureira. Naquela época não contávamos quantas horas trabalhávamos. Tínhamos de nos habituar ao racionamento, morar no subsolo sem geladeira e trabalhar enquanto criávamos um bebê... As condições de vida eram duras. Poucos antes de completar dois anos, Dan morreu de meningite. Naquela época não havia penicilina. Munio ficou arrasado.

Em julho de 1939, ele insistiu para que eu o acompanhasse a Bielitz, numa visita a seu irmão. Queria me mostrar onde havia crescido. A guerra se aproximava, mas mesmo assim fomos para a Polônia. Bielitz era uma cidadezinha adorável perto da fronteira com a Tchecoslováquia. Depois visitamos Zakopane, uma cidade de veraneio. Eu precisava voltar a Erets Israel para o início do ano letivo, mas Munio quis ir para a Suécia, a fim de ver as novidades da arquitetura. Despedimo-nos em Zakopane e fui para Varsóvia e Bialystok, a cidade em que meus pais e eu tínhamos vivido.

Tudo isso aconteceu entre julho e agosto de 1939, algumas semanas antes do início da guerra, quando a Alemanha invadiu a Polônia. Essa viagem despertou em mim perguntas a respeito da capacidade dos homens de prever os acontecimentos. Mesmo Munio, que chegou a ser espancado pelos nazistas, titubeou em deixar a Europa. Era nossa última viagem ao continente. Alguns dias depois, a guerra começou. Foi como que uma despedida dos membros da família, em seguida deportados e exterminados.

Depois de alguns dias em Varsóvia, recebi uma mensagem de um amigo, vinda do *kibutz* Beit Alfa. "O consulado da Inglaterra está instando todos os cidadãos da Palestina a deixar a Polônia. A guerra é iminente." Liguei para Munio e pedi que ele viesse me encontrar. Ele não acreditou na iminência da guerra, mas insisti em que pegasse um táxi e fosse avisar os judeus em Zakopane. Varsóvia estava um caos quando ele chegou. Já tínhamos nossas passagens de trem. Subimos no vagão por uma janela. Fomos para Constanta, um porto da Romênia, e embarcamos num navio. A guerra estourou enquanto ainda estávamos de pé no convés. Era 1º de setembro. Ouvimos o discurso de Churchill enquanto o navio zarpava para Haifa na escuridão.

—

Em 1940, eu estava esperando Guidon e, como todas as mulheres grávidas, tive de sair de Haifa por causa dos bombardeios aéreos dos italianos. Passei algum tempo em Jerusalém com Sarah e às vezes com meus pais. Hanka e seu marido Heruti convidaram-me para ir ao *kibutz* Merchavia, onde viviam. Munio estava de licença no trabalho, por ser Rosh Hashaná, e pediu que eu me encontrasse com ele em Afula. Fazia um calor insuportável, não havia ventilador. Ficamos nus, envoltos em lençóis molhados, lendo Balzac. Eu ria tanto que a bolsa estourou! Voltei para o *kibutz*, e Heruti arranjou uma carroça puxada a cavalo para me levar ao hospital, em Afula. Dei à luz Guidon em outubro de 1940. Amos nasceu dez anos depois, em 11 de outubro de 1950.

Não fui uma mãe perfeita. Ainda assim, tinha certa aptidão nessa área. Minhas cartas atestam isso. Algum dia os pais não vão se intrometer na vida dos filhos depois que eles completarem vinte anos. Eu agi diferente. Continuei a me intrometer. Dediquei muito tempo aos outros, talvez tempo demais. Na bela galeria que é minha vida, encontrei pessoas extraordinárias. Entre elas, usufruí da amizade de um raro grupo de mulheres. Sempre achei que uma sociedade que não respeita as mulheres deve ser aniquilada.

Éramos todas muito ativas, depois ficamos viúvas. É uma arte ser viúva. E é uma arte viver.

Efratia Gitai

Efratia c. 1937

שלום יקירי!

Página anterior: Carta de Efratia, na Polônia,
algumas semanas antes de declarada a guerra.

Efratia[1] para Eliyahu e Esther[2]

Ginegar, 25 de setembro de 1929

Olá, queridos!

Hoje estou relaxando, depois de ter trabalhado um pouco podando árvores. Eles estão se aproveitando de nós e nos pagando cerca de nove ou dez libras esterlinas por dia. Decidimos não trabalhar mais por esse salário.

Eis um dia típico de um trabalhador: ficamos no batente durante o dia e, à noite, lemos, escrevemos ou conversamos. Eu me sinto bem aqui, papai, mesmo que minhas pernas não tenham tempo para se recuperar. Não há sofás!

O ambiente no *kibutz* é agradável. Há muito trabalho, mas também muitos rapazes. Algumas das garotas fazem um pouco de corpo mole. Esta semana chegou uma leva de novos pioneiros, e a juventude de Nes Tsiona[3] organizou uma festa para eles (o que vocês acham disso? Filhos de camponeses organizando uma recepção para novos camponeses!...). Os anfitriões discursaram e fizeram suas saudações. Os recém-chegados insinuaram que estavam mais preocupados com o que aconteceria na manhã seguinte do que com a recepção de boas-vindas. Em outras palavras: "Deem-nos o que fazer!".

Não trabalho mais clandestinamente. Sou uma "funcionária" oficial! Passo a maior parte do tempo no galinheiro.

---

1. Efratia está então com vinte anos. Depois de terminar a escola, foi trabalhar no *kibutz* Ginegar, fundado em 1926, no vale de Jezreel (Baixa Galileia), por pioneiros da Europa oriental.
2. Eliyahu Munschik Margalit (1882-1970), pai de Efratia, era de uma família chassídica da Polônia e da Rússia. Imigrou em 1906, um ano antes de Esther Fink (1885-1957), sua mulher, com quem teve quatro filhos: Efratia, Rachel, Sarah e Yigal.
3. Comunidade fundada em 1883 durante a Primeira Aliá, numa fazenda dirigida por um agricultor de origem alemã.

Efratia (no centro à esquerda) e Chaim Gamzu (ao centro à direita) no *kibutz* Guénigar, 1929.

A atividade exige muito, mas eu gosto. Na produção agrícola, é como no ano passado. Eles começaram a plantar novamente e armazenaram as colheitas antes do início das chuvas. Vocês com certeza ouviram falar do roubo em Tserifin.[1] O vale inteiro está em polvorosa. Foi preciso muito sangue-frio e ousadia para organizar esse ataque. Os ladrões efetivamente atacaram Tserifin! Só se fala disso. Compramos cadeados grandes, temos mais gente nos postos de vigia e estamos tomando muito cuidado. Apesar disso, o estado de espírito é animado. Tivemos um lucro de quatrocentas libras egípcias,[2] e tudo funciona sem problemas. O galinheiro teve um *lucro bruto de 64 libras egípcias*! (Saí-me bem, não acham?)

No próximo sábado seremos anfitriões num encontro de pequenos grupos. Veremos o que eles têm a dizer.

Vou passar mais alguns dias aqui, depois, dentro de uma ou duas semanas, planejo ir até Mikveh Israel.[3] Ainda estou esperando uma resposta para ter certeza. Escrevi a Piat[4] e aguardo sua aprovação.

Meus mais calorosos votos por seu aniversário, papai! Trabalho é vida – desejo o melhor possível para você em seu trabalho!

Viva e trabalhe!

Viva e lute!

Viva e ame a vida!

---

1. O primeiro nome do atual *kibutz* Mizra.
2. Moeda usada na época do Mandato Britânico na Palestina. Tinha mais ou menos o mesmo valor da libra inglesa.
3. Localizada a nordeste de Jaffa e criada em 1870, Mikveh Israel foi a primeira escola agrícola em Erets Israel. Efratia esperava uma resposta do estabelecimento, no qual pretendia trabalhar e ganhar dinheiro para viajar à Europa.
4. Especialista em criação avícola dos Estados Unidos, de quem Efratia era assistente.

Mamãe, *Kif halek? Mabsut?* E vocês, crianças? Sarah,[1] você esteve na assembleia geral do *kibutz*? Me conte o que aconteceu. Como está seu humor, Sarka? E você, Yigal?[2] Deve estar estudando. Acertei? Parabéns por ter passado na prova de inglês. Espero que você não tenha mais provas e possa aproveitar o feriado.

Efratia

P.S.: Mamãe, recebi sua carta. Como você está? Não deixe de se cuidar bem. Se não, quem o fará? Até mesmo o sistema socialista permite que pessoas doentes parem de trabalhar e recebam ajuda. Não desanime, tente se recuperar, descanse e cuide bem de si mesma.

Como vai Ephraim?[3] Dê um alô aos Broïde! Um alô a Rivka. Vou escrever para ela.

Escrevam-me! Saudações a todos vocês.

Efratia para Eliyahu e Esther

Mikveh Israel, 23 de outubro de 1929

Queridos mamãe e papai!

Escrevo sentada a uma mesa em Mikveh Israel. O ser humano não tem descanso: os pensamentos o mantêm num cerco constante: uma, duas, três vezes, um pensamento desencadeia outro. Pensamentos podem se atropelar num caos. No momento em que se quer expressar algo no papel, tudo desaparece.

---

1. A irmã de Efratia, Sarah Margalit, nasceu em 1916 e foi professora.
2. O irmão de Efratia, então com doze anos, nasceu na Rússia em 11 de novembro de 1917 durante a Revolução.
3. O primo paterno de Efratia, Ephraim Broïde, nasceu na Polônia (1912-94). Editor de *Molad*, jornal literário publicado na Palestina, foi um dos primeiros tradutores de Shakespeare para o hebraico.

A sensação é de vazio, um grande vazio. Eu me sentia assim até quando não estava tentando escrever a vocês sobre meus sentimentos. Esta carta seria muito longa se eu respondesse a todas as suas perguntas! E pensar que estou sentindo essas coisas enquanto lançamos os fundamentos de uma nova era. Não podemos continuar assim. Para mim está claro que, se eu quiser fazer alguma coisa, terei de fazê-la com minhas próprias mãos. Ninguém pode me ajudar, e, se eu fracassar, bem, terei de arcar com as consequências. Tenho de travar uma guerra de sobrevivência comigo mesma. Cada pessoa deve planejar a própria vida. Se falhar, pagarei o preço por isso. Se não conseguir, cabe a mim lidar com a decepção. Sei que isso não é muito romântico, mas não vou mudar minha maneira de pensar.

Se a situação está ficando particularmente difícil, é sinal de que não estamos nos entendendo. Papai, você preferiria que eu seguisse o exemplo dos imigrantes da Segunda Aliá, que se identificaram com a "religião do trabalho",[1] ou que fosse uma pessoa urbana, com valores urbanos? (foi o que entendi de sua carta). Parece que você acha que essa segunda via seria a correta para alguém com meu temperamento. Gostaria de falar mais sobre isso, mas não estou a fim neste momento. Além disso, você está se esquecendo de uma coisa: eu nem era nascida quando o *Hapoel Hatsair* surgiu![2] Esse período acabou. Estamos na Quinta Aliá, não na segunda! As duas têm raízes profundas, mas cada uma tem valores e expectativas próprios. Não quero viver de acordo com os valores da Segunda Aliá. Quando tinha a minha idade, você abraçou os valores do *Hapoel Hatsair*, enquanto eu me sinto próxima

---

1. Referência a um conceito de valor promovido por Aaron David Gordon (1856-1922). Originário da Rússia, ele foi imigrante da Segunda Aliá e um dos pais espirituais dos movimentos operários em Erets Israel.
2. Ver nota na p. 10.

Efratia na escola de Mikvé Israel.

do Hashomer Hatsair.[1] Você fez uma revolução em sua vida, dedicou seus melhores anos a ela e a serviu com devoção.[2]

Como você, tenho ideais aos quais quero dedicar toda a minha vida; também quero ser um membro leal, mas do Hashomer Hatsair.

---

1. Ver nota na p. 33.
2. Eliyahu foi um dos fundadores do banco Hapoalim, que dirigiu antes de ser diretor da Hasneh, uma companhia de seguros. Seu *background* é típico dos imigrantes da Segunda Aliá – a maioria deles veio da Rússia, e muitos fugiam dos *pogrons*, especialmente dos de Kishinev de 1905. Sua abordagem política era intimamente vinculada à sua identidade judaica. Essa geração trouxe os primeiros partidos operários para Erets Israel, a partir de 1905, a exemplo do *Hapoel Hatsair* e do Poalei Tsion.

Papai, você esquece que também era jovem quando imigrou, que não tinha "aptidão" para o trabalho ao chegar a Erets Israel. Esquece que, quando tinha minha idade, viveu em moradias desconfortáveis e em condições duras (creio que foi até para a prisão).[1] Esquece tudo isso quando se *trata de mim*. Isso é importante. Papai, você se refere a meus ideais como "blá-blá-blá" (e acha que meu ponto de vista é confuso desde que me associei ao Hashomer Hatsair). Isso dói, penso, porque sua incompreensão é grande. Não tenho vontade de me explicar ou de me estender sobre esse assunto. Não há nada a compreender, e vinte páginas não seriam suficientes. Dói, contudo temos de viver com isso. Mas, papai, por favor, saiba que se referir a meus valores como "blá-blá-blá" ou qualquer outra coisa não vai mudar nada. Não quero seguir outro rumo. Acredito neste meu caminho, como você acredita no seu. O que temos aqui é uma discordância de ideias, e a realidade é que vai julgar.

Acredito que exista um terreno comum entre o mundo do trabalho e as exigências da arte. Segundo você, temos de fazer uma escolha entre ser trabalhador (a força do trabalho se reduz a ter pouco e esquecer tudo o que há de positivo na cultura europeia) ou burguês (pequeno-burguês ou de outro tipo). Mas não posso ser nem uma coisa nem outra. Escolhi outro caminho, um caminho difícil em que acredito. Esse é o motivo pelo qual não posso pedir sua ajuda e pelo qual não tenho direito a ela.

Mais uma coisa: convidar uma pessoa significa querer recebê-la e hospedá-la. Assim que sentimos que nossa presença não é desejada, temos de partir na hora. Em várias ocasiões ouvi você dizer (direta ou indiretamente) que minha presença não era bem-vinda. Ouvi e não disse nada.

---

1. Sua prisão foi provocada por ter se recusado a ingressar no Exército tsarista.

Mas decidi acabar com isso. De agora em diante, agirei como se meus pais estivessem no exterior. Vou manter boas relações com eles. Nada como as palavras de mamãe: de longe.

Sua filha,

Efratia

================= **Efratia para Sarah** =================

Viena, 12 de novembro de 1930

Sariku, minha querida irmã,

Recebi sua carta há um mês. Só agora estou respondendo, mas já faz um tempo que queria falar com você.

Não escrevi antes porque meu humor não estava bom para isso (você sabe o que é mau humor?). Não quero escrever só por escrever, artificialmente, não. Sou incapaz disso. A psicologia me ensinou uma lição valiosa e simples: mau humor alimenta confrontações.

Humores são leves como o ar. Não caem do céu. São uma reação. Sim, às vezes as coisas ficam difíceis. Cada um tem seus problemas e humores. Minha vida em Viena não é ociosa, isso eu posso lhe dizer. Uma transição é sempre difícil quando você se vê num ambiente estranho, cercada de gente estranha. Eu sabia disso, mas agora estou experimentando efetivamente.

Creio que isso se tornou um estado "crônico", para mim especificamente, e para o gênero humano em geral, em sua mais profunda essência: somos seres sociais com gostos e modos de compreender a sociedade. Para mim, é doloroso viver longe dos entes queridos, em tempos difíceis e em tempos felizes. Discutir com eles, pensar, compartilhar eventos, viver junto (é o sentido profundo da palavra "viver"). Cresci habituada a estar com eles. Sou particularmente sensível; tenho gostos refinados; sou exigente com os outros... exijo muito de mim mesma e espero o mesmo dos outros.

Aqui, todos são estranhos... Está sendo difícil me integrar. Na verdade, sinto que nunca vou conseguir, a menos que baixe minhas expectativas. Mas como não quero fazer isso, tenho de aprender a duras penas lições sobre solidão e viver sozinha... Bem, isso até que não é tão ruim. Sei que é apenas uma fase. Em Erets Israel vou redescobrir meu ambiente e rever meus próximos. Temos de aprender a sofrer por essas coisas. Estou convencida disso. Existe algo de positivo em tudo isso.

Quem deseja ardentemente alguma coisa tem de aprender a sofrer!

A gente aprende a apreciar e a amar a Terra de Israel. Aprende a acreditar nela. É assim que se pode criar um novo estilo de vida, novos relacionamentos, uma nova cultura.

Minha querida Sariku, somos filhas da mesma família. Nós duas sabemos o que são maus humores. Lembro-me daqueles dias difíceis em que eu podia ficar conversando com Yona durante horas. Ela acabava irrompendo em lágrimas. Rivka Yoffe dizia que o vento trazia esses humores; ela não sabia de onde vinha esse vento ou para onde estava indo. Mas Yona estava triste, e essa tristeza nos arrasava.

Tudo isso é para lhe dizer que há pessoas sensíveis (assim como um filme fotográfico é "sensível" à luz solar, ou o girassol, cuja grande cabeça amarela no meio da flor acompanha o trajeto do sol). Gosto de seres sensíveis (não sentimentais, ou excessivamente emocionais) e não suporto a indiferença. Pessoas devem ser sensíveis às outras (para não aborrecê-las!) e a seus mundos interiores. Mesmo assim, deve-se manter o equilíbrio e não perder o senso do trabalho e da criatividade, ou da luta pela vida.

Se você observar seus estados de espírito, verá que há vezes em que você não quer nada e se torna apática (sinais de fraqueza). Todo mundo deve saber que se vive para criar algo e para tornar a vida mais bela. Sim, há algo de bom nos estados de espírito (enquanto se basearem na crença na vida e na humanidade), mas, quando eles a deixam apática ("que tudo vá para o inferno!"), tornam-se forças negativas e destrutivas que abrigam a morte.

Digo isso (talvez não da maneira adequada) a mim mesma, a você, a nós duas. Só acrescento que as dúvidas e lutas com as quais venho lidando ultimamente não destruíram minha profunda percepção da beleza, minha sede de viver e a fé na humanidade.

Sempre soube (graças à minha sensibilidade) que a vida está cheia de negatividade e feiura. Cada um age de acordo com a maneira como entende as coisas.

Não sou um mero soldado na frente de batalha, mas um soldado devotado, que acredita na vitória. Sei que existe beleza no mundo porque sou sensível; sei que o mundo pode ser belo. É preciso acreditar no mundo, mesmo em tempos de desafios e de adversidade.

Mais algumas palavras. Outra coisa muito importante é o contexto exterior. Algumas pessoas vivem num ambiente que as impede de ver e usufruir a beleza (pobreza, privações etc.). Isso é óbvio. Portanto, é dever de cada um, sobretudo dos jovens que acreditam na beleza, lutar bravamente – é uma guerra difícil, uma guerra santa – para eliminar obstáculos externos, de modo que cada pessoa tenha moradia, pão, liberdade e pelo menos alguma educação.

Estou totalmente consciente de que a igualdade social não vai resolver tudo, mas o pão é prioridade. Lutaremos pelo resto depois. Cada coisa a seu tempo.

Talvez o que estou dizendo não signifique nada para você (mas não acredito nisso, porque os jovens pensam nessas coisas e se preocupam com elas). Eu disse o que penso e contei um pouco sobre minha vida e sobre como vejo as coisas. Essas palavras sobre fé e equilíbrio são tanto para você como para mim, que estou experimentando dificuldades em muitas áreas e às vezes me sinto perdida. Mas acredito na beleza da vida e no ser humano.

Sim, é preciso saber não se render a certos estados de espírito, não pensar que o sol escureceu, que tudo é ruim, e lembrar que a vida na verdade não mudou, que a mesma natureza bela que já me proporcionou tanto prazer continua a existir quando não estou bem, e as mesmas pessoas que são minhas irmãs, que tantas vezes me fazem bem, existem mesmo quando estou deprimida. Isto é – acreditar na beleza mesmo quando se está mal.

Sariku, querida, tudo o que estou dizendo tem a ver com você, é claro. Cultive a sensibilidade e a inteligência, aprofunde os sentimentos, mas saiba que você também tem de aniquilar a escuridão para poder acreditar na beleza da vida e na ideia de que a humanidade é boa, ou ao menos pode ser.

Eis aqui o belo refrão de uma canção alemã de que gosto muito: "Somos jovens e isso é belo".

Nos jovens se encerram tanta beleza e tanto potencial! Acredite em mim, Sariku!

Outra coisa. Tenho de falar com você sobre um assunto muito importante e doloroso. Sarah, você me escreveu sobre algo que lhe é muito caro e suspeita que tenhamos opiniões divergentes. Creio que você tem razão, mas, independentemente disso, tenho muito a dizer sobre esse assunto. Embora sejamos de fato diferentes, talvez minhas palavras a façam mudar de ideia. Para mim, amor é uma palavra sem significado. Cada pessoa tem uma visão própria da vida, cada pessoa tem o *seu* amor. Não há dois que sejam iguais. O que importa é que seja sagrado para cada um, que seja um meio (assim acredito) de elevar o ser humano e torná-lo melhor.

Talvez nisso eu esteja um pouco fora do esquadro. Sou incapaz de amar um homem que não me ame. É assim que é. Tenho certeza de que isso não é bom. Talvez eu não tenha me elevado o bastante, porém é assim. Para mim, amor é harmonia entre dois seres, uma fusão suprema, uma sinfonia feita de todos os acordes interiores, mas sobretudo de harmonia. Na minha opinião, harmonia implica reciprocidade.

Tenho amor-próprio. Quero dizer que amo o que é belo em mim. Se um homem não amar o que é belo em mim, não posso me afinar com o que é belo nele, e não poderemos criar aquela música divina, sublime.

Em resumo, sou assim: às vezes orgulhosa, e isso com certeza não é bom, como já disse; também é possível que eu não tenha me "elevado" o bastante para ser capaz de amar sem reciprocidade. É possível (embora eu não pense assim, pois vejo isso de outra maneira), mas o fato é que não vou providenciar para mim outra alma, só tentarei aprofundar e melhorar a que tenho.

Uma última coisa: como o amor é uma força poderosa e positiva que nos torna melhores e mais sensíveis a nós mesmos e aos outros, temos de resistir às tentações de nos recolhermos em nós mesmos. É perigoso esquecer o mundo à nossa volta. O amor deve elevar o homem e fazer sua alma florescer; deve fazer com que seja melhor para o mundo inteiro, não só para aqueles que ele ama.

Vou parar por aqui. Sinto que fiz confidências para um ouvido atento e um coração aberto. Sariku, minha irmã, me escreva de volta. Conte o que sente, mesmo que discorde completamente de mim. Fale, estou escutando! Dê um beijo em Shulamit[1] e em meus outros amigos, especialmente Ben Yehuda.[2] Estou prestes a escrever para ele, mas diga-lhe que ele pode se antecipar e escrever para mim.

Efratia

Yona Ben Yaakov[3] para Efratia

Berlim, 10 de dezembro de 1930

Querida Efratinka,

Desta vez, tenho realmente de admitir: fui uma besta com você! Escrevi para você de Mishmar Haemek,[4] e você pode ter enviado a resposta para lá, mas tive de vir às pressas para Berlim e não te escrevi desde que cheguei! Sei que você ainda está contente por ter lido meus segredos e não vai me censurar por não ter escrito antes, Efrantika!

Eu gostaria de ter parado em Viena[5] para te ver, de verdade. Por favor, comunique-se comigo de algum modo. Não lembro o que contei na última carta, mas creio que foi muita coisa. Gostaria de saber o que você pensa. Não sei o que está acontecendo na sua vida neste momento. Encontrei Max[6] em Tel Aviv. Ele me disse que você está estudando muito, mas que ainda luta pelo seu "lugar". Comigo, em Berlim, foi o contrário. Assim que cheguei, dei de cara com o secretário

---

1. Shulamit Persitz, colega de turma de Sarah Margalit e filha de Shoshana Persitz, fundadora da editora Omanut.
2. Baruch Ben Yehuda (1894-1980) foi professor de Matemática de Efratia no Colégio Hertzliya.
3. Natural da Ucrânia, a amiga de Efratia – Yona Ben Yaakov (1909-2004) – tinha acabado de se mudar para Berlim para estudar Ciências Políticas e Sociologia.
4. *Kibutz* no vale de Jezreel, fundado em 1926.
5. Depois do *kibutz* Ginegar, Efratia passou alguns meses em Viena com suas amigas Yardena Cohen, Yemima Tchernovitz, Leah Kassel e Hanka Weinberg.
6. Max Kuchinsky Tanai, primeiro "amor" de Efratia, tornou-se arquiteto.

do Hashomer Hatsair na Alemanha. Quatro de nós fomos morar na sede do movimento: Milek Goldstein,[1] Shenhavi,[2] Arthur e eu.[3] São todos rapazes muito simpáticos, no entanto não é fácil ter de passar tanto tempo na sede junto com eles. Ainda bem que há horas tranquilas em que se pode ler, principalmente à tarde, e sobretudo tarde da noite.

Apesar das minhas reclamações, Berlim é uma grande oportunidade para eu ser independente e me sustentar sozinha. Estou sem um vintém, literalmente! Quanto à escola, gostaria de assistir a algumas aulas, mas é claro que não tenho dinheiro para pagar a mensalidade, que é cara. Estou aqui há oito dias, o semestre começa amanhã ou depois. Posso tentar me matricular no fim do mês. Veremos. Mas por que estou lhe contando tanta bobagem?! Aliás, encontrei nossa amiga Tamara,[4] sempre um amor, assim como Batya[5] e Yemima,[6] que continuam igualzinhas a como eram dois ou três anos atrás.

---

1. O professor e psicólogo Milek Goldstein (1901-60) – que hebraizou seu nome para Golan – foi para Berlim a fim de fazer cursos sobre Freud e psicanálise. Escreveu dois livros sobre educação pública em *kibutzim* e trabalhou na escola do *kibutz* Mishmar Haemek, do qual era membro.
2. Originário da Galícia, Polônia, Mordechai Shenhavi (1900-83), integrante do *kibutz* Mishmar Haemek, foi um dos fundadores do movimento Hashomer Hatsair em Erets Israel.
3. Milek Goldstein e Arthur Ben Israel pediram a Yona Ben Yaakov que organizasse e liderasse o braço alemão do movimento Hashomer Hatsair. Yona se casou com Milek.
4. Originária da comunidade judaica de Bukhara, Tamara Kandinov casou-se com Max Kuchinsky Tanai e trabalhou no jardim de infância de Neve Sha'anan, em Tel Aviv.
5. Batya Shreir, musicista e professora de piano.
6. Nascida em Vilna numa família de intelectuais, Yemima Tchernovitz (1909-98) imigrou em 1922. De 1930 a 1932, estudou Pedagogia e Psicologia em Viena e em Berlim, tendo participado de cursos de Anna Freud e Alfred Adler. Casou-se com Yossef Avidar, líder da Haganá (organização militar ilegal da comunidade judaica de Erets Israel, base do futuro Exército de Defesa de Israel). Ensinou em vários jardins de infância em Tel Aviv, inclusive em Neve Sha'anan, junto com Tamara Kandinov. Também escreveu livros infantis.

Como vai você? Me escreva. Estou tão feliz, mas tenho certeza de que pode concluir isso pela minha carta!

Yona

Efratia para Sarah

Viena, 16 de abril de 1931

Querida Sarka!

Estou sentada junto a uma janela aberta. O sol de primavera sorri. Tudo exala saúde! Estabilidade. Que posso dizer, Sariku? Nada realmente novo para contar. Aulas, visitas, conferências, concertos, teatro, cinema etc. Uma vida cultural real e rica. Às vezes é difícil imaginar como as pessoas podem viver sem isso. Suponho que possam se acostumar com qualquer coisa.

Ontem assisti ao novo filme de Charles Chaplin, *Luzes da cidade*: incrível, mesmo. Ao sair do cinema, senti que tinha acabado de passar algumas horas com um gênio (no sentido pleno da palavra). Um gênio que compreende perfeitamente os seres humanos: criaturas pequenas e complexas com alegria, tristeza, amor, ódio; humor e tragédia (como são trágicos o amor e o ódio dele). Ele é realmente um gênio tragicômico! É uma sensação única estar sentada no meio de uma multidão sabendo que poucas pessoas são de fato capazes de compreender a beleza de uma obra assim. Só veem a superfície e riem alto sem discernir a profunda tristeza, a dor e o sofrimento que podem estar contidos no riso. Ao ver isso, você se dá conta de que é uma bênção sentir e saber que compreende o artista, cuja obra não será vã enquanto oferecer um momento tão significativo para os que amam e apreciam a beleza.

Estou lendo agora textos sociológicos sobre o imperialismo (como o do poderoso Império Britânico), críticas à dominação e à exploração (um país se apoderando de outro, como fazem a Europa ou os Estados Unidos, para citar apenas dois), o colonialismo, um assunto fascinante (muito importante e relevante). A realidade em Erets Israel depende muito desses mistérios políticos. Todo ser humano, todo corpo social tem de conhecer a si mesmo e a seu meio. Sim, temos muito a assimilar para poder compreender o que está diante de nós e o que nos cerca. Para todo homem que se preze, uma percepção rasa é um erro imperdoável (social e politicamente – é preciso aprender muita coisa).[1] Infelizmente, poucas universidades cobrem esses assuntos cruciais. Sim, o sistema social influencia a educação e tudo o mais. Trabalhadores não são os únicos que sofrem por causa da burguesia. Escolas, teatros, literatura, arte... Tudo é influenciado por ela.

Estou começando a constatar que a educação não é neutra, de jeito nenhum. Na Europa, a burguesia não tem nada a ganhar se as pessoas receberem uma educação crítica e abrangente. Se recebessem, veriam quão danosa é a burguesia e se rebelariam. É assim em todas as áreas. A burguesia mantém o poder porque tem dinheiro. Nos Estados Unidos, é ainda mais inacreditável! Os burgueses podem comprar qualquer coisa: a opinião pública, a educação – os jornais estão à venda, assim como os professores, sim, sim – e a arte também... Oh, sim, é exatamente assim que funciona e está aí para quem quiser ver.

Em Erets Israel as coisas não são tão gritantes. Só agora me dou conta de como é tola a história que nos ensinam. Conjecturas são apresentadas como se fossem verdades e

---

1. Efratia estava frequentando cursos privados de psicologia com Anna Freud e Alfred Adler, na Universidade de Viena. Além disso, participava de conferências políticas de Charlotte Bieler e de Otto Bauer. A maior parte delas versava sobre marxismo social-democrático.

fatos reais. O que podemos fazer? Não é dever do movimento juvenil e da classe operária endireitar o que está errado e corrigir as distorções? O movimento juvenil precisa fazer mais. Precisamos aprender com os novos livros que temos (a história do socialismo e da luta de classes, de Max Weber, está na nossa estante). É muito difícil assimilar os fundamentos necessários para a construção de uma sociedade. Mas temos de aprender. Isso vai exigir mais do que apenas ler: nem mesmo aprendemos isso lá. Sim, é o dever de todo jovem e de cada um, sim, de cada um. Cada um tem de fazer o máximo que puder, em casa, no *ken*.

Que ventos estão soprando entre os alunos do ginásio? Escreva-me e, por favor, responda a todas as minhas perguntas. Mande lembranças a nossos camaradas e professores, especialmente a Ben Yehuda. E um alô especial para Shulamit.

Efratia

━━━━━━━━ Efratia para Eliyahu ━━━━━━━━

Viena, maio de 1931

Querido papai,

O 1º de maio foi um grande dia para a "Viena Vermelha". Marcharam 350 mil pessoas num desfile gigantesco que foi até a sede do Conselho. A bandeira da República pendia majestosamente na fachada. Os líderes estavam numa plataforma envolta em panos vermelhos, cercada por quatro bandeiras vermelhas, sustentadas pelos braços enérgicos de quatro jovens com camisetas azuis. A multidão se avolumava e chegou em duas ondas, durante quatro horas, cada grupo carregando os próprios símbolos e lemas, sob o brilho vermelho de milhares de bandeiras.

Viena, 1º de maio de 1931.

O *Schutzbund* (o equivalente da nossa Haganá),[1] em uniforme militar, liderava o desfile, seguido por trabalhadores dos bondes (que receberam um aplauso estrondoso por terem ganhado o direito a um dia de folga após curto embate com os patrões), funcionários do telegráfo e ferroviários; membros uniformizados das associações juvenis e esportivas (muitos, no desfile) e pessoas com os coloridos trajes tradicionais. Tudo isso se misturava numa harmonia de muitas cores.

Muita gente desfilou atrás da faixa dos Trabalhadores de Erets Israel. A bandeira do Poalei Tsion[2] tremulava entre outras. Seu lema (em hebraico e em alemão) chamou a atenção

---

1. Organização militar clandestina que lutou contra o Mandato Britânico e foi a coluna dorsal das forças de defesa de Israel durante o mandato. A Haganá foi a predecessora do Tsahal, o Exército de Defesa de Israel, formado em maio de 1948.
2. Poalei Tsion (Operários de Tsion) foi um partido socialista de trabalhadores fundado por Dov-Ber Borochov, na Rússia, por volta de 1906.

da multidão: "Viva os trabalhadores de Erets Israel!". Ouviu-se uma nova canção em hebraico. Eram jovens hebreus orgulhosos, marchando com confiança e a cabeça erguida. Naquele dia, estavam orgulhosamente em pé de igualdade com seus irmãos da Áustria, Tchecoslováquia, Alemanha, Espanha e de quaisquer outros lugares; orgulhosos de atender ao chamado da classe que trabalhava por uma nova sociedade.

O 2º Distrito (cuja maioria é de judeus) recebeu o desfile com frieza. Um judeu, assistindo de uma janela, poderia ver tudo isso e pensar: "Os tempos estão difíceis. É cada vez mais penoso achar trabalho, e Erets Israel também tem de lutar para sobreviver e ganhar o pão de cada dia. Qual é a razão para tudo isso?". Ele olha para baixo, para o grupo de jovens, mas apenas por um instante, porque o desfile é longo e há tantas associações e lemas: Amigos da Natureza, Sociedade Protetora dos Animais, Criadores de Cães, Observadores de Pássaros, Herboristas, Protetores de Crianças, esperantófonos, várias organizações pacifistas, Liga Feminina de Prevenção do Alcoolismo e Tabagismo, e assim por diante. Cada uma com seu próprio Deus.

Alguém poderia pensar que estava em uma sociedade socialista após a Revolução, não fossem as fileiras de trabalhadores desempregados, literalmente morrendo de fome, ávidos por um pedaço de pão. Ou as fileiras das mulheres exploradas, desgastadas por trabalhos pesados e gestações sucessivas (o capitalismo precisa de máquinas, de bucha de canhão, por isso o controle da natalidade não entra na pauta). Ou os gritos do ramo esquerdista do SPD:[1] "Vamos ensinar a essas poderosas massas qual é a intolerável contradição do 'capitalismo' e armá-las contra esse regime!".

---

1. O Partido Social-Democrático Alemão, dividido entre uma abordagem marxista e outra menos radical.

É uma força colossal e, o mais importante, tem grande futuro. Sim, todas essas associações e lemas são importantes e úteis, mas será que não existe alguma outra coisa de que necessitamos? Esse é o único problema que existe?

Vozes se elevam exigindo que se veja esse partido; um partido que nunca chegou ao Parlamento, que nunca fez acordos com a burguesia, que ensinou às massas que o parlamentarismo e seu jogo de alianças mutantes não são o caminho das pedras para o socialismo.

Penso como proletários de todo o mundo comemoraram o 1º de maio este ano. Só posso me alegrar com o fim da "velha guarda" que se recusa a ver ou reconhecer essa comemoração. Dividida, dilacerada e desapontada pelo socialismo, a classe operária foi empurrada para o reacionarismo (um partido de trabalhadores cor-de-rosa na Inglaterra; nada na França; na Alemanha, hitlerismo e os social-democratas quase sem orçamento, uma nova guerra, fanfarronadas de comunistas em protestos incessantes; Polônia, Itália, Romênia, todas ditaduras... O único vislumbre de esperança no mundo inteiro é a República Espanhola). Não há muito o que dizer sobre tudo isso. É onde estamos. Silêncio nas fileiras. Os jornais dizem que está tudo bem, são apenas pequenos grupos protestando. Mais razão ainda para nos alegrarmos com essa grande comemoração da "Viena Vermelha" e com a bandeira vermelha sendo orgulhosamente brandida por uma enorme multidão como se fosse algo natural.

Gritos de *Freudenschaft* se ouviam em toda parte, da boca de velhos trabalhadores, jovens membros do partido ou crianças em seus carrinhos vermelhos. Era uma cena de festival popular. Mas as bandeiras vermelhas tremulando em toda parte anunciavam em alto e bom som: "Hoje a comemoração é vermelha; a comemoração da classe trabalhadora!". Durante horas, uma chama vermelha ardeu no céu de Viena e no coração dos que protestavam. Que lindo modo de celebrar o trabalhador!

Efratia

Efratia a Eliyahu e Esther

Viena, 14 de maio de 1931

Olá, meus queridos pais!

Recebi a carta de vocês no meu novo apartamento.[1] Papai deve ter pensado que meu estado de espírito melhorou muito ultimamente, por isso escreveu coisas que me puxam novamente para baixo!

Ma'alesh, o que posso fazer? Sua filha Efratia te desagrada! O que se pode fazer? "Sua carta está cheia de falhas, começando pela escrita, o papel, o estilo dos 'presentes' (quanto a isso tem razão, papai: também não gosto deles, mas nunca considerei que fossem "presentes" como todas as "*meidele*") e sua vida em Viena em geral...". "Por que está desperdiçando seus anos?", você pergunta.

Você sabe muito bem que gosto não se discute. Sinto que não estou desperdiçando tempo. Tenho certeza. Ao contrário, estou estudando seriamente, e estudo coisas que importam. Quem é que decide o que é importante e o que não é? Tudo é relativo, mas saiba que estou muito, muito feliz de ter vindo para Viena. Tenho clara consciência no que diz respeito à sociedade e à minha visão sobre a "vida". Você está errado. Seria impossível fazer isso em Tel Aviv!

Conheci uma garota que mora com Hanka.[2] Ela cursou

---

1. Na verdade, era um quarto alugado num apartamento em Viena.
2. Originária de Lodz, Polônia, Hanka imigrou na década de 1920. Em 1928 foi para Aden, ensinar hebraico a judeus iemenitas, e depois para Viena, para estudar medicina.

farmácia na universidade durante quatro anos. Se você soubesse o quanto ela estudou! Deixou o mundo para trás e não fez nada além de estudar, estudar, estudar. Investiu rios de dinheiro (estudar é um negócio muito dispendioso) e uma energia tremenda. Graduou-se, com sucesso, anteontem. E agora? A garota está sentada em seu quarto me dizendo: "Estou certa de que não vou achar trabalho..." (Na Áustria, estrangeiros não podem trabalhar e no país dela, na Galícia, não há empregos disponíveis!) "Por que desperdicei esses quatro anos e abri mão de grande parte de minha vida?", ela me perguntou. Não assino embaixo: ela não "perdeu" quatro anos! Tem uma profissão e, se não achar trabalho agora, achará no futuro. Aliás, você poderia ver se há alguma oportunidade de emprego para ela em Erets Israel? Ela se formou com louvor e é uma moça excelente. Por favor, me avise.

Claro, é muito importante aprender uma profissão. Ninguém vai subestimar isso. Sim, é importante, mas não se devem ver as coisas apenas a partir desse ponto de vista, e a ideia de "desperdício de tempo" com certeza provém de outra concepção de vida. Claro que cometi muito erros e vou cometer outros, mas não estou desperdiçando meu tempo, papai!

Você mencionou que alugou sua casa.[1] Como vai a pequena tamargueira no quintal? Quanto vocês recebem por

---

1. Situada na rua Haiarkon, em Tel Aviv, a casa foi construída por mulheres. O escritor Y. Yizhar a descreve em sua autobiografia, intitulada *Prémises*: "O sr. Munschick teve toda a sua casa construída por uma equipe formada exclusivamente por mulheres trabalhadoras, vestindo calças bufantes até os joelhos e chapéu de palha... Elas cuidaram da construção, do cascalho, do concreto, da concretagem, carregaram baldes e andaimes, de modo que todo mundo neste país em construção soubesse que não há nada que uma mulher não possa fazer tão bem ou melhor que um homem, e que elas se orgulham de trabalhar com suas mãos, não importa quão exaustas e calosas possam ficar..." (*Mikdamot*, 1992).

mês? Por quanto tempo alugou? Como mamãe se arranjou no novo apartamento?[1]

Claro, o cartão incluído em sua carta significa muito para mim! Ele pode me dar descontos no transporte, o que abre muitas portas. Estou contente e já ansiosa por ver mamãe.[2] O dia 5 de maio cai numa quarta-feira, e é muito provável que mamãe não receba esta carta até lá.

Quanto a meu quarto, já falei sobre isso. É decente, mas muito pequeno. Mamãe vai decidir por conta própria. Fiz planos de morar com Hanka (que está indo viajar) e, se mamãe quiser, poderá ficar aqui. Economizaria dinheiro, e acho que vai ficar confortável. Quanto ao Congresso,[3] escrevi para o escritório, porém a resposta que me deram foi de que não estavam contratando ninguém este ano (orçamento precário). Mas espero poder resolver isso, papai. Se você conhece o diretor bem o bastante, poderia lhe enviar uma carta. Se não, tentarei "mexer meus pauzinhos". Realmente preciso conseguir um trabalho para cobrir minhas despesas. Seria maravilhoso se mamãe viesse para o Congresso, caso não precise, como espero, passar por uma cirurgia. Há muitas opções de tratamento aqui.

Com as duas libras que você me enviou (por que não enviou em carta registrada?), comprei um vestido bonito, muito simples. É de seda azul-clara, sem manga e costurado à mão. Foi caro, mas caiu bem em mim. Algumas coisas aqui são muito caras. Não havia me dado conta disso até agora porque ainda não tinha comprado nada – o vestido custou 49 shillings, o que realmente é muito caro, embora as pessoas aqui tenham achado que foi um bom negócio. Comprei

---

1. Em Hashoftim, bairro no centro de Tel Aviv.
2. Esther iria se juntar à filha em Viena para se submeter a uma cirurgia de remoção de cálculos renais.
3. 27º Congresso Sionista, realizado na Basileia de 30 de junho a 15 de julho de 1931.

um par de meias e vou comprar um chapéu para este verão. Mais nada.

Vou bater perna por tudo quanto é canto com mamãe quando ela chegar a Viena. Há tanta coisa para ver, sobretudo nos campos da educação[1] e do trabalho social. Talvez escreva um artigo para o *Davar*.[2] Escrevi um sobre um tema totalmente diferente, que talvez não agrade a papai, que não verá interesse em Erets Israel, mas creio que não é o caso. O artigo segue aqui anexado, papai, me diga o que pensa. Se sair no *Davar*, envio um exemplar.

Estou surpresa que você não tenha recebido a carta na quinta-feira, pois a enviei. Tenho certeza de que vai recebê-la. Não me mande papel para cartas, posso achar papel pautado aqui em Viena. O que tenho serve para mim, mas a próxima carta vou escrever no papel que você quer.

Eu lhe contei que minha aluna[3] me deu uma caneta-tinteiro?

Sim, o mês de maio está florescendo e é bom respirar o ar da primavera. Ele me lembra Nijni Novgorod.[4]

Viena está quente e abafada.

Recebi também uma carta da tia Sônia[5] para mamãe, em russo. Não pude ler. Vou pedir que alguém traduza para mim.

Até breve, e me escreva muito. Vejo você logo, mamãe. Lembranças a todos.

Efratia

---

1. Esther era assistente social e professora.
2. Jornal diário em hebraico, da Histadrut, o Sindicato Geral dos Trabalhadores.
3. Austríaca a quem Efratia ensinava hebraico.
4. Ver Introdução.
5. Irmã de Eliyahu, mulher de Kalman Novic e mãe de Ephraim.

Efratia para Sarah

Viena, 22 de julho de 1931

Minha queridíssima irmã Sarale!

É tarde agora, e estou muito, muito cansada. Ultimamente a vida tem sido um pouco agitada demais. Ontem voltei de uma bela viagem à Basileia. Ainda preciso descansar e pôr tudo em ordem.

Hoje saímos para dar uma volta pela cidade. O tempo está voando, e ainda há muita coisa para ver.

É tarde, portanto me perdoe se minha carta estiver confusa. Mesmo estando cansada, me sento para escrever porque quero e preciso falar com minha irmã querida. Li suas muitas cartas para mamãe (você é tão doce, Sarah) e foi como se eu pudesse sentir as batidas e o calor de seu coração meigo e leal.

Há tanto para escrever. Por onde começo? Quanto a minha viagem, sei que você está zangada comigo e que não faria o que fiz. Talvez tenha razão. Com certeza não sou tão gentil como você. Sabe, irmã, as pessoas são diferentes. Cada uma tem a própria vida. Tenho consciência disso. Estou certa de que fiz o que podia para que tudo fosse o mais fácil possível para nossa querida mãe nestes dias difíceis. Não quero retomar esse assunto agora.

Talvez possamos falar sobre o que aconteceu quando nos virmos. Neste momento, é recente demais na memória. Percorrendo os corredores do hospital e as dores de mamãe... As lembranças ainda são muito vívidas. Mas agora já passou, e isso é o que importa. Mamãe e eu fomos passear por Viena como duas pessoas em perfeita saúde. Quando voltei cansada da viagem, ela me trouxe uma xícara de chá na cama. Acredita? É espantoso como a vida nos reserva mais alegrias do que poderíamos imaginar.

Há muito o que dizer sobre o Congresso.[1] Mas estou muito cansada esta noite. Vou escrever para o papai amanhã com detalhes, e você poderá ler a carta. Foi um Congresso difícil, porém produtivo. Forneceu uma definição clara dos papéis dos pioneiros e dos movimentos juvenis. Também nos instou a lutar com todas as forças contra o revisionismo, que é uma ameaça ao sionismo.

Quanto ao "presente" que enviamos para o seu aniversário... Bem, simplesmente temos gostos diferentes. Querida, aqui em Viena, Efratia quase nunca usa vestido sem também portar um colar de pérolas. Você acha que estou sendo fútil? Eu não gostava de colares, mas agora gosto. E presenteamos os outros com coisas de que gostamos. Mais tarde você vai entender. E o cinto é no estilo de Viena, porém, *ma'alesh*, faça como quiser. Quanto à roupa de banho, duvido que eu consiga achar uma com saiote em Viena, porque não estão na moda, mas vamos procurar. Você pode achar que precisa dela, mas, Sarah, no mar, apenas nade e não fique nervosa. Nadei com roupas muito piores que a sua. Não faz diferença. Lembre, o que importa é ter boa saúde. Você sabe muito bem. Você diz isso a mamãe o tempo todo, no entanto precisa praticar aquilo que fala. Faça tudo o que for necessário para se divertir nas férias. Elas vão passar sem você perceber. Nade no mar e também pratique alguns exercícios. Tentarei fazer o que você me pede.

O que você disse sobre o colegial – que o curso lhe ensinou muita coisa – me fez lembrar da minha juventude. Comigo foi a mesma coisa. Meus horizontes se ampliaram

---

1. O 17º Congresso foi crucial para o sionismo. A política de Chaim Weizmann e da Organização Sionista Mundial era vista por muitos delegados como pró-britânica, inclusive por Vladimir Jabotinsky, que propôs proclamar um Estado com maioria judaica. Quando essa proposta foi rejeitada, ele rasgou seu cartão de membro. Os revisionistas fundaram a Nova Organização Sionista em 1935.

e adquiri gosto por um estudo autônomo... Isso é especialmente verdadeiro quando você tem professores e grandes
amigos como Ben Yehuda (aliás, estou furiosa com ele – será
que ele não poderia me escrever pelo menos uma palavra?
Diga a ele que eu disse isso).

Aprovo totalmente suas decisões: mantenha-se saudável,
descanse bastante (pessoalmente, acho que você deveria ir
para Motsah: já fez seus planos?), estude e, sobretudo, leia,
leia, leia. Há tantos assuntos maravilhosos e é tão boa a sensação de viver nos livros.

Agora há muitos livros disponíveis em hebraico. Eu li
muitos: Romain Rolland, Stefan Zweig etc. Quanto a livros
em inglês, não sou especialista. Mas penso que você deveria
fazer uma pequena lista (com a ajuda do seu professor) e
começar a ler imediatamente, mesmo se não entender tudo.
Ler é o mais importante. O resto virá aos poucos.

Também seria bom para você estudar história. Ela está
no cerne do nosso pensamento e constitui a base das visões
sociológicas e socialistas. Na verdade, você deverá se ocupar de tudo o que já aprendi... *Socialismo e luta de classes*
é, creio, uma das melhores obras, contudo você terá de ler
devagar. Vai ajudá-la a compreender a história sob diversas
perspectivas. Sobre educação, tente ler Max Adler.[1] É o que
lhe recomendo, mas faça como achar melhor. Também acho
que você deveria ler sobre sexualidade. Se seu professor concordar, devia ler Max Hodann[2] (se é que já não leu).

Vou parar por aqui. Estou vendo que minha lista está
longe de ser exaustiva e provavelmente não muito rigorosa.
Tentarei acrescentar mais nas próximas cartas. Também vou

---

1. O filósofo Max Adler (1873-1937), representante do marxismo austríaco.
2. Médico alemão, autor de um livro sobre adolescentes (1924) que serviu
como guia para educação sexual no movimento Hashomer Hatsair.

sugerir um plano de estudos para o Hashomer Hatsair. Deveríamos introduzir esses livros em todo movimento juvenil, já que, como muitos outros, eles não são estudados na escola.

Espero que o Hashomer Hatsair siga nessa direção. Aliás, um grande amigo meu, Heruti,[1] do *kibutz* Merchavia, professor do Hashomer, está atualmente em Tel Aviv. Pergunte a Yigal[2] o que ele pensa sobre Heruti. Pessoalmente acho que você está ficando mais à vontade com as pessoas, ou pelo menos espero que esteja. Vá vê-lo um dia desses e lhe diga que gostaria de conversar.

Aproveite o máximo que puder do livro do professor Riger[3] (*Nova era*), mesmo se tiver que ler um capítulo por vez. Ele vai lhe ensinar bastante coisa e deixá-la preparada para o próximo ano.

Seria bom também ler Kropótkin,[4] que revolucionou o mundo intelectual e me ensinou tanta coisa. Lembro exatamente de quando o li. Talvez você não entenda tudo. Você já cresceu muito, mas ainda precisa ler e aprender. Admito que gostaria de ter sido apresentada a essas coisas quando tinha a sua idade...

Quanto a livros de história... Como em qualquer ciência, a história é relativa. As pessoas têm visões diferentes. Simplificando, existe uma visão burguesa e uma visão proletária da história. Nem sempre você vai concordar com o que ensinam no colegial. Ainda bem que você aprendeu a não seguir cegamente. Seus livros didáticos não são os melhores. Mas os livros que mencionei não são ruins.

---

1. Yitzhak Heruti, um dos fundadores do Hashomer Hatsair em Erets Israel e membro do *kibutz* Merchavia.
2. O irmão de Efratia era estudante ginasial na época.
3. Escritor e professor de hebraico e história moderna no Colégio Herzliya, Eliezer Riger (1896-1954) foi um dos fundadores do Hashomer Hatsair em Viena.
4. O russo Piotr Kropótkin (1842-1921) é um importante teórico do anarquismo, também considerado precursor do anarcocomunismo. É autor de *A conquista do pão* e *O princípio anarquista e outros ensaios*.

Vou parar por aqui. Nas próximas cartas tentarei deixar menos coisas de fora e ser mais rigorosa. Sarale, estou aqui se precisar da minha ajuda, mesmo que meu conhecimento seja escasso.

Ensine a si mesma. Eu sempre soube que você tinha vontade de aprender. Que essa chama nunca se apague! Atice esse fogo, acrescente combustível. Olhe, Sarale, logo vamos poder discutir juntas muitos assuntos interessantes.

Receba minha bênção como membro da "jovem guarda". Não perca a coragem. Que suas mãos se fortaleçam. Seja forte.

Efratia

Efratia para Eliyahu

Viena, 23 de julho de 1931

Queridíssimo papai,

Estou lhe escrevendo entre uma atividade e outra! Tenho tanta coisa para contar! Voltei de uma viagem boa,[1] além daquela do Congresso. Mamãe sentiu minha falta e se preocupou um pouco, mas agora está feliz que eu tenha viajado e voltado *mabsut*. Tudo correu bem. Tive algumas "vitórias", como mulher e como membro do movimento. Você não acreditaria no que as pessoas disseram: "Não é que é a filha de Munschik? – E que grande filha ele tem". E você sabe como Efratia gosta de elogios – é bom ser reconhecida. Todos os adultos foram muito gentis comigo. Shprinzak me tratou como se eu fosse filha dele. Tversky se preocupou com meu alojamento, se estava me alimentando bem etc. Houve outros também, Kaplansky, Marmansky, West, Polansky,

---

1. Efratia foi à Basileia participar do 17º Congresso Sionista.

Galanz (Poalei Tsion da América), Yoffe,[1] membros da Polônia e da América, assim como pessoas que eu não conhecia, mas de quem fiquei amiga muito rápido.

Conheci também Y. L. Cohen, de Londres, um assistente social que me disse que você tinha escrito para ele. Ele se apaixonou por mim. Não retribuí, mas garotas serão sempre garotas, como você sabe! Não posso dizer mais no momento. Vou esperar para expressar toda a minha gratidão na próxima semana. Mas queria lhe dizer, mesmo que de modo precário e apressado, e não numa forma muito literária, que, como tudo indica, é possível ter um maravilhoso relacionamento com o pai!

Vou escrever mais sobre o Congresso na segunda-feira. Tenho pouco tempo agora.

Estou certa de que você ficou zangado comigo (assim como Sarka) por eu ter deixado mamãe sozinha, mas realmente não foi culpa minha. a) Eu não pretendia ir antes do Congresso. Mamãe realmente me pediu que fosse; b) Não posso ser acusada de ter sangue circulando em minhas jovens veias de garota, não sou uma moça *zits fleysh*! Na verdade, mamãe não ficou nem um pouco incomodada. Ela ainda se sente fraca, porém está bem de saúde. Psicologicamente, está cheia de energia e de vontade. O dinheiro é curto, mas ela está indo para um lugar de veraneio em Karlsbad, isso é importante para a sua recuperação. Aqui é tudo muito caro para ela. Ela precisa descansar antes de

---

1. Yossef Shprinzak, um dos fundadores e líderes da Histadrut, o Sindicato Geral dos Trabalhadores Hebreus; Nahum Tversky, editor de Shtiva; Shlomo Kaplansky, diretor do Departamento de Colonização (estabelecimento de colônias e povoamento) da Organização Sionista em Jerusalém; Israel Marmansky, diretor de treinamento profissional na comunidade judaica; Benjamin West, que representava o Mapai, Partido dos Trabalhadores, no Congresso Sionista; Aryeh Leib Yoffe, líder do Keren Hayessod, o braço arrecadador de recursos para a realização sionista, em Jerusalém.

Karlsbad. Resumindo, já ultrapassamos a fase mais difícil (foi difícil, papai) e ansiamos por dias melhores. Eles virão com certeza.

Voltando a mim, quero muito ir à Polônia para os acampamentos de verão do Hashomer Hatsair. Para mim, assim como para todas as garotas, é uma necessidade psicológica. Tenho de ir. Preciso ver o movimento de perto, se eu ainda continuar com a esperança de ser um membro ativo. Fui ao consulado hoje, eles escreveram para Erets Israel. Gostaria que você fizesse o que for possível.

É provável que Max venha em breve. Não posso ir até ele agora. Preciso ficar perto de mamãe. Ele está terminando seu trabalho na Iugoslávia. Ainda não permitem que ele volte ao país. Vão enviá-lo para a Alemanha por seis meses, para montar uma organização. Talvez consigamos ir juntos para a Polônia e depois para Berlim.

Minha mente está cheia de outros pensamentos também. Talvez você não goste deles – assim, por enquanto não vou mencioná-los. Escreverei a você mais tarde.

Lembranças. *Chazak Veemats.*

Sua filha, Efratia

Efratia a Eliyahu

Viena, 31 de agosto de 1931

Querido papai!

Está chovendo. O clima lembra o inverno em Erets Israel. Estou de volta a Viena depois de várias viagens. É apenas uma breve parada em minhas andanças.

Não tenho escrito muito. É falha minha e não preciso me

desculpar. A viagem à Iugoslávia[1] com Max correu bem. Tomamos um trem que percorre as montanhas e paramos em algumas cidades: Belgrado, a linda Sarajevo, depois Zagreb, uma cidade com muitas garotas bonitas.

Visitei um pouco os Tsofim,[2] em Belgrado. Eles se distanciaram do sionismo e se assimilaram completamente. Max e o Hashomer Hatsair os lembraram de suas raízes. De lá, fui ao centro do Hashomer Hatsair na Iugoslávia. As pessoas foram muito amigáveis e estão comprometidas com o crescimento do movimento. Vou lhe contar mais quando nos virmos. A ditadura fascista, no entanto, piorou nosso humor. Há opressão política para onde quer que você se vire. Você pode imaginar como é difícil, neste clima político, criar um movimento de libertação que promova os ideais de uma sociedade nova e livre!

Seja como for, conheci alguns sionistas interessantes. O espírito democrático deles é incrível. É espantoso como conseguem mantê-lo, sem se deixar contaminar pelo regime do país. Estão do lado dos trabalhadores de Erets Israel (os sionistas estão comumente no grupo A[3] no Congresso) e do Hashomer Hatsair. No todo, o trabalho de Max é bem-sucedido, e eles dizem que ele criou a Histadrut[4] em tempo recorde (foi inaugurada oficialmente há um mês). Também arregimentou sionistas para nossa causa, o que é importante, considerando a guerra que está se travando contra nós na maioria dos países, que é parte da grande diferença existente no mundo sionista.

---

1. Max Tanai pediu que Efratia saísse de Viena e fosse se juntar a ele num acampamento de verão do Hashomer Hatsair ao sul de Sarajevo.
2. Os Escoteiros de Israel, que foi fundado em 1919 e combinava elementos da juventude inglesa de lorde Baden Powell com os do movimento juvenil Wandervogel.
3. O grupo majoritário que controlava e dirigia o Vaad Hapoel Hatsioni (Conselho Geral Sionista) e o Comitê Executivo Sionista, composto pelo Mapai (1930), o partido trabalhista de David Ben-Gurion, e os Sionistas Gerais, um grupo de centro liderado por Chaim Weizmann.
4. Uma nova seção da Histadrut na Europa.

Apesar de ter chegado tarde ao acampamento do Hashomer Hatsair (estava com mamãe), passei alguns dias em treinamento. As outras garotas e eu discutimos o papel das mulheres em Erets Israel, no *kibutz* etc. Após dez dias na Iugoslávia, viajei de barco (isto é, naveguei) para o acampamento do grupo na Hungria. Percorri grandes distâncias para passar algum tempo com gente jovem. Foi basicamente a primeira vez em que vi um acampamento de verão. Gostei de estar nas fileiras como filiada plena, tentando me manter alerta e cumprir os comandos. Prestei atenção ao soar do clarim.

Hanka, que veio direto de Viena, também esteve no acampamento (quase sempre estamos juntas). As pessoas ficaram muito felizes de nos ver. Nós as ajudamos bastante em seu trabalho por Erets Israel. Hanka ajudou na organização, e eu fiz palestras e conduzi debates. A língua foi o principal obstáculo. A maioria das pessoas só falava húngaro ou alemão, poucas eram capazes de traduzir. Mas nos entendemos – membros do Hashomer Hatsair às vezes se entendem sem palavras. Foi muito legal.

Aqui dá para "captar" o fedor próprio da ditadura. A crise econômica só piora a opressão. Nesse contexto de pobreza (e isso não é exagero), degeneração do judaísmo (assimilação, por um lado; ortodoxia, por outro), vigilância e total carência de cultura, nosso movimento está ganhando força e elevando os espíritos para que tenham coragem e paixão!

Quando recuo um pouco no tempo e olho para o Hashomer Hatsair, fico maravilhada ao ver como um movimento tão belo emergiu, cresceu e lançou ramificações. Pode faltar mão de obra, mas seus recursos humanos e sociais são notáveis.

Passei dez dias na Hungria e vi Budapeste, uma cidade linda sobre o Danúbio. O pão era escasso, entretanto há belos palácios, museus e um Parlamento (não há nada dentro, mas eles dizem que é o mais bonito do mundo).

De Budapeste tomamos um barco para Viena (o preço é bem acessível). A viagem foi agradável e fácil. Foi bom descer navegando o glorioso Danúbio, ver suas margens verdes e férteis no caminho de volta à *minha* Viena.

Estou neste momento no quarto de Hanka, no alojamento de estudantes. Max virá mais tarde esta semana, e vamos juntos para a Alemanha. Na verdade eu gostaria de ir para a Polônia, mas duvido que consiga um visto. Mamãe tampouco conseguiu. Talvez mamãe, Max e eu nos encontremos em Viena.

Estou indo para Berlim, mas voltarei se não conseguir arranjar as coisas por lá. Quero aprender uma profissão e me graduar (sim, sei que isso é importante!). Já perambulei demais por aí! Tem sido bom, contudo não se deve exagerar.

Fiz 22 anos em 19 de Av.[1] Como o tempo voa. Suponho que essa seja a natureza do "envelhecimento". Mais um dia, e mais um dia que passa, *Ma'alesh*! Agradeço a meus pais por terem me trazido ao mundo. Apesar de tudo, a vida merece ser vivida!

Sua filha Efratia

=========== **Efratia para Eliyahu** ===========

Berlim, 22 de setembro de 1931[2]

Querido papai,

Escrevo esta carta com o coração pesado. Não sei o que aconteceu comigo ultimamente, me sinto tão pessimista, até mesmo quebrada, exaurida.

---

1. No calendário judaico, corresponde ao mês de agosto.
2. Efratia tinha deixado Viena e ido para Berlim para estudar pedagogia.

Papai, quero lhe escrever como amiga. Espero que consiga compreender. Quero lhe contar a verdade insofismável. Claro, posso estar deturpando as coisas, e meu estado mental está mudando.

A primeira metade deste ano (quando eu estava estudando) passou bastante bem. Estudei muito, mas também viajei e conheci pessoas. Aproveitei a vida! Tenho um grupo de amigas que têm muita vitalidade, sinto força e confiança em mim mesma.

Mas a situação atual do mundo, do sionismo e, recentemente, do movimento de *kibutz* e até dos meus amigos... tudo isso tem me desencorajado e até mesmo cortado minhas asas. Estamos passando por um período terrível (sem exagero). Ninguém sabe o que o futuro nos reserva. Crise, milhões passando fome no mundo, conflito profundo no sionismo. A escuridão se adensa. Os corvos estão grasnando.

O homem é mau: ele é o reflexo do nosso tempo. Não sou a única que pensa assim. Outras pessoas estão me enviando cartas sombrias (elas também falam de escuridão). A lista dessas pessoas é longa: Rivka, Yemima, Yona, Hanka, Gamzu, Zvi Luria,[1] Heikel, Rivka Davidovitz[2] e outras. Ouvi que Erets Israel está enfrentando uma situação difícil, não só economicamente, mas, até pior, psicologicamente (como resultado da economia). As pessoas estão quebrando seus ídolos (ídolo ou Deus, é quase a mesma coisa); estão exaustas e carentes de perspectiva. Percebo medo não só nas cartas dos amigos, como também nos jornais, o que confirma que a paz está perdendo terreno. O ambiente na Alemanha é explosivo. Ninguém sabe realmente o que o futuro reserva. Uma revolução

---

1. Nascido na Polônia, Zvi Luria (1906-68), primo de Efratia, imigrou em 1925. Foi um dos fundadores do *kibutz* Ein Shemer, secretário-geral do Hashomer Hatsair e membro do Executivo da Agência Judaica; foi também um dos signatários da Declaração de Independência de Israel, em maio de 1948.
2. Uma escritora.

fascista ou comunista? São 6 milhões de desempregados. Inverno gelado. E nem menciono o pânico na Bolsa de Valores. Como disse, o homem espelha os tempos em que ele vive.

Uma geração de jovens cresceu e perdeu o rumo (claro, os comunistas não vão aceitar nada menos que uma revolução, porque as coisas não podem continuar como estão). Mesmo os mais ferrenhos apoiadores da economia burguesa estão ficando desiludidos. A crise ainda não atingiu seu clímax. Os comunistas acreditam que tempos melhores virão, mas para nós, sionistas, uma revolução seria desastrosa (dada a situação atual na pequenina Erets Israel). Apesar das dificuldades que enfrentamos, também tenho fé na construção de Erets Israel. Temos, contudo, de enfrentar os problemas: resta tanto trabalho a fazer e os acontecimentos no mundo não são um bom presságio de que alcançaremos nosso objetivo num futuro próximo. Um judeu que não quer nem é capaz de se assimilar mergulha na tristeza e na amargura. A combinação de todos esses fatores está criando um estado mental doloroso (sem mencionar todos os outros *pekelach*...).

Voltar para Erets Israel? Apesar da vontade férrea e da necessidade pessoal de voltar e trabalhar num *kibutz* (*minha fé* ainda vive, apesar de tudo), estou enfrentando sérias dificuldades e tenho dúvidas constantes. "Você tem muito tempo", escrevem meus amigos. "Seus *pekelach* de preocupações não vão sair voando." Mas reina a psicose. Todo mundo está deixando o país. Além disso – e isso é fundamental –, a questão de ter uma profissão ainda me incomoda. Papai, acabei de ler a carta em que você fala sobre trabalho. Li cuidadosamente. Eu também me dou conta de que toda pessoa precisa ter um trabalho (embora, em tempos como estes, ter uma profissão ou diploma não seja garantia de nada).

Aprendi muito este ano. Estou mais estruturada, mais estável; mais familiarizada com a "vida", e devo dizer que ela pode ser muito difícil. Sim, às vezes viver pode ser muito, muito difícil. Tudo pode acontecer (uma cortina que se rasga, doença, desespero etc.). Mas também aprendi que pouca coisa na vida depende de um diploma. Pessoas podem trabalhar, se mostrarem "bem resolvidas" e ainda assim podem ser infelizes! No entanto, de um ponto de vista materialista, sei muito bem que ter o bastante para comer, trabalhar (mantendo a independência) e garantir a subsistência é a pedra angular de qualquer existência. Esse deve ser nosso objetivo. É preciso ter grande força mental para alcançar isso. Acredito na minha capacidade de construir uma bela vida para mim.

Voltando à questão da minha "profissão", você uma vez me incentivou a estudar costura. Sua sugestão me surpreendeu! Você sabe como sou *shlimazalit*! Não confio em mim mesma (que é a coisa mais importante). Nunca serei boa cozinheira ou costureira. A única profissão que realmente acho que vale a pena é trabalhar com educação (ou talvez com galinhas).[1] Já aprendi muito nessa área e creio que posso ser bem-sucedida (digo "creio" em vez de "sei"... fiquei pessimista. É terrível.).

Em termos mais específicos, considerei a hipótese de estudar assistência social. Se não mudar para um *kibutz*, penso que poderei encontrar um propósito real nesse tipo de trabalho. Visitei vários escritórios de assistência social em Berlim. Todos os cursos exigem dois anos de estudo, o que para mim é impossível, porque não posso bancar esse tempo em Berlim (na verdade não se pode ganhar a vida aqui neste momento). Entretanto, atualmente é possível fazer um curso de seis meses em puericultura. Aprendi muito sobre essa profissão em Viena (ainda que não tenha obtido diploma).

---

1. Refere-se ao trabalho de Efratia no galinheiro, no *kibutz* Ginegar. Ver p. 43.

O curso custa quarenta marcos por mês (!), e os professores são excelentes, todos bem versados em psicologia.

Paralelamente, eu poderia me matricular em cursos especializados de psicologia destinados a futuros gestores de centros de orientação. São instituições privadas, mas eu teria um diploma e faria algumas provas em temas especializados (não requerem uma educação geral). Depois dos cursos que fiz em Viena (que são muito populares aqui), penso que essas aulas me ajudariam a encontrar trabalho (em nossa escola de pensamento damos atenção especial ao indivíduo e ao aspecto psicológico). Claro, também é preciso ter boa dose de energia e autoconfiança. No meu caso, acho que isso tem de ser levado em consideração. Na verdade, não posso ficar em Berlim durante muito tempo: falando em termos de psicologia, sinto como se tivesse perdido meu norte. Talvez o fato de nunca ter realmente vivido num *kibutz* e todos os riscos que a vida aqui implica contribuam para meu atual estado de espírito.

Quem acredita em algo e tem um plano na vida não tem o direito de se perder em palavras: tenho de realizar meu sonho. Do contrário, estarei falando sem dizer nada.

Papai, por favor entenda que o que acabei de escrever é tão importante na minha vida quanto pão e trabalho. Não sei se vou ser aceita nos cursos que Yemima e Tamara fizeram, mas amanhã vou verificar o que é necessário para a matrícula (as matrículas começam em 15 de outubro). Embora o diploma que essa instituição oferece seja mais prestigioso, na realidade não queria ter essas aulas, não sinto que tenho talento para puericultura. Contudo, se tiver, termino em seis meses e volto para Israel. Se for possível, tentarei achar trabalho nessa área no *kibutz*, eu poderia mudar para um *kibutz* em Nes Tsiona ou para o de Mizra (perto de Afula) e trabalhar em Afula. É sabida a carência de profissionais qualificados nesse campo.

Que vergonha eu ter chegado a Berlim um pouco tarde: não tive tempo de lhe pedir conselho e estou tomando decisões sem o seu consentimento.

A questão financeira não é fácil. Imagino que o dinheiro ande escasso em casa neste momento (o status da libra continua incerto), mas vou precisar de cinco marcos por mês, e isso é realmente o mínimo! Papai, por favor responda a todas as questões que levantei, particularmente esta última. Vou parar agora e correr para a agência de correio. Escrever faz as coisas ficarem mais fáceis. Por favor, perdoe-me por esta carta um tanto difícil. Você certamente tem seus próprios problemas, e agora estou acrescentando os meus à sua pilha. Ainda não vi Berlim. É uma cidade enorme! Na realidade, não estou a fim de ir a lugar nenhum (mesmo sendo esta a melhor época!). Quanto a dar aulas particulares, vou começar quando tiver resolvido meus estudos. Mas tenho muito pouca esperança de que isso funcione...[1]

Escrevi esta carta para você, papai. Não acho que seja bom que mamãe a leia. Ficaria preocupada e não dormiria. Não vale a pena. Faça, porém, o que achar melhor.

Querido papai, por favor, me envie jornais e cigarros, mas vamos manter isso entre nós.

Um pedido grande, de todo modo lá vai... Sim, se eu tivesse dinheiro, me matricularia na universidade. Mesmo não tendo muito sentido, não iria prejudicar, e me ajudaria a encontrar trabalho. Mas, novamente, quem é que precisa de latim?

A paz esteja com você, meu querido pai. Abraços.

Chazak Veemats.

Efratia

---

1. Efratia conseguiu se matricular e passar alguns meses em Berlim antes de voltar para Erets Israel.

Eliyahu para Efratia

Tel Aviv, 26 de novembro de 1931

Nossa Efratia, querida filha,

Sua argumentação na carta não tem sentido. Se as cartas que lhe escrevo são curtas, é porque ganho a vida escrevendo,[1] como você sabe. Nem sempre tenho tempo ou motivação para escrever cartas. Sempre que tive alguma coisa a lhe contar, creio ter escrito a você com frequência e longamente.

Não há por que reclamar de sua mãe. Lembre o que diz o Talmud: quatro homens sábios entraram no pomar e apenas o rabino saiu incólume.[2] Não se esqueça de que ela lhe deu sua bênção: uma bênção de mãe para você ir em paz. Amém.

Assim são os pais, por natureza: vivem com medo e dúvida, mesmo quando seus filhos acham que já são crescidos e mesmo quando os próprios pais ainda os veem como crianças. Estudos são importantes: é seu direito ter confiança absoluta nas suas aptidões e ficar zangada porque sua mãe tem dúvidas. Mas uma mãe deve ou não compartilhar isso com a filha? Essa é uma questão totalmente diferente, e discordo de você quanto a isso. Com o devido respeito pela opinião expressa por Efratia: "Não deixe que aquele que veste sua armadura se vanglorie como aquele que a despe".[3] Essa também é uma lei cujo valor nós, judeus, com toda a nossa rica experiência, reconhecemos.

Com relação às últimas notícias, você em parte está informada pelo *Davar*, mas seria incorreto dizer que estamos

---

1. Eliyahu era também o editor-chefe do *Hapoel Hatsair*, um hebdomadário.
2. Talmud de Jerusalém, Tratado Chaguigah 9:1. A história dos quatro sábios que entraram no Pardes ("pomar"). O primeiro morreu, o segundo enlouqueceu e o terceiro tornou-se um herege. Só o rabi Akiva "entrou e saiu em paz".
3. Reis I, 20:11.

numa situação de "crise". Não! Estamos numa pós-crise.[1] Um estrangeiro pode ter dificuldade para entender isso, porque as coisas ainda estão mudando. Ainda estamos construindo isso aqui: novos andares são acrescentados a casas existentes, casas são demolidas para se construírem outras maiores; estamos comprando terras, estendendo plantações, buscando crédito; estamos nos esforçando e suportando a carga. O povo de Israel vive em sua pátria. Só lamento sermos apenas 17% numa população de um milhão. Os que querem vir não podem, e os que podem não querem. Às vezes tenho vontade de gritar para os estudantes antis-semitas: continuem assim e talvez o povo desperte me-diante a fé e a força de vontade, e talvez o país se construa pelo bem, e não pelo mal.

Sim, eu lhe devo algo: creio ter esquecido de lhe transmi-tir um alô de Leib Yoffe, que me pediu que lhe contasse não ter ficado chateado com sua *roistaratorgen*[2] na questão do Congresso.

Zvi Luria falou comigo sobre estudar fora: chegará o dia em que Max se arrependerá de não ter aproveitado seu tempo no exterior para se instruir; se seus pais possibilita-ram isso, ele deveria ter aproveitado.

As gerações passam... Houve uma época em que tive a oportunidade de ficar no exterior por mais tempo. Muitas pessoas, inclusive eu, teriam se beneficiado muito se ti-vessem feito isso. Sarah ainda está assoberbada por seus estudos. Ela quase não tem tempo para comer, muito menos para escrever para a irmã! Quanto a Yigal, ele ainda não entendeu qual a utilidade de escrever cartas. Está frequen-

---

1. Trata-se da recuperação econômica após a crise pela qual a Palestina pas-sou durante a quebra de Wall Street em 1929, quando as autoridades do Man-dato Britânico cessaram todas as obras públicas.
2. Eliyahu usa essa palavra (ver Glossário) para ironizar as fortes opiniões da filha.

tando assiduamente o Hashomer Hatsair. É provável que já tenha esquecido a maior parte de seus cursos de inglês.

Sua mãe ainda não recuperou totalmente a saúde e está começando a temer que isso leve mais tempo. Manter a casa em ordem é uma carga, e não podemos nos permitir contratar uma governanta. Ela quer fazer coisas demais, mas não tem força para isso. Nossa casa fica longe do centro, o que é um inconveniente, mas o que fazer?

Chanuká está chegando. Se tiver paciência para isso, acenda as velas. Vamos conversar pelo rádio?[1] Seja forte e mantenha o rumo!

Seu pai, Eliyahu

Efratia para Sarah

Berlim, 3 de dezembro de 1931

Minha queridíssima Sarale!

Vou-lhe contar o que disse a Yigal. Me enche de alegria ler as cartas de um irmão amado e de uma irmã que me contam o que está acontecendo em casa e em nosso país. Seria impossível ler ou ter a menor ideia dessas coisas só pelos jornais.

É lamentável, muito lamentável que eu só experimente essa alegria com tão pouca frequência. Você me escreve tão pouco – você tem suas razões –, mas não é justo. Só para que saiba, sento e lhe respondo assim que leio suas queridas cartas.

Sinto os batimentos da vida pulsando em sua carta. Sarale, é o pulsar de uma "menina de escola", como você costumava me chamar "naquele tempo". É espantoso. O ensino

---

1. O telégrafo.

médio pode ser tão interessante, prazeroso, divertido e cheio dessas tolices. Lembro-me dele e de tudo o que implicava. Mesmo na minha época (agora tão distante), e apesar das minhas reclamações, eu gostava dele. Juventude... Então você quer que eu lhe conte de Berlim e da minha rotina na cidade? É difícil. A vida corre tão rápido que é difícil acompanhar. Trabalhamos duro. Acordo às seis da manhã e trabalho o tempo todo. É estafante. Drena minha força e minha energia e pode me deixar de péssimo humor. Mas não é de todo ruim. Estou contente de estar aprendendo uma profissão, trabalhando e dando minha contribuição. É esse sentimento profundo e extraordinário que põe uma pessoa num caminho normal e equilibrado, que faz dela um indivíduo e a fortalece para que seja capaz de enfrentar os perigos da vida. Esse é o tipo de vida que gera a força interior que nos protege. Não devemos ter vergonha de trabalhar tão duro. Não é fácil, mas acredito na minha força interior e em como ela protege o que há de mais precioso e íntimo em mim.

Não é fácil fazer essa transição. Com o tempo, porém, chegarei à "sabedoria".

No geral, as coisas vão bem. Berlim é uma cidade magnífica, só que isso não me impede de ter saudades de casa. É um sentimento muito estranho, Sarale, mas tem dois lados. O lado positivo (se me permite) é que você cresce, se desenvolve, cria raízes, estabelece relações e constrói um futuro em um país. Ai de quem não tem pátria! Bem, somos felizes e abençoados por termos uma, e é por isso que sinto saudade de casa. Há um tipo mais sombrio de saudade que vem da fraqueza, da sensação de vazio, desequilíbrio ou falta de confiança e de autonomia (falando em termos espirituais). É a síndrome do "filhinho de papai", para usar sua expressão. É completamente negativa e significa que algo não vai bem com essa pessoa. Enfraquece e destrói.

Fora isso, os "filhinhos de papai" são legais, mas não cresceram. Ainda são crianças incapazes de encontrar calor e conforto em si mesmos ou a seu redor.

A psicologia moderna aborda a questão do desenvolvimento infantil. Os dois tipos de saudade existem, em graus variáveis, em cada um de nós. Infelizmente para mim, sofro do segundo tipo e de modo muito intenso. Temos de ser honestos conosco e ver as coisas como elas são. Eu me conheço bem e sempre tento examinar a situação, buscar as causas. Ultimamente tenho sentido muita saudade. Sei por que e posso lhe assegurar, Sarka, que lutarei com todas as minhas forças. Preciso ser forte. Forte o bastante para viver com profundidade e independência onde quer que esteja. Mas ainda tenho de cultivar a forma virtuosa de saudade, o tipo do qual não precisamos nos envergonhar. Estou falando com você com muita liberdade. Não pense que é a única que experimenta esse sentimento. É bom ser capaz de analisar as coisas e compreender suas causas. No entanto, também temos de ser capazes de lutar e viver com independência, força e profundidade. Sarka, você fará isso, assim como eu fiz, tenho certeza. A luta nos enriquece e nos protege. Continue forte, Sarka!

Você queria que eu lhe contasse sobre Berlim e aqui estou eu filosofando! Berlim é realmente uma cidade maravilhosa. É diferente de Viena (minha primeira ama de leite). A cultura aqui é incrivelmente rica e ampla. Há muito teatro *bom* e concertos esplêndidos. Tudo é acessível (quando se tem dinheiro). Não se tem a mesma sensação em Viena, onde você pode absorver tudo sem se sentir satisfeita de verdade. Vou ter de voltar para apreciar todo o valor dos tesouros ocultos nas profundezas de Berlim.

Estou descrevendo as coisas em grandes pinceladas, mas sem exagero. Essa fome não pode ser saciada. Você não tem ideia, Sarka, de como uma boa peça ou uma visita a um museu podem tocar no que está profundamente enterrado em mim. A cultura, a arte e a beleza de Berlim são incomparáveis! Há pouco estive no museu Pergamon. Fiquei sem fala. Num grande salão há um monumento em mármore branco da rica e bela Grécia antiga, posicionado da mesma forma como esteve lá. Uma festa para os olhos e os sentidos. Às vezes me peguei sonhando acordada que estava na Grécia. Há dezenas de outras obras, do Egito, da Babilônia, Assíria, de Baalbek (nossos vizinhos, tão parecidos conosco). Berlim também tem as melhores peças teatrais do mundo. Você já deve ter ouvido falar de Reinhardt,[1] um judeu, é claro. É um mestre da dramaturgia. A modernidade se ajoelha diante dele. Anteontem fui com um grupo de israelenses assistir a sua nova peça, *Hoffmanns Erzählungen* (Contos de Hoffmann). Juro, sem exagero, foi como um sonho, Sarka. O palco era enorme (nunca vi nada igual). Podia preencher todo o Teatro Mograbi,[2] e todos os jovens do Hashomer não seriam suficientes para lotá-lo. Luzes, casas, jardins, rios, decoração, música, dança! Isso, sim, é modernidade!

Saímos todos inebriados, entre o sonho e a realidade... Às vezes as coisas são realmente muito boas, mas frequentemente sinto falta de um eixo na vida. E toda essa excitação não me faz sentir menos saudade de casa ou da vida em um *kibutz*. Mas não é tão ruim assim. Passará com o tempo (como a vida): vamos aprender, cumprir nossas tarefas e voltar para casa.

---

1. Max Reinhardt (1873-1943), diretor teatral austríaco que dirigiu o Deutsches Theater em Berlim. Ele utilizava dança, música, luz, movimento e novas tecnologias (palcos giratórios) e influenciou grandemente o teatro europeu.
2. Teatro em Tel Aviv aberto em 1930, foi o primeiro no Oriente Médio a ter recursos sonoros.

Amanhã é Chanuká. Se eu pudesse voar – mas isso é bobagem! Tentarei comemorar a festa das luzes aqui.

Faz frio. Cai uma neve suave. Está úmido e cinzento, mas não importa. *Ma'alesh.*

Escreva de volta, muito! É tão difícil ter uma noção das coisas quando não se está presente. Para mim, escrever é uma necessidade, acredite. Escreva para mim, muito.

Como vão as coisas nos *chuguim*[1] e no *tsrif*? O que há de novo? Saudações e boa noite,

Efratia

Efratia para Haim Arlosoroff

Tel Aviv, 25 de junho de 1932

Olá, Arlosoroff![2]

Nestes últimos dias estou me recuperando de uma bronquite. Passo muitas horas sentada ao sol, absorvendo a luz e sonhando acordada. E subitamente o nome Arlosoroff pipocou em minha mente. Sabe, esperei horas por você naquela noite. Fiquei tão, tão triste. Por que você não veio? Se você queria estar com outra, bastava dizer. Agora não importa.

Convalescer pode ser uma coisa agradável. Como uma chuva refrescante depois de um dia quente. "Tão certo quanto

---

1. Movimento chamado *chug hazaken* (o "circulo do velho") criado em 1926 por Efratia, Yona Ben Yaakov, Yemima Tchernovitz e sete colegas de turma no colégio Herzliya. Rejeitava o estilo de vida burguês e promovia um sionismo de caráter pioneiro no espírito dos movimentos juvenis russos e poloneses. Os *chuguim* depois se fundiram com os *tsofim* de Jerusalém, Haifa e Petach Tikva para formar os Machanot Olim ("acampamentos dos que imigraram para o país").

2. Haim Arlosoroff nasceu na Ucrânia em 1899 e imigrou em 1924. Foi ministro de Negócios Estrangeiros de Erets Israel e chefe do Departamento Político da Agência Judaica. Liderou o Mapai com David Ben-Gurion. Foi assassinado numa praia em Tel Aviv em 16 de junho de 1933.

sua alma vive!"[1] Estou quase envergonhada de me sentir tão poética... A palidez do horizonte depois do pôr do sol, ou a púrpura das montanhas da Judeia. Sabores e cores... Posso me maravilhar com o mundo eterno, como uma criança. Não importa quão ruins as coisas possam parecer, no fundo sei que o caminho à frente é muito bonito. Mas é preciso ter uma visão clara para enxergar isso.

Li muito nesta última semana. *Narciso e Goldmund*, de Hermann Hesse, entre outros. Foi delicioso ler Feuchtwanger[2] (na edição em hebraico da Shtiebel), um autor que aprofunda ainda mais meu amor por Erets Israel, oferecendo novas perspectivas. Todos as personagens... Iossef Ben Matatiahu[3] e Iochanan Ben Zakai,[4] ambos de extrema profundidade. Gostei especialmente quando o velho e afável Ben Zakai diz a Iossef, que queria abandonar a mulher, que há apenas dois sons que viajam o mundo sem serem captados pelo ouvido humano: o de uma árvore toda carregada de frutos sendo derrubada e o de uma mulher sendo rejeitada por um marido que unira sua alma à dela.[5] Abençoados os poucos que podem ouvir esses sons.

---

1. Uma forma de jurar que é verdade, em Samuel II, 14:19.
2. Lion Feuchtwanger, autor de uma trilogia sobre Flávio Josefo e seu *A guerra dos judeus*.
3. O historiador judeu Flávio Josefo, nascido Iossef bem Matitiahu (37-100), escreveu *A guerra dos judeus*, que conta a tomada de Jerusalém pelos romanos em 70 d.C. Amos Gitai adaptou a obra para o teatro, com o título *A guerra dos filhos da luz contra os filhos das trevas*. A peça foi encenada em Gibellina, na Sicília, e depois na Bienal de Veneza em 1993 (no velho gueto judaico); também foi apresentada em 2009 no festival de arte em Avignon, França.
4. Iochanan Ben Zakai, sábio da época da destruição de Segundo Templo (70 d.C.), restabeleceu o Sinédrio em Iavneh, que se tornou um centro espiritual.
5. Referência a *Pirkei de-Rabi Eliezer* (Capítulos de rabi Eliezer). O capítulo 3 afirma que, quando uma árvore com frutos é derrubada ou quando uma mulher se divorcia de seu marido, os gritos de ambos vão de uma extremidade a outra do mundo, mas suas vozes são inaudíveis – apenas os que têm alma são capazes de ouvi-los.

Rua Montefiori, Tel Aviv, anos 1930.

Agora estou começando a ler livros científicos. Fiz uma lista. Li também, de Krupskaia, *Memórias de Lênin*. Obra de grande profundidade.

Ler e estudar são maneiras sensatas de passar o tempo. Estou começando a acreditar que as forças do destino estão conspirando para me manter em Tel Aviv, apesar de querer tanto deixá-la. Tenho de ficar mais algumas semanas, enquanto me recupero. *Ein Strich durch die Rechnung.*

Venho acompanhando intensamente as notícias sobre a crise na Agência Judaica.[1] Está claro que têm sido dias difíceis para você e gostaria de poder ajudá-lo na montanhosa Jerusalém ou só passar para cumprimentá-lo. Imagino você sentado durante horas sem fim, com a mão sobre os olhos, tentando resolver problemas (ainda o vejo naquelas noites

---

1. Crise desencadeada pela saída de Chaim Weizmann, presidente da Agência Judaica, depois do 17º Congresso Sionista. Na época, a Agência Judaica representava o povo judeu na Grã-Bretanha, que detinha o poder mandatário na Palestina desde 1920.

que levaram às decisões do Congresso;[1] claro, você não sabia que eu o vi sentado na cadeira com a cabeça baixa, perdido em pensamentos. Você se lembra? Fica entre nós).

Desejo que tenha muita força e energia em seu trabalho. Você vai conseguir. Vai chegar lá. Sei que vai.

Saudações (no estilo do Hashomer).

Muitos, muitos beijos, se é que posso...

Efratia

Eliyahu para Efratia

Tel Aviv, 22 de abril de 1937

Efratia, queridíssima filha,

Há algum tempo queria falar com você, mas estava ocupado com negócios da Hasneh[2] e faltaram-me motivação e paz de espírito.

Não fiquei satisfeito com várias frases de sua carta, mas aquela que quero comentar trata de um assunto muito delicado. Não sou a "mamãe". A opinião de "homem" merece ser ouvida. Algumas coisas essenciais – nascimento,[3] morte ou a divisão dos sexos e os papéis que cada um assume – não cabem a nós. Temos de aceitá-las porque não temos escolha. Se um de nós dois tivesse o poder de decidir quanto a isso, eu aconselharia você a querer ser um "homem", e não ter a bênção de uma mulher inteligente: "Abençoado seja Ele que me fez à Sua vontade".[4]

---

1. No Congresso da Basileia, Efratia esteve com os líderes do Mapai: Arlosoroff e Chaim Weizmann. Ela escreveu: "Arlosoroff vivia num lugar pequeno e encantador. Ele me convidou, a mim e a Hanka, para ficar em sua estranha casa. Uma noite, comemos cerejas debaixo de uma grande cerejeira à luz da lua cheia. Ainda em lembro do gosto delas".
2. A companhia de seguros fundada pela Histadrut em 1924, dirigida por Eliyahu.
3. Efratia estava grávida de seu primeiro filho, Dan.
4. Uma das bênçãos das preces matinais (*Shacharit*).

"Uma árvore será plantada em honra ao casamento de Efratia, filha de Elyahu e Esther". Atestado pela "dádiva de árvore", oferecimento aos pais de Efratia em setembro de 1936.

Se pudéssemos atribuir aos homens a gravidez e o parto, as mulheres com certeza aceitariam,[1] mas isso é impossível, e é preciso dar graças a Deus!

Um dia, uma mulher perguntou a Tolstói: "Já chegou o momento em que devo começar a educar meu filho?". Tolstói respondeu com outra pergunta: "Quantos anos ele tem?". A mulher respondeu: "Seis". Tolstói lhe disse: "Você está seis anos atrasada". Eu diria: "Você está seis anos e nove meses atrasada!". Realmente, a relação espiritual entre a mãe e o fruto de seu útero começa muito antes de o bebê sair da barriga. Estou certo de que o estado de espírito da mãe influencia o ser que está gerando, para o melhor ou para o pior.

---

1. Efratia gostava de chamar seu pai de "sufragista", porque ele apoiava o direito de voto das mulheres.

Todas as mães querem que seus filhos gozem de boa saúde física e mental e precisam trabalhar sempre para isso.

É natural que uma mãe se dedique ao filho e o ame mais do que qualquer coisa no mundo. É bonito ver uma mãe com seu bebê nos braços, falando com ele e demonstrando afeição antes que ele seja capaz de lhe responder em sua própria linguagem e pronunciar essa palavra tão terna, "mamãe".

Na minha opinião, mas é apenas a opinião de um "homem", tudo isso começa no momento em que a mulher sabe que se tornou uma parceira no trabalho de criação porque o esperma do eleito de seu coração fertilizou o óvulo e ela vai ser mãe em Erets Israel. As novidades devem ser recebidas com alegria, não devem ser consideradas um mal necessário. E todos os desafios que implicam devem ser tidos como naturais e normais. Todo dia a mãe deve falar com seu pequeno sem nome, que será mais caro a ela do que qualquer outra coisa no mundo; deve estabelecer com ele um relacionamento verbal, ideológico e mental. Claro, tudo isso é feito por mero instinto.

No lar da minha filha, eu gostaria que ela perpetuasse o tipo de educação que recebeu de seus pais. Nós nunca xingamos em casa. Gostaria que na casa dela também fosse assim.

Não sou desses que admiram diplomas e não forçaria meus filhos a tirá-los. No entanto, sua mãe e eu fizemos tudo o que pudemos para assegurar que vocês recebessem uma boa educação. Queríamos que fossem instruídos e tivessem uma profissão. E devo dizer que nossos esforços deram frutos: você é uma mulher de cultura hebraica em todos os sentidos do termo (permito-me fazer a mim mesmo alguns elogios). Quis preparar você para educar a geração que você vai dar à luz, como tentamos fazer com a sua geração. Não se pode falar mal de uma criança ou de alguém que ainda não nasceu. É por isso que não me refiro de forma grosseira a quem se encontra numa condição que considero sagrada. Para qualquer mulher que vai dar à luz, seja um escravo, seja um rei, a passagem da virgindade para a maternidade é muito difícil (claro, minha compreensão quanto a isso é somente teórica), mas é assim que é. Você tem de aceitar isso com amor, alegria e serenidade, não com raiva, porque isso pode influenciar o feto que cresce dentro de você, esse ser vivo que sente as coisas muito mais do que somos capazes de compreender. A criança no ventre da mãe é como matéria-prima nas mãos do Criador. E todas as mães querem ter uma criança saudável que seja alegre, talentosa e equilibrada; que tenha coração e mente sensíveis.

Estou lhe dizendo isso agora porque sabemos – e isso é um segredo que compartilhamos com você e que vem da experiência pessoal – que suas dores estão apenas começando, que vão ficar mais fortes a cada dia que passa e que você tem de se preparar para o momento supremo. Você também terá dificuldades por ser uma mulher que trabalha, ensinando e educando outras crianças,[1] que tem uma casa em Erets Israel onde praticamente não estará disponível nenhuma ajuda e que vive num mundo acostumado a receber e a mostrar a face da felicidade.

Você tem de encarar tudo isso. Espero que encontre a tranquilidade de aceitar seu destino com amor e tato. Eu acrescentaria delicadeza, e a beleza de assumir as consequências. Minha querida filha, quero que faça tudo isso *de cabeça erguida*. Você não deveria encarar como algo de que se envergonhar e esconder dos outros (claro, não é preciso fazer alarde e andar espalhafatosamente com roupas inadequadas, mas confio em seu bom gosto e elegância). Seus colegas e o diretor deveriam saber de sua gravidez. Assim poderão facilitar as coisas para você na medida do possível.

---

1. Após passar alguns meses no *kibutz* Ein Hachoresh, Efratia passou a dar aulas em Haifa.

Ser boa mãe é tão importante quanto ser boa professora. Esse trabalho não pode ser feito superficialmente, entretanto o mesmo vale para o novo papel que você logo terá de desempenhar. Portanto, é essencial que se prepare para ele e o enfrente com a seriedade que ele merece.

Com certeza você não se esqueceu das dúvidas que tinha no começo de sua carreira como professora. São as mesmas para este novo caminho diante de você. Nenhum temor negativo![1] Sua condição deve instigá-la a novas reflexões e ações.

E você é inteligente o bastante para compreender que não é preciso segurar um pavio aceso para saber o perigo que o fogo representa. Você tem de olhar para as experiências dos outros, dos livros, de conversas com mães, das visitas ao médico, do conselho da sua mãe... Não desdenhe de nada, especialmente da própria Efratia. Você sabe que respeito muito a autossugestão, como você a chama, minha querida e terna filha. Não fiz uma cópia, por isso guarde esta carta e talvez um dia a mostre para Sarah.

Seu pai devotado,

Eliyahu

===== **Efratia para Eliyahu e Esther** =====

Haifa, 1938

Olá, meus queridos pais!

Mamãe, recebi sua carta. Você reclama do calor, mas, se isso fizer com que se sinta um pouco melhor, saiba que aqui também está muito quente (especialmente hoje, que não

---

1. Na verdade, Eliyahu escreveu um texto político e pessoal sobre um "temor positivo" que ele mesmo publicou. Escreveu também duas peças: *Ahavat Tsion* (Amor a Sion), inspirada no romance de Abraham Mapu, e *Batsheva* (Betsabé).

Efratia e seu filho Dan, 1937.

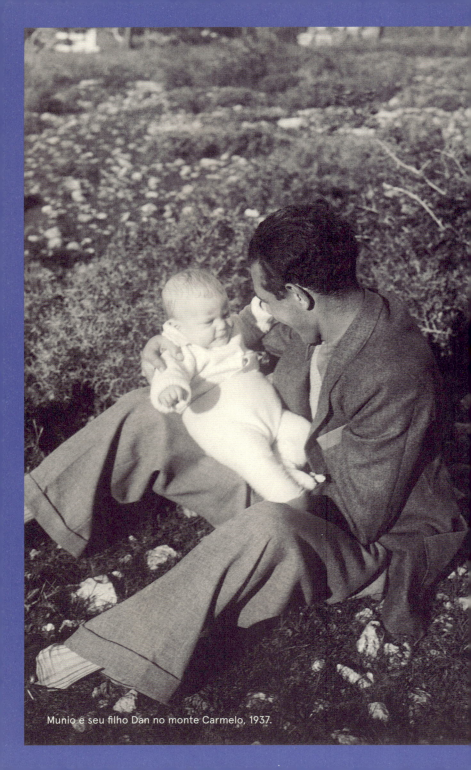

Munio e seu filho Dan no monte Carmelo, 1937.

sopra nenhuma brisa). Durante o dia, o apartamento recebe uma brisa agradável, à noite, porém, fica muito quente. Seja como for, é melhor que sua Tel Aviv, que parece Chicago!

No sábado, subimos com nosso querido filho[1] para o Carmelo. O dia estava bonito (ele dormiu uma hora e meia no parque), mas a noite foi um tanto sufocante.

Dan nos dá muita alegria. É saudável e está crescendo bem. Engatinha pela casa toda. Consegue caminhar se agarrando nas beiradas do sofá e do armário e também fica de pé, sem se apoiar, por alguns instantes. Nós lhe compramos sapatos: *A gantser mensch*![2] Myriam fez calças compridas para ele poder engatinhar à nossa volta. Ele parece um pequeno, lindo, Charlie Chaplin.

Detesto o fato de vocês não poderem vê-lo, especialmente você, mamãe. Você ia querer devorá-lo todinho! É tão bonito (apesar de suar o tempo todo, como sua mãe!).

Os horrores dos últimos dias continuam, no entanto as coisas se acalmaram um pouco. Ouvi dizer que os árabes estão planejando um ataque no Hadar.[3] Tomara que sejam boatos infundados.

As coisas tomaram um novo rumo. A serpente revisionista cresceu e não estamos fazendo nada para detê-la. As mãos do Mapai estão amarradas, não conseguem alcançar uma unidade nacional, exatamente quando começamos a en-

---

1. Nascido em 16 de setembro de 1937, Dan foi o primeiro filho de Munio e Efratia.
2. Ver Glossário. Nos primeiros anos de casamento, Efratia falava em alemão com Munio – e editava os artigos e palestras que ele escrevia em hebraico – e em ídiche com seus sogros. Sua geração foi a primeira a falar o hebraico moderno. "Efratia costumava ler em voz alta / Com um antigo acento hebraico / O hebraico usado pelas filhas dos imigrantes / que queriam que seus filhos / falassem hebraico / como um *wunderkind* [prodígio] / Hebraico moderno / Não hebraico teológico..." Amos Gitai, *Mont Carmel*, Gallimard, 2003).
3. Bairro fundado em 1925, a meia altura no monte Carmelo, na seção judia da cidade de Haifa.

tender melhor o problema do fascismo na Alemanha. Quem sabe para onde estamos indo...

Eu realmente gostaria que vocês viessem nos ver, mas neste exato momento não estou em condições de receber visitas. Vamos esperar mais uma semana ou algo assim e depois vocês vêm, quero muito.

Munio está um pouco resfriado. Está tossindo, seu aspecto não é muito bom.

Todos estão desgastados na escola. Quem é que sabe o que este ano vai trazer? Temos de estar preparados para tudo.

Até logo, meus queridos,

Efratia

====== **Efratia para Eliyahu e Esther** ======

Haifa, 26 de novembro de 1938

Meus queridos pais!

Sua última carta foi "adorável". Munio a leu primeiro (eu não estava em casa). Deixou-me um bilhete, dizendo "Efratia, leia a carta. É tão doce, vai te animar". Ele tinha razão. Gostei muito de ler a carta. Mamãe, li para os alunos a parte em que você descreve as inundações em Tel Aviv (na verdade, estamos estudando as cidades da planície costeira). Eles gostaram.

Os últimos dias passaram voando. Dan voltou de Kiryat Bialik[1] na semana passada e ele preenche nosso apartamento inteiro. Sarka tem razão ao exaltar a beleza dele. Ele nos dá muita alegria. Não precisamos trabalhar hoje (é sábado). Fomos caminhar com Myriam e Ghada – o jovem casal que estamos ajudando a se estabelecer – no Carmelo. Escalamos,

---

1. Situada ao norte de Haifa, essa localidade recebeu o nome do poeta C. N. Bialik e foi fundada em 1934 por judeus alemães da Quinta Aliá.

Dan, Munio e Efratia, em Haifa.

caminhamos e respiramos ar puro. Foi bom. Estamos um pouco cansados esta noite, por isso decidimos descansar, ler e escrever.

O que há de novo com meus queridos? Yigal ainda é seu "distinto hóspede"? Por que ele não acrescenta algumas palavras nas cartas de vocês? Nós lhe desejamos um feliz aniversário[1] pelo rádio. Ele deve ter ouvido. Quanto ao

---

1. Nascido em 11 de novembro de 1917, Yigal trabalhou para a indústria bélica clandestina da Haganá desde dezembro de 1937.

presente, vai receber um pouco mais tarde (em Chanuká). Espero que não se zangue. Podem nos dar algumas sugestões? Vocês sabem melhor que nós do que Yigal precisa. Por favor, nos digam.

Nosso Daki[1] balbucia o tempo todo, mas ainda não fala. Está evoluindo muito bem. Já aprendeu a correr, sentar numa cadeira, descer, subir no sofá etc. Esperamos que seja um bom falante de hebraico quando decidir começar a falar.

Os problemas são muitos. É estafante. Não estamos pagando a mensalidade escolar.

Munio está trabalhando como de costume. Nada de novo por enquanto. Continuemos esperançosos. Por enquanto, temos tudo de que precisamos.

Os pais de Munio estão bem e mandam lembranças. Estão preocupados com Shunio, o filho que está na Polônia. Ele está profundamente perturbado com a expulsão dos judeus poloneses[2] e com os últimos acontecimentos na Alemanha.[3] Faz parte do comitê de assistência aos refugiados. Ele e a mulher estão mergulhados em trabalho. Testemunharam mais problemas do que sou capaz de listar aqui. Suas cartas compartilham as coisas que ele viu e seus pensamentos preocupantes. Quer vir para casa, fugir da diáspora. Não sabe o que fazer, mamãe. Decidimos perguntar sua opinião. Então, Shunio tem uma loja de tecidos e se mantém decentemente, mas não conta com dinheiro em espécie. Não poderá tirar dinheiro do país (de qualquer maneira, não tem), assim,

---

1. Apelido de Dan.

2. Em outubro de 1938, 20 mil judeus poloneses foram expulsos do *Reich*. A maioria foi enviada para a fronteira teuto-polonesa, mas foram impedidos de voltar a seu país natal porque tinham sido destituídos da nacionalidade polonesa.

3. A *Kristallnacht* (Noite dos Vidros Quebrados) ocorreu em 9-10 de novembro de 1938 na Alemanha. Quatrocentos judeus foram mortos. Centenas ficaram feridos, e cerca de 30 mil foram presos e enviados a campos de concentração em toda a Alemanha.

se vier para cá, não terá recursos. Ele tem um laranjal em Erets Israel, porém ainda não está produzindo o bastante e precisa de investimentos.

Beijos,

Efratia

Efratia para Eliyahu e Esther

Haifa, 27 de fevereiro de 1939

Meus queridos!

Recebi todas as suas cartas, inclusive a enviada para o escritório de Munio e a que Sarka mandou por intermédio de Wilensky. O serviço postal está funcionando.

Tudo vai bem aqui em casa. Mamãe disse que eu não deveria me preocupar com política. Muito bem. Mas vocês dois devem saber o que aconteceu em Haifa.[1] Hoje ficamos juntos em casa, rezando para que não estoure uma guerra. Comemos o tempo todo. Na verdade, corremos para comprar mantimentos, como todos os moradores no Hadar. As lojas foram literalmente pilhadas.

Além de manteiga e pão, com dinheiro pode-se comprar qualquer outra coisa. O ensaio com roupas[2] correu bastante bem. Das duas às quatro saímos para um passeio sob a autoridade do alto-comissário.[3] As ruas estavam cheias de gente, "alegria e comemoração para os judeus". Resumindo, a única coisa que faltou foi um carnaval de rua!

---

1. Em fevereiro de 1928, nas ruas de Haifa houve um levante de árabes clamando pela expulsão dos judeus e por uma aliança anglo-árabe.
2. "Ensaio com roupas" refere-se ao ensaio final de um espetáculo, com cenários e figurino; no caso, os últimos preparativos. [N.T.]
3. Harold MacMichael foi o quinto alto-comissário do Mandato Britânico na Palestina, de 1938 a 1944.

Efratia, após a morte de Dan, no barco que a conduzia de Haifa à Polônia, em 1939.

Não conseguimos um jornal vespertino, e o rádio não transmitiu muitas notícias. *Allah baaref* se conseguiremos chegar a Tel Aviv para Purim. Não esperem por nós.

Papai, espero que tenha recebido os projetos que Munio lhe enviou de Tel Aviv. O que está havendo com as negociações para o reembolso do seguro? Não creio que deveriam gastar dinheiro para pôr um armário no vestíbulo. Façam o que for preciso para vender a casa, mesmo com algum prejuízo. Essa é minha opinião.

Além da situação política explosiva, não há muitas novidades. Já lhe contei sobre o suéter maravilhoso que Sarka tricotou para mim. Não fico elegante nele? Não sei se vou ter uma blusa branca para vestir em Purim, com esse toque de recolher e o fato de estarem matando judeus. Talvez eu use qualquer outra antiga.

Nosso novo apartamento é bonito. Compramos flores e plantas. As visitas dizem que o mobiliamos bem. Temos uma vista fantástica, e o ar estará *ahsahn* no verão. Não bate sol no inverno, e fica frio às vezes, especialmente quando pensamos em nosso Daki, de quem sentimos saudades. Mas o que fazer? A vida continua.

Munio e Mansfeld[1] estão trabalhando muito para o Hapoel.[2]

É tudo por ora. Boa noite. E, mamãe, que você viva muitos anos mais e que sejam cheios de bom humor.

Como está Yemima? Para quando se espera o bebê? Mande lembranças aos dois em nosso nome.

Efratia

---

1. O arquiteto Alfred Mansfeld (1912-2004) foi sócio de Munio de 1937 a 1959.
2. Os dois arquitetos estavam discutindo um mobiliário para o escritório da Histadrut em Beit Hapoalim, Haifa.

===== **Efratia para Eliyahu e Esther** =====

27 de abril de 1939

Oi, todo mundo!

Estamos em Haifa. A greve[1] vem acontecendo faz alguns dias. A chegada de imigrantes clandestinos foi um grande momento. Sentimos a energia do povo. Também participei do protesto de mulheres *Puchte Yidishe Mames*, e me senti em casa. Deixamos nossas cozinhas para protestar assim que fomos avisadas – *man at zoh habishul hois geserein* – e depois voltamos. Nosso grupo ficou com raiva da multidão, que gritava "Vergonha para o governo!". Era demais, em nossa opinião. Porém, com seu cinismo, interpretamos a declaração de MacDonald como um tapa na cara.[2]

Sariku, recebi seu cartão, e você está zangada comigo sem razão. Primeiro, enviamos a todos vocês um cartão do Líbano: não chegou? (Enviamos aos pais de Munio várias cartas, mas eles não receberam nenhuma.) Segundo, quando escrevo para nossos pais, escrevo para você também. Quanto a seus livros, Mansfeld prometeu entregá-los quando for para Tel Aviv. Recebi a blusa e a saia, mas o casaco continua igual! Sua professora de tricô deve ter tido preguiça de fazer

---

1. Naquele mês, dois barcos transportando imigrantes clandestinos foram interceptados por forças de segurança inglesas e seus passageiros foram presos. Instituições da comunidade judaica organizaram greves e protestos como demonstração de apoio aos imigrantes e de oposição à política britânica.

2. As negociações entre ingleses, judeus e árabes realizadas em fevereiro de 1939, no Palácio Saint-James, em Londres, fracassaram. Com a aproximação da guerra, os judeus tiveram que dar seu apoio à Grã-Bretanha. Para ter os árabes como aliados, Malcolm MacDonald, secretário de Estado nas colônias, sugeriu interromper as imigrações, proibir compras de terras e apoiar a criação de um único Estado palestino em dez anos; uma prévia do White Paper, emitido em 17 de maio de 1939. Seguiu-se um grande protesto: numerosos setores profissionais, todas as organizações juvenis e a população feminina. O maior protesto de mulheres contra a política do Mandato Britânico foi em 5 de março de 1940, nas ruas de Haifa.

algo a respeito. Fica totalmente disforme em mim. Estou certa de que encontraremos uma solução no ano que vem! Ganhei um belo casaco de Shunio, irmão de Munio. Maravilhoso. É uma pena o inverno ter acabado, porque o casaco é impactante: simples, mas elegante. Shunio e o sobrinho dele voltaram e trouxeram lembranças suas.

Há tiroteios em Haifa. Mesmo a essa hora ouvimos disparos cruzando o ar – como é usual, o mundo está agindo de modo abominável.

Como vão vocês? Como passaram as festas em Jerusalém? Apesar dos tiros, convido vocês a vir para Haifa, uma cidade cujo presente é triste, mas destinada a ter um futuro mais brilhante.

O trabalho de Munio melhorou um pouco. Não nos falta nada. *Alevai vider nicht shlechter*. Vivemos modestamente.

Você também votou pela greve, Sariku? Inacreditável!

Beijos aos dois, meus queridos,

Efratia

========================= **Eliyahu para Efratia** =========================

Tel Aviv, 17 de julho de 1939

Efratia, minha querida filha,

Antes de você partir para a Europa, sinto que é meu dever resumir nossa breve conversa neste sábado, já tarde, em Tel Aviv.

1. O homem saudável nunca vai compreender o homem doente. Era isso que costumava dizer Rachel, sua irmã e nossa querida filha, de abençoada memória.[1] Temos de nos

---

1. Rachel, irmã de Efratia, nasceu em Bialystok em 1911; morreu aos dezesseis anos de uma doença pulmonar contraída durante uma viagem da família; foi sepultada em Munique.

lembrar de uma coisa: as pessoas doentes requerem atenção especial e compaixão.

2. As mulheres enfrentam desafios em tempos difíceis. Não exige esforço ser uma boa esposa quando o marido ganha bem. No que concerne a mulheres que dão suporte aos maridos quando eles tropeçam na vida, temos o dito: "Quem encontra uma mulher encontra o que é bom".[1] Gostaria que você fosse uma dessas mulheres...

3. Munio está enfrentando uma crise, e seu papel é dar atenção a ele. Tenho visto como você age em diversas ocasiões, especialmente durante nosso último encontro em Jerusalém, e estou orgulhoso de você! Você herdou alguma coisa de seu pai, que se combina com os traços recebidos de sua mãe. Empenhe-se em cultivá-los. Persevere em seguir este seu caminho!

4. A terrível tragédia[2] que se abateu sobre vocês afetou Munio mais do que você. Você é a filha de seu pai, que é forte para enfrentar os desafios e se comporta como o rei Davi, que disse: "Ele não voltará para mim".[3] O lema de seu pai é que não se deve chorar o passado. Não se deve temer o futuro. É preciso viver o presente. Na estrada da vida vão ocorrer desventuras, e sabedoria é a capacidade de superar a tragédia e não permitir que ela nos domine.

5. Na vida, a desventura tende a vir aos pares. O fato de Munio não ter tido bastante trabalho há vários meses é parte do problema. Ele é filho do pai dele: tem suas qualidades e seus defeitos. Ele é apenas uma formiga entre tantos outros que trabalham incansavelmente com o único objetivo de guardar dinheiro. Na visão de Munio, ter segurança na vida

---

1. Provérbios, 18:22
2. A morte do bebê Dan.
3. Samuel II, 12:23: O rei Davi se refere ao filho que teve com Betsabé e que morreu sete dias depois de nascer.

significa depositar dinheiro no banco para que ele possa gerar mais dinheiro. No entanto, não é isso que faz o seu pai, Efratia. E você é filha de seu pai. Temos visões diferentes e damos importância a coisas diferentes. Dinheiro não significa nada para mim, só aquilo que pode nos proporcionar. Munio sente necessidade de trabalhar o tempo todo. Nesse aspecto, há contradições entre vocês, o que suscita conflito, mas é seu dever ficar vigilante: não exija demais da formiga pedindo que ela mude sua natureza.

6. Você está indo para o exterior com seu companheiro de vida, para que ele possa recuperar a saúde! Procure não fazer nada que possa deixá-lo zangado ou irritado. Eu lhe peço, num decreto paternal, algo que nunca fiz até agora: preocupe-se com a saúde dele, não com seu próprio prazer. Não o deixe sozinho, nem uma noite sequer. É claro que você não deve ir a Paris sozinha. Não faça nada que possa despertar nele suspeita, ciúme; mantenha distância de seu trabalho de formiguinha.

7. Tenho a sensação de que a situação é mais séria do que você pensa. Você está numa encruzilhada. Tem de aceitar tudo com amor (é costume em Israel abençoar até o que é ruim). No entanto, não quero que o decorrer de sua vida e seu futuro sejam determinados por uma cegueira ou um erro fatal. Abra bem os olhos e olhe a estrada que se estende a sua frente. Dê-se tempo. Pese os prós e os contras antes de cada passo. Consulte seus pais e seu próprio coração, pois eles são seus amigos mais leais e prontos para dar sem pedir nada em troca.

Que a paz esteja com você! Saudações a você e a Munio, que me é muito caro, apesar de tudo. Voltem os dois com a mente e o corpo sãos. Gostaria de ir com vocês, mas não disponho desse tempo. Tenho de ir a Jerusalém para questões de trabalho.

Minhas mais calorosas lembranças aos pais de Munio.
Você tem minha bênção e minha devoção.
Seu pai,

Eliyahu

Efratia para Eliyahu e Esther

Chorzow, Polônia, 27 de julho de 1939

Meus queridos!

Ontem chegamos à cidade em que vive Shunio, o irmão
de Munio. Dormimos incrivelmente bem. Tudo começou nos
trilhos e descansamos. A viagem de trem foi agradável, as
paisagens eram maravilhosas. As pradarias verdes, os campos de trigo após a colheita e as densas florestas foram uma
festa para os olhos. Fomos de segunda classe, é bastante confortável. Também conversamos com alguns poloneses que
estavam interessados em Erets Israel. Ainda não deparamos
com nenhum antissemitismo.

Enviei a vocês alguns cartões ao longo do caminho. Espero
que tenham recebido. Enviei um de Bucareste, mas escrevi
que era de Budapeste. Tomara que tenham percebido meu
erro. Uma cidade magnífica com amplos jardins e ruas bonitas.
Fomos a uma grande feira organizada por fascistas. O pavilhão
alemão e o italiano eram enormes e excepcionalmente bem organizados. Os ingleses não estavam presentes em nenhum lugar. O hotel em que ficamos era esplêndido, mas o calor, quase
insuportável. Vocês não podem imaginar como estava quente!
Tomávamos pelo menos sete chuveiradas por dia. Nosso país
é um paraíso comparado com isso. Ainda não encontramos
nenhum de nossos contatos, todo mundo está de férias. Havia
também garotas escoteiras no trem, elas estavam indo visitar
a Polônia. Nelas, sentimos algum antissemitismo, mas igno-

ramos – estamos orgulhosos da nossa pátria. Sente-se uma presença militar em toda parte.

Ainda não saímos de férias, só fomos para a casa do irmão de Munio. Ficaremos aqui dois dias, depois vamos com ele para Bielitz. O tio de Munio ligou e nos convidou para ficar na casa dele o quanto quisermos. Vamos passar dois ou três dias lá. Shunio ligou para Zakopane e nos reservou um quarto de primeira classe. O céu está cinzento e chove o tempo todo, mas estou contente de ter vindo. É bom reatar laços com a família e descansar depois de uma longa jornada.

Munio vai se encontrar com alguns amigos hoje e amanhã. Não nos falta nada neste país. Sim, recebemos o cartão de papai em Bucareste. Obrigada. Por favor, escrevam-me muito. Aguardo boas notícias sobre mamãe. O sócio de Shunio vai ficar aqui e cuidar para que tudo corra bem. Espero que Sarka aproveite sua viagem e volte com segurança para Tel Aviv. Como está o clima aí, mamãe? Foi até Jerusalém, onde é agradável e fresco? Soubemos que a situação se acalmou, porém ainda estamos esperando os jornais de Erets Israel. Mansfeld prometeu enviá-los, só que ainda não o fez. Parece que a guerra não vai estourar antes de voltarmos. Os jornais aqui dizem que Hitler ficou doente. Tomara que seja verdade!

Espero que Yigal e Ada estejam bem. Peçam que nos perdoem por não termos ido vê-los. Vamos visitá-los quando voltarmos.

Sariku, cuide-se e nos escreva...

Muitos beijos para todos vocês. Mamãe, *fique calma*. Estão cuidando bem de nós aqui e tudo ficará bem.

Vejo vocês em breve em Erets Israel.

Efratia

Efratia para Eliyahu e Esther

Zakopane, 10 de agosto de 1939[1]

Saudações, meus queridos!

Chove faz dois dias. Chuva e mais chuva sem parar. Estamos aproveitando para ficar na cama lendo *Moisés e o monoteísmo*, de Freud. Entre um aguaceiro e outro fazemos caminhadas numa floresta próxima, para as quais as chuvas são uma bênção. É tão bom ficar lendo! A janela dá para uma paisagem maravilhosa que alarga a mente, e o ar é fresco e revigorante.

Ainda não sabemos se nosso visto será prorrogado, amanhã chega a resposta. Desconfio que teremos de voltar em 7 de setembro e espero que Katz[2] não me mate se eu atrasar dois dias para retornar à escola. Munio talvez fique na Polônia por mais algum tempo, ainda não sabemos. Está comendo muito, espero que traga consigo quilos a mais!

Como você está, mamãe? Gostaria de vê-la e abraçá-la forte. Por favor, escrevam-me com frequência. Estou certa de que vocês não esqueceram o quanto anseio por receber notícias do país e como é cruel quando nenhuma correspondência chega... Quando vocês se mudam? Mamãe, você vai se tratar num *spa*? Se sim, quando? Escreva algumas palavras, se não for muito difícil. Não se preocupe conosco. Munio ganhou um lindo casaco novo de seu irmão. Escrevi para Kalman Novic. Acabei de receber dele uma longa carta em hebraico e em ídiche. Ele ficou contente de ter recebido a minha. Sônia e Ephraim estão passando o verão em Ditchuk. Ele reclamou de seu filho, um garoto forte, que nada faz por seu povo ou

---

1. Cidade no sul da Polônia, famosa como lugar turístico para a prática de esportes de inverno e tratamentos em *spas*.
2. Yair Katz, um dos fundadores da escola *chuguim*, em Haifa, onde Efratia ensinava, dirigiu o estabelecimento durante vários anos.

por ele mesmo (mas a gente colhe o que semeia). Quer que o rapaz venha para Erets Israel. Pediu que fôssemos para Bialystok ou Ditchuk; muito provavelmente ele pensa que incentivaríamos seu filho a imigrar. Mas não quero me intrometer nessa história. A responsabilidade é muito grande. Não sabemos se iremos a Bialystok. Mais provavelmente iremos à Cracóvia, Varsóvia e Lvov em nossa jornada de volta. Ainda não decidimos. Talvez na próxima semana. Por ora, os dias passam suavemente; comemos e bebemos, às vezes falamos com judeus burgueses que criticam Erets Israel. Munio contra-argumenta[1] com veemência e convicção.

Ontem recebemos a visita de Zounek, irmão de Yocheved, que foi enviado para a Polônia para fazer trabalho sionista. Conversamos longamente. Anteontem fomos à sede central do Hashomer Hatsair. É como se estivéssemos vendo Erets Israel de baixo para cima... Está claro que o movimento juvenil é altamente benéfico para o país. A sede está localizada nas montanhas, a meia hora de trem.

Isso é tudo o que tem acontecido em Zakopane. Tomara que a chuva cesse logo para que possamos sair mais. Espero receber cartas suas. Estou certa de que papai cuidará bem de mamãe quando ela chegar do hospital. Como vai Yigal? Sarah é uma menina muito má! Não escreveu uma só palavra!

Um alô para Leah,[2] os Broïde, Shmulik e Sarah.

Abraços a todos vocês, especialmente para mamãe, enquanto convalesce.

Sua,

Efratia

---

1. Questões que eram muito debatidas na época. Em vez de discutir capital e mercados, os movimentos operários se concentravam nos valores do trabalho e na política de construção de um novo Estado.
2. Prima de Efratia – as mães eram irmãs, nascidas em Bialystok. Leah casou-se com Yehuda Rubinstein, com quem teve dois filhos: Bat-Sheva e Ariel.

Eliyahu para Efratia

Tel Aviv, 6 de abril de 1940

Efratia,

Estou familiarizado com o tipo de resposta que sua sogra lhe deu.[1] Meu tio me deu uma semelhante três anos atrás, quando fui a Lodz para tentar fazê-lo ver as coisas com mais clareza... A fé de Israel nada tem a ver com o fatalismo árabe: "Ninguém ergue um dedo por nós" etc. etc. A maioria de nós nunca encarou as coisas dessa maneira.

É preciso se controlar e se fortalecer, mais do que nunca. A história avança com seu ritmo próprio. Mesmo assim, temos de considerar todas as possibilidades para tomar o caminho correto de ação. (Esse mesmo princípio nos guiou há 35 anos[2] e é por isso que você nasceu na Terra de Israel.)

Com relação a abrigos: 1) O oleoduto entre Suez, Akko (Saint-Jean-d'Acre), Damasco e o Iraque é importante para os dois inimigos. Nenhuma de nossas posições ao longo dele é viável como abrigo. 2) Também temos de fazer planos para o caso de eventuais ações de nossos "primos",[3] razão pela qual prefiro as cidades. 3) Sua condição requer que você fique na cidade com acesso a assistência médica especializada. 4) Jerusalém é nossa cidade mais segura (porque é sagrada; porém, o que é mais importante, não tem valor estratégico). No entanto, uma desvantagem crucial é que o rio Yarkon é a única fonte de suprimento de água.[4] Esperemos que eles verifiquem o estado dos poços lá quando se aproximar o inverno.

---

1. Fruma Felner, nascida na Polônia, filha de Sarah Gold e Shneir Felner, um pequeno industrial. Em 15 de julho de 1874, ela se casou com Pinhas Weinraub, com quem teve quatro filhos. Morreu em 4 de fevereiro de 1971, seis meses depois de seu filho Munio.
2. Eliyahu imigrou em 1906.
3. Maneira comum de se referir aos árabes em Israel.
4. O segundo maior rio de Israel, depois do Jordão.

Minha conclusão é a seguinte: se você quer dar à luz em Israel, deve alugar um apartamento em Jerusalém e se mudar duas semanas antes do parto. Melhor se conseguir encerrar o ano letivo.

Penso que você precisa tirar um ano sabático na escola. Não vai haver lugar para hóspedes[1] em seu apartamento de dois quartos. Aprenda com seus erros passados.

Quanto a nós aqui em Tel Aviv, não creio que tenha chegado o momento de deixar a cidade. Se a guerra[2] nos alcançar, primeiro vamos evacuar as crianças, depois pensar o que fazer com os adultos. Por enquanto não é preciso disseminar o pânico. Sua mãe irá, se você precisar dela. Também posso ir a Jerusalém por um mês, se necessário. Devido ao espaço limitado, podemos ficar no jardim de infância de Leah, pois as crianças estarão de férias. Compraremos uma cama de casal, como a que temos em casa. Descartando despesas imprevistas, poderíamos lhe reembolsar as cinquenta libras no início de outubro. Você poderia usar esse dinheiro para cobrir as despesas adicionais que certamente vai ter.

Se você e Munio concordarem com a ideia, não espere muito para alugar um apartamento em Jerusalém. Se os dois estiverem muito ocupados, sua mãe pode cuidar disso. Podemos contar com ela. Digam-nos o que pensam sobre isso o mais breve possível.

Passei dois meses lendo o primeiro volume de Ephraim Urbach[3] enquanto referenciava o texto com a Bíblia. Durante um mês escrevi minhas ideias sobre o assunto.

---

1. Eliyahu está se referindo ao sócio de Munio, Alfred Mansfeld.
2. Haifa, como outras cidades costeiras na Palestina, foi alvo de bombardeios da Força Aérea fascista em virtude de sua importância estratégica (refinaria, terminal de oleoduto, usina de energia, fábrica ferroviária etc.). Foi bombardeada várias vezes entre junho de 1940 e julho de 1942.
3. "Os sábios: seus conceitos e suas crenças", de Ephraim Urbach, livro sem tradução em português.

Gostaria que o sr. Urbach lesse esse trabalho. Se você por acaso se encontrar com ele ou se vocês se falarem por telefone, por favor toque no assunto e me diga se ele pretende vir a Tel Aviv e quando. Estou disposto a ir a Haifa se ele preferir. Talvez ele possa reservar um sábado e passar algum tempo comigo fora da cidade, em Zichron Yakov ou Hadera.[1] O manuscrito tem vinte páginas e é dividido em quatro partes.

Com os melhores votos para você e para Munio,

seu pai Eliyahu

======= **Efratia para Eliyahu e Esther** =======

Jerusalém, 17 de julho de 1940

Olá, queridos pais,

Acabo de receber o cartão de papai. Realmente ele é um bom rapaz, escreve com frequência – por que mamãe nunca escreve? Ela poderia pelo menos acrescentar algumas palavras gentis. Espero que ela esteja bem e que tudo esteja correndo bem.

Aqui os dias vão se arrastando. Faz muito calor durante o dia, e eu fico me mexendo e rolando na cama. Recebo todos os dias uma carta de Munio, ele sempre envia lembranças a vocês. Na última, ele relata a "visita dos italianos".[2] Munio cumpriu sua tarefa como inspetor e conta: "As ruas estavam absolutamente silenciosas, e os judeus se comportaram com mais seriedade do que nunca". No abrigo em nossa casa (construído por Munio), reinou completa ordem. Muitas pessoas buscaram refúgio lá, e ele serviu a seu propósito.

---

1. Duas cidades nas proximidades de Haifa. Zichron Yakov, uma das primeiras *moshavot* (1883), foi fundada por imigrantes da Primeira Aliá, da Europa Oriental.
2. Ver nota 2, p. 115.

Papai, hoje nada aconteceu em Haifa. Munio poderia vir me ver por alguns dias, mas não vou lhe pedir que suba até Jerusalém. A guerra ainda vai continuar por algum tempo, e temos de nos munir de paciência, como disse Churchill.

Gostaria de ter Munio aqui, se ele tivesse trabalho em Jerusalém, mas não posso esperar que fique sentado observando sua mulher. Está muito ocupado em Haifa. Ele disse que conseguiu o projeto da fábrica em Askar.[1] Está se reunindo com os profissionais envolvidos na construção. Além disso, a defesa civil e a companhia de energia elétrica pediram que ele organizasse uma apresentação, e Munio concordou em fazer *pro bono*.

Tudo isso o ajudou a recuperar o entusiasmo pela vida. Estar sem trabalho é pior do que ficar sem dinheiro. Também preciso controlar meus nervos. Mesmo grávida, não recebo nenhum tratamento especial. Estou fazendo todas as tarefas que posso. Eu não achava, e continuo não achando, que haverá uma vaga no jardim de infância de Leah. Disse-lhe que o desse a quem ela quiser.

Falei para os senhorios que pretendo sair daqui em agosto. Vou achar outro quarto, se ficar em Jerusalém. Este aqui é muito quente.

É tudo por ora, é difícil escrever no escuro. Estou esperando a vinda de mamãe.

Efratia

---

1. Em 1940, Munio e Mansfeld foram contratados pela fábrica Na'aman, de tijolos e ladrilhos, e projetaram a fábrica da Askar, de tintas e plástico, na baía de Haifa. Muito do trabalho de Munio envolvia projetos de prédios industriais para a Histadrut e *kibutzim* nas proximidades de Haifa.

Munio para Efratia

Haifa, 30 de setembro de 1940

Oi, Efratia,

O sábado passou, e não fui te ver. Tampouco fui a Tel Aviv. Dormi até tarde, até as nove. Acordei e fiz um bom desjejum. Depois Ernst[1] chegou para me levar a Bat Galim.[2] Peguei minha roupa de banho e fui com ele. O mar estava lindo. Eu estava de mau humor e não estava a fim de nada. Não quis ir a Merchavia usufruir da generosa hospitalidade de nossos amigos.[3] Já basta você estar aí e eles lhe darem o melhor que podem. Sei que estou sofrendo, mas tudo vai dar certo. Como costumava dizer minha avó, *alles mit silber löftel*. Que fazer? O diabo vai saber por que tudo começa com tanta dificuldade.

Ontem à tarde, Yardena e Balaban[4] vieram de Tel Aviv para me ver. Yardena me convidou para ir à casa delas, mas recusei. Esta manhã estive em Askar e fui ver meus pais. Não há muito que acrescentar ao que já lhe contei sobre Kiryat Bialik.[5]

Estou desapontado por você estar me enviando cartões--postais ultimamente. O custo do papel aumentou e temos de economizar, mas ainda podemos nos permitir escrever cartas em papel. Shlomo talvez vá para Jerusalém no domingo;

---

1. Yardena Cohen, nascida em Haifa em 1910, frequentava aulas de dança em Dresden. Antes disso, estudou na Academia de Música e Dança de Viena. Depois de retornar a Erets Israel, em 1933, deu aulas de dança na mesma escola onde Efratia trabalhou e abriu seu próprio estúdio em Haifa. Em 1934, Yardena casou-se com Ernst Grünwald, engenheiro.
2. Bairro na parte oeste de Haifa.
3. Hanka e Yitzhak Heruti.
4. Malka Balaban, amiga de Yardena Cohen.
5. Onde moravam os pais e o irmão de Munio, Shlomo.

ele tem uma reunião às onze com Gerzovsky,[1] do Keren Kayemet.[2] Não sei se terá tempo para te visitar. Talvez você possa ir vê-lo enquanto ele estiver no Keren Kayemet.

Hanka lhe escreveu, mas ela disse que a carta era só para você: achei que era assunto de mulher! Heruti ficou bem curioso, porém isso não o levou a lugar nenhum!

Nós dois conversamos se valeria a pena eu escrever a respeito dos problemas de construção nos *kibutzim* do Hashomer Hatsair.[3] Realmente preciso desse projeto e tenho de trabalhar. Mas minha irritadiça secretária não está aqui, e sem ela é difícil para mim.

Todos os seus conhecidos mandam um alô. Rachel[4] ainda não recebeu sua carta.

É uma noite sem lua, a escuridão é total. À menor réstia de luz, como de costume, as pessoas gritam para a apagarmos,[5] mas dou um jeito... e a mantenho acesa. Não, ainda não terminei o assunto Jerusalém. Por que mudar para Tel Aviv? Fica no caminho para Haifa? Não tenho a intenção de te influenciar, mas estou curioso para saber o que você vai decidir. Se está hesitando entre Tel Aviv e Jerusalém, Jeru-

---

1. Nascido na Ucrânia em 1913, Shlomo Gerzovsky Gur imigrou em 1922. Membro fundador do *kibutz* Tel Amal, ele projetou o Chomá Umigdal (Torre e Paliçada), programa que levou à criação de dezenas de *kibutzim* entre 1936 e 1939, como maneira de conter os ataques dos árabes. Especialista em hidrologia, Gerzovsky projetou também o sistema de drenagem de água do rio Jordão para o Neguev e do Mediterrâneo para o mar Morto.
2. O Keren Kayemet Leisrael (KKL), ou "Fundo Permanente para Israel", foi fundado em 1901 por Theodor Herzl durante o 5º Congresso Sionista, para desenvolver Erets Israel e adquirir terras para colonos judeus.
3. Dificuldades na coordenação entre o Hashomer Hatsair, o comitê do *kibutz* e o arquiteto.
4. Nascida em 1912, na Polônia, Rachel Adiv conheceu Efratia na Tchecoslováquia, num encontro do Hashomer Hatsair. Na década de 1940, ela serviu de ligação entre as mulheres da Haganá, da qual era membro, e o Exército britânico. Depois da guerra, trabalhou na Alemanha, nos campos de deslocados.
5. Devido ao toque de recolher.

salém é melhor sob todos os aspectos, desde o clima até a tranquilidade.

O nome do *kibutz* a ser construído entre Akko[1] e Ein Shemer é Ma'ayanot. Se Zvi Luria for vê-la em Jerusalém, discuta os planos com ele. Gostaria muito de fazer o projeto para eles, mas antes tenho de me organizar.

Ainda não sei quando poderei ir. Cuide-se bem e mande lembranças a todos.

Munio

═══════════ **Efratia para Eliyahu e Esther** ═══════════

Haifa, 29 de junho de 1942

Olá, meus queridos!

Recebemos o cartão-postal de papai na semana passada, e o de mamãe, ontem. Tenho certeza de que agora vocês estão juntos novamente e esperam ansiosos por esta resposta atrasada. Estamos muito felizes e curtindo de verdade o neto de vocês. Ele teve um dia maravilhoso ontem. Seu bom humor contagiou todos que o cercavam. Já tem sete dentes, bastante para a idade dele. Saíram sem que sentisse dor, e ele fica brincando o dia inteiro na varanda. Munio está muito ocupado. Tem um judeu, o sr. Levi,[2] querendo construir uma vila no Carmelo (talvez). É um dos poucos que ainda parece se empolgar com este país.[3]

Temos dormido em paz, nos juntando a Churchill na prece pela vitória de Stálin. São tempos monumentais. Se

---

1. Nome hebraico da cidade de Saint-Jean-d'Acre, ao norte da baía de Haifa.
2. A casa recebeu o nome de Beit Levi.
3. O contexto dificilmente conduziria a novas construções. Os italianos bombardearam Haifa várias vezes. Poucas semanas mais tarde, em juho de 1942, houve renhidos combates a leste da fronteira com o Egito.

me perguntarem, agora não é, definitivamente, hora para morrer ou ser morto! A história avança a galope, e os ponteiros do relógio estão girando muito rápido. Papai, nossas preces pela paz na Grande Rússia se entrelaçam com suspiros profundos por nossos judeus.

Beijos,

Efratia

Eliyahu para Efratia

Tel Aviv, 6 de setembro de 1942

Querida Efratia,

Escrevi uma longa carta para você em Jerusalém, mas não tive tempo de enviá-la. Estou certo de que você ouviu falar do veredicto... A sentença de Yigal foi dura,[1] porque ele se declarou culpado. Os advogados esperavam libertar três de seus colegas, mas não conseguiram.

Mamãe chegou a Jerusalém na noite de sexta-feira. Enviei um telegrama e pensei que nos deixariam vê-lo no sábado de manhã, mas não permitiram. Voltamos no fim da tarde de sábado num táxi árabe. As visitas serão mais longas no sábado e no domingo, Rosh Hashaná. Se tiver alguém que tome conta de Guidi, venha para Jerusalém. Depois você poderia ir ver Yossi[2] em Ra'anana. Sua mãe está lidando com a situação com muita fortaleza. Mesmo assim, tentou contatar algumas "pessoas influentes", é uma pena que tenha mimado tanto seus filhos.

O advogado e a família vão apelar para o comandante em chefe. Temos esperança de que o rabino-chefe Wallach

---

1. Os ingleses prenderam Yigal em 11 de agosto de 1942, por fabricar e transportar armas para o Palmach, a força de elite do Exército judaico clandestino. Sentenciado a quatro anos de prisão, foi perdoado e libertado em 12 de maio de 1945.
2. Yossef Mestechkin, sobrinho de Efratia, filho de Shmuel e Sarah Mestechkin.

solicite um perdão. Ele é capaz de conseguir reduzir algumas penas ou de libertar alguns prisioneiros. Enquanto isso, vou tentar transferir Yigal para Mazra.[1] Seja como for, temos de ter paciência e esperar que o tempo aja a nosso favor.

Esta manhã fui a Ra'anana levar as notícias a Sarah e Shmulik. Dissemos a Sarah que Yigal e mais dez receberam um ano. Há esperança, e as notícias não os deixaram deprimidos, Sarah e Shmulik aceitaram os fatos com fé. Escondemos dela os jornais. De qualquer forma, ela está ocupada com o pequeno Yossi e não está interessada em política. Pediu a Shmulik que lhe mandasse um alô. Ela acha que devíamos falar com David Hacohen,[2] que dirige a Solel Boneh. Ele talvez tenha bons contatos. Lembranças a Munio. Beije Guidi por mim.

Seja forte, todos temos de ser. Aceite com coragem, como fizemos nós. A juventude está autorizada a ter audácia, cometer erros e fracassar, é assim que se adquire sabedoria de vida. Coragem!

Seu pai, Eliyahu

==================== **Efratia para Eliyahu e Esther** ====================

14 de agosto de 1944

Olá, meus queridos!

Então, Berl[3] não está mais conosco. Sua morte deixou todos chocados. Um homem se esforça, luta, convence, vence, é derrotado... Certamente "o homem é como uma haste frágil

---

1. Campo britânico de prisioneiros a norte de Saint-Jean-d'Acre. Nele estavam presos ativistas da Haganá, do Irgun e do Grupo Stern.
2. Nativo da Rússia, David Hacohen (1898-1984), oficial britânico durante a Segunda Guerra Mundial, serviu como oficial de intermediação entre a Inteligência britânica e o departamento político da Agência Judaica.
3. Berl Katznelson.

Efratia, Munio e Gideon. Carta para a festa de Rosh Hashaná, 1943.

da gramínea".[1] Esse é o fundamento de *alte kashe* sobre nossa jornada pelo mundo e pela vida humana. A morte reduz o maior dos homens a nada. Não importa o quanto alguém se eleve acima de outros, a mão do destino a todos derruba. E os que ficam – apoiadores e opositores, todos angustiados, como se a roda da vida tivesse subitamente parado e não fosse girar nunca mais –, bem, eles voltam a seus hábitos, lutas e vitórias; experimentam momentos ao mesmo tempo grandiosos e pequenos e esquecem a sombra que pende sobre eles.

Pessoas são como grama... Devemos ter esperança de que nosso povo semeie a melhor grama e que colha os frutos. A vida para esta geração é incrivelmente dura, assim como foi para nossos educadores e professores e para nossos pais. Penso em todas as mães; a mãe de Arlosoroff, de abençoada memória, a de Dov Hoz[2] e a de Berl... Todas essas mães que

---

1. Isaías, 40:7.
2. Nascido na Rússia, Dov Hoz (1894-1940) imigrou em 1906. Ajudou a fundar a Haganá e o Achdut Avodá antes de liderar o departamento político da Histadrut.

criaram grandes filhos, elas os enterraram e têm de continuar a viver. O coração dessas mães carrega toda a tristeza da geração de seus filhos. Uma geração que devora seus filhos... (Em tempos como estes, não temos escolha a não ser ir em frente e continuar vivendo.)

Traçamos uma linha divisória e voltamos à vida cotidiana. Conosco, nada de novo. Munio está trabalhando, quase não o vejo. A vida dele é um fluir constante de trabalho. Guidi está com saúde, e isso é o que importa. É um pouco temperamental, dono de uma personalidade complexa – não é fácil satisfazer suas demandas. Em menos de três semanas voltarei ao trabalho na escola, e Guidi irá para o jardim de infância. Espero que se adapte.

Efratia

===== **Efratia para Yigal** =====

Haifa, 3 de maio de 1945

Meu querido irmão![1]

Quase recuei diante da página em branco. Ultimamente tem sido difícil escrever, com todos esses acontecimentos que mais parecem terremotos.

Acabo de desligar o rádio. É meia-noite. O Exército alemão se rendeu. A Alemanha está derrotada. Nada mais, nada menos. Munio estava ouvindo e disse que o mundo está amaldiçoado! Não há alegria em nossos corações. Os frutos da vitória estão sendo colhidos por quem não plantou as sementes. Os dias felizes estão tão, tão distantes. Uma nova

---

1. Yigal estava preso, condenado a quatro anos, numa prisão em Jerusalém (ver a nota 1, p. 121).

guerra[1] se aproxima, não há nada com que se alegrar. Nossos irmãos não estão mais conosco. Maldita página: o que quer que eu escreva em você, você permanece em silêncio.

Meu querido, espero que esta vitória leve a coisas boas e que você já não esteja lá para receber esta carta. Estou feliz – embora saiba que ninguém está correndo para nos libertar agora que a Alemanha caiu atingida pela mortal espada russa. Pelo menos é bom saber que o sofrimento dos holandeses acabou – dizem que é um povo bom – e que a próspera e pequena Dinamarca escapou da destruição que haveria se a guerra continuasse. Mas, novamente, teria sido melhor se continuasse até toda a Alemanha ser aniquilada. Como Berlim. Isso, no entanto, não mudaria nada para nós... Seis milhões dos nossos se foram (maldita página!) e pereceram de forma indescritível! E 11 milhões ainda esperam ser resgatados... Como disse Munio, o mundo está amaldiçoado. Não está?

Apesar de tudo, não vai demorar muito para você estar novamente conosco. Você já fez sua parte. Logo estará de volta colhendo flores, pois, não importa o que aconteceu, o mundo ainda é belo, muito belo. E será bom para você e para Vicky,[2] e para nós com você aqui.

Várias vezes quis lhe escrever, mas escrevi pouco neste último ano. Escrever por escrever, para você, era impossível. Eu recuava diante do papel. Era difícil escrever, especialmente para você. E há tanto sobre o que falar, pensar juntos. Ainda faremos isso.

Efratia

---

1. Efratia refere-se ao conflito judaico-árabe, que se acalmou durante a guerra, mas voltou a se incendiar logo depois.
2. Mulher de Yigal e mãe de Noah, Vicky nasceu na Bulgária e imigrou para a Palestina no fim da década de 1930.

Efratia para Yehoshua Globerman[1]

Sábado à noite, 5 de agosto de 1945

Olá para você,

Obrigada pela boa carta. Você acertou em cheio sobre o desejo que se esconde no coração feminino: o verdadeiro companheirismo. Esse desejo é forte, mas difícil de satisfazer. É fácil encontrar o amor ou alguém que nos ame. Isso é bem comum. São poucos, porém, os que conhecem e querem o real companheirismo... É muito, muito difícil. Às vezes é incômodo. Um teste difícil. A maioria das pessoas se ajeita sem isso. Elas nunca experimentaram o sabor do companheirismo.

Uma amiga costumava dizer que uma das mentiras mais comuns é que toda mulher sabe qual é o gosto do amor. É verdade. Mas poucas sabem o que é o amor. Essa mulher sabia amar e ser amada.

Acho que ela estava certa. Talvez. Mas o que é companheirismo? Poucos sabem o que é, poucos precisam dele e florescem com ele (especialmente quando se trata de homens) sem deboche e sem bazófia. Creio que sei o que é o verdadeiro companheirismo. Tive poucos amigos, amigos de verdade. Ainda hoje, a amizade é parte integrante da minha vida. Eu realmente gosto muito de ser amiga. Involuntariamente, me ocorre um poema de Bialik,[2] "Beiom kaits, iom chom" (Num dia de verão, um dia quente):

---

1. Nascido na Rússia, Yehoshua Globerman (1905-47) foi um dos teóricos das estratégias militares da Haganá; participou dos grandes projetos da Terceira Aliá, trabalhando nas pedreiras e nas obras de infraestrutura viária. Liderou os tanques durante a Grande Revolta Árabe (1936-39).
2. Chaim Nachman Bialik (1873-1934), um dos grandes artistas do renascimento judaico, foi um dos maiores poetas da língua hebraica.

Sombrosa alfarrobeira cresce em meu jardim,
Verde, longe das multidões da cidade –
Cuja folhagem sussurra segredos de Deus
Busquemos ali refúgio, meu irmão.

É isso que eu queria lhe dizer, meu amigo. Seus olhos também dizem (eles são igualmente bons, um pouco irrequietos) que você sabe descobrir os jardins que existem no coração das mulheres. Você também sabe florescer e planar sobre eles.

Bom para você. As mulheres são boas com você. Mas, se é que posso dizer, há um porém, e me perdoe por me permitir salientar isso. Em outra oportunidade, está bem?

Você provavelmente percebeu que só falei das mulheres em geral e de você. De mim? Ainda não. Mas em geral as mulheres têm muita coisa em comum. Elas se parecem. Talvez fosse mais exato dizer que entre amigas há muitas semelhanças.

Alguns amigos se identificam tanto um com o outro, que até perdem a individualidade. Nem sequer conseguem se distinguir, não percebem a diferença. É uma pena. Eu arriscaria dizer que você é um destes, não?

Efratia

===== **Efratia para Yehoshua Globerman** =====

Haifa, 21 de agosto de 1945

Eu tinha certeza de que você viria, mas estava enganada. Você não veio. Não pôde. Eu sabia. Seu telefonema foi inútil. Eu simplesmente estou esperando você.

Eu lhe escrevi algumas horas atrás, depois que meu filho acabou de desenhar em sua carta. Preparei algo para ele comer e o botei na cama. Ele demorou um pouco para adormecer. Fiquei em casa até as 21h30, depois finalmente saí, toda tensa à sua espera. Na casa de Shulamit[1] vi alguém de costas, mas não era você. Você não veio... Eu me perguntei por quê.

Ele era e certamente é um amigo amado e que a ama. Imediatamente pensei que estava disposta a aceitar aquilo. Talvez porque bem no fundo não acreditasse nessa possibilidade. Sou uma companheira/parceira, e companheiros/parceiros compreendem. Explicações são desnecessárias. Posso aceitar qualquer coisa! Num átimo, num piscar de olhos.

Você sabe quão rápido viajam os pensamentos... "Ele não poderia ir ao Carmelo sem mim. Está esperando por mim e virá, com certeza!" Pouco depois, veio sua ligação, você nem precisou dizer que não viria. O fato de não ter vindo foi um sinal. Mas você não disse ao telefone a coisa mais importante: quando você virá? Isso ficou vago. Estou esperando, desapontada, espero em silêncio.

O que acabei de escrever é idiotice. Quis transcrever num relato taquigráfico minhas reações mentais desta noite. Mas é idiotice. Na verdade, tenho pensado muito em você, e temos falado muito desde então. Meu querido, é apenas a segunda carta que lhe escrevo. É inacreditável. Você não pode imaginar o que fez comigo desde que nos conhecemos. Acredite em mim: é inconcebível. Não sou mais criança. Dizem que sou uma mulher experiente, porém uma coisa dessas não me acontecia há muitos anos.

Nos últimos dias andei por aí com um sentimento que não me largou: é ele. Essas duas palavras, poderosas como nenhuma outra, para uma mulher que subitamente sente a terra tremer depois de dez anos: você encontrou o que estava buscando.

---

1. Nativa de Belarus, Shulamit Klibanov (1904-69) dirigiu em Haifa o Maguen David, o serviço de assistência médica de urgência que a Haganá criou em 1930. Em 1942, foi usado para treinamento e mobilização do Exército britânico, em associação com a Haganá e o Palmach.

Tenho absoluta certeza disso e realmente não importa o que vai acontecer. O que importa é que aconteceu, meu amigo. Há poucos, bem poucos, homens como você e muitas, muitas mulheres, creio, que buscam alguém como você. Mas poucas mulheres descobrem esse alguém, e muitas amam você.

Procurei por isso toda a minha vida, mais exatamente durante aqueles anos que passei pensando sobre mim e me descobrindo. Procurei alguém que fosse amante e amigo; alguém que falasse e ouvisse, que amasse a beleza; que se lembrasse do que foi e me dissesse o que virá; que ardesse mais de uma vez e voltasse a viver, que se prendesse a uma mecha do meu cabelo e caminhasse, fervoroso, em nome da justiça.[1]

Não, sei que você tem razão. Palavras não significam nada. A caneta não ouve a si mesma. Não é isso. Você compreende. A carta que você escreveu sobre a sepultura, sobre as flores silvestres, sobre a manhã com sua filha, sobre o vestido preto, sobre aquela outra, sobre os livros, sobre as viagens e a partida – você nunca saberá o que foi para mim. É isso. De onde lhe veio tudo isso, meu amigo?

Ano após ano, garotas e mulheres cuidam do jardim do seu coração. Todas (eu amo as mulheres) procuram, caminham e tropeçam na busca por aquele que compreenderá o coração delas. Se eu tivesse de tomar o testemunho de uma mulher cujo destino não foi pior que o das outras, não acharia nenhuma. Ou poucas, aqui e ali, no coração deste e na mente daquele. Mas a maioria das pessoas tem algum defeito. Pequeno ou grande.

Meu amigo, estou começando a compreender por que as mulheres o amam. E por que você ama tantas delas. Esta noite estive com nossa sensata amiga Shula. Foi uma triste

---

1. Ezequiel, 8:3.

confissão! Nehemiah[1] estava sentado em sua cadeira. Quando entramos, ele começou a reclamar disto e daquilo. Então ficou impaciente ouvindo as poucas palavras que lhe dirigiu Shula, que tinha sido sua namorada. Quanto desdém e quanta idiotice! Quando ele foi embora, poucos minutos mais tarde, Shula começou a chorar. "E pensar que dei a ele meus melhores anos." Não consegui consolá-la. Que mulher não passou pela humilhação de confrontar uma rocha seca, especialmente quando toda a sua aridez se expressa (ou se revela) anos depois. Quanta humilhação, quanto sofrimento. Quantas lágrimas como essas foram derramadas no mundo por esse motivo.

Enquanto ela falava, eu olhava para dentro de mim e pensava que foi bom ter encontrado você, que você nunca agiria assim. Disso tenho certeza, e isso é tudo o que me importa.

Efratia

=============== **Efratia para Yehoshua Globerman** ===============

Haifa, 30 de março de 1946

Olá, meu amigo!

A chuva, a chuva parou e se foi
A chuva, a chuva parou e se foi
As nuvens se dispersaram

As nuvens se dispersaram
Os campos estão verdejantes e floridos
Os campos estão verdejantes e floridos

---

1. Nascido em Riga, em 1914, Nehemiah Argov, membro do Hashomer Hatsair, foi um dos fundadores do *kibutz* Ein Gev. Depois da fundação de Israel, foi assessor militar de David Ben-Gurion.

Fiquei com essa canção na cabeça o dia inteiro. A melodia é simples, tranquila e sem ambiguidades, mas o ritmo oriental é tão complexo e relaxante! Cantei com as crianças. Batemos na mesa e movemos as mãos para marcar o tempo. Eu as contagiei com minha celebração interior.

Não sei se com minha descrição dos versos vou conseguir fazer com que você os entenda. Imagine uma jovem saltitando por uma estrada que atravessa um campo florescente. Ela está radiante. Carrega amor dentro de si, ecos de um sentimento que não existe mais. Ela não está cruzando o campo para chorar, gritar ou chamar por seu amante. Seu amor é tão belo que a faz brincar e cantar alegremente. Ela não saiu para chamar seu amor de volta nem para buscar outro. O amor não precisa vir. Não é como um pedaço de pão com o qual se conta para o desjejum.

Ela saiu para os campos, os mesmos campos que seu Heine desdenhava (aliás, ele não desdenhava deles, na verdade escreveu o contrário). É bom ler um livro e encontrar o que se esperava. Um livro é como um amigo. Os leitores gostam de encontrar o que esperam e, às vezes, leem o que queriam que estivesse escrito e nem sempre o que realmente está lá.

Ela saiu pelos campos, onde se sente bem, onde não está incomodada. É capaz de amar, mas também lida bem com a solidão. Quem alega estar doente de amor e ser incapaz de suportar a solidão nos campos está mentindo para si mesmo. Não está doente (o que, aliás, é um termo que não se deve usar em relação a si mesmo), porque a pessoa apaixonada não encontra lugar melhor para abrir suas asas do que na natureza, que é a mãe do amor.

Não concordo que o amor seja motivo para ficar desnorteado, que dele se fuja ou por ele se seja afugentado, ou empurrado ou arrastado pelo outro. Estou de acordo, no entanto, com aquela frase de Heine: "É tolice (Provérbios,

15:2) dar conselhos". É verdade. Não estou muito certa do que Heine quis dizer com isso, porque, se ele não está dando conselho aqui, dá em outro lugar... Só um tolo dá conselho. A cada um, a própria verdade e estrutura mental, a cada um a própria infância, educação e vida; a cada um os próprios sonhos e ideias sobre o amor.

A dificuldade, o propósito e o prêmio emergem do encontro entre dois parceiros. O que nascerá da caminhada conjunta, se não essas coisas que emergem das profundezas do interesse mútuo?

É uma pena que o ritmo das minhas palavras não alcance o ritmo dos meus pensamentos. Tenho tanto para lhe dizer, para dizer a mim mesma, e para dizer a nós dois.

Retomando nossa conversa sobre Shulamit e tudo mais, concordo com você. Não é bom para ninguém ficar sozinho, tampouco é bom ter medo de estar sozinho e fugir disso. Solidão não é um ideal ou uma bandeira, tampouco o oposto é verdade. As pessoas realmente precisam ter um relacionamento só para não estarem sozinhas?

Ter um filho, um homem ou uma mulher para amar é algo maravilhoso. Assim como a paz de espírito também é. Mas a traição é sempre uma possibilidade. Quem nunca traiu alguém? Somos traídos pela última pessoa de quem suspeitaríamos. Até mesmo uma criança é capaz de trair – sim, e crianças fazem isso com frequência... A paz de espírito só não trai porque nada esperamos dela. Os que vivem sem filhos e sem amor são os infelizes, ou os afortunados, dependendo do ponto de vista...

Há um tipo de amor que não trai jamais, o amor do amor e suas leis, o amor por um povo, um ideal, ou o socialismo. Mesmo que ele pudesse trair, jamais o faria. Mas eu não preciso lhe dizer isso. Você sabe melhor do que eu. A lei do amor é não trair. Enquanto alguém tiver força bastante para amar, não pode haver traição. Entretanto, esse tipo de amor requer uma força interior poderosa. Uma espécie de dívida (num sentido amplo) jaz oculta em cada pessoa que conhece esse tipo de amor. Esse tipo de pessoa cresce, floresce e irradia muita alegria.

Quanto ao terceiro ponto, concernente ao indivíduo e ao coletivo, já estou com dor de cabeça e estou certa de que você vai me xingar! Qual é o fator primário que traz infortúnio ao indivíduo e ao coletivo? Não seria um erro pensar que os dois são convergentes. Cínicos e oportunistas são aqueles para quem o amor e sua lei só comportam *blitz leiter* em seus pequenos egos estreitos (não estou me referindo a você).

O ideal inatingível seria a união do amor por um filho com o amor por um amigo e o amor em geral. Nenhum tipo isolado é suficiente para fazer alguém feliz. Àqueles que ainda não aprenderam deveria ser ensinada a união desses três tipos.

Escrevo sem pensar se isso se dirige ou não a você, ou se você se importa com isso. Estou falando comigo mesma, e isso me faz bem. Gostaria de dizer mais, porém em algum outro momento. Ainda tenho algumas noites pela frente. São 2h15 da manhã, e já devo estar escrevendo bobagens. Já chega. Meu amigo, meus olhos estão tristes, mas estou feliz e não quero que você fique triste por minha causa.

Assim, abençoo seu caminho, meu amigo. Desejo sucesso para você. Não pense na tristeza dos meus olhos, porque atrás deles há um coração que é capaz de se alegrar na tristeza. A alegria pode surgir da tristeza, e isso é o essencial. Existe alegria no respeito que tenho por você, alegria por você ser o homem que é e por você estar no caminho que escolheu. Seja feliz também, pois estou feliz com você.

Eu

Efratia para Yehoshua Globerman

2 de abril de 1946

Foi ótimo ter sido uma mulher "solteira" esta semana. Não fiquei entediada nem por um segundo. Trabalhei muito. Li. Refleti. Tomei algumas decisões. Foi bom. Estou diante da vida como sou, sem máscaras. Minhas "férias" terminam amanhã. Aceitei que a coisa bonita e boa que houve entre nós acabou. Não tenho dúvida quanto a isso. É melhor ser direto do que se esquivar do assunto, deixar que se arraste, fechar os olhos. Nossa amizade – de vida breve, mas grande e bela – está morta. Não vale a pena discutir os detalhes. Quero que saiba que não tenho nada contra você. Aceito-o como você é. Sei que não pode ser diferente (e por que seria?). Sei agora que você não é "ele", e digo isso sem a intenção de desvalorizá-lo ou desmerecê-lo. Quero que saiba que o fim do relacionamento não lança a menor sombra sobre o que ele foi. Para mim, foi cristalino, belo e precioso. Vou enterrá-lo no fundo do coração e guardá-lo para sempre. Agradeço a você profunda e sinceramente por essa breve e bela aventura. Minha alma floresceu, apesar de todas as vezes em que sangrou, e sei que você sente o mesmo.

Também quero liberá-lo de todo remorso. Você não me quebrou. Você mencionou isso uma vez, quando falava sobre seu "jardim", sobre aquelas que se quebraram. Você estava certo quando disse que a mim não quebraria. Eu me senti tão forte. Para mim, nossa ligação foi grande demais para que agora eu perca tempo me afligindo por causa de demandas não atendidas, suas ou minhas. Não farei isso.

Gostaria também que você se desse conta de que não sou dessas mulheres que quiseram "amarrá-lo". Não foi isso que eu quis, jamais. Não quis isso nem tentei conquistar nada (como você mencionou uma vez sobre outras mulheres), concorda? Nunca quis nem seria capaz de romper os laços que me ligam à minha vida, assim como você nunca quis nem seria capaz de romper os laços (quaisquer que possam ser) que o ligam à sua. Isso estava muito claro para nós dois desde o início.

Esse desfecho não aconteceu por falta de "solução" Sei que há muitas coisas na sua vida além do nosso relacionamento, e isso não é uma censura. Eu não quis infringir o que você já tinha nem prendê-lo, mas me dei conta de que o que você sente bem no fundo em relação a nós não é suficiente para mim e não me satisfaz. Que posso fazer? Meu "apetite" é muito grande, como você notou... Há lugares ocultos em mim que você desconhece. Algumas mulheres se contentariam com muito menos do que aquilo que você me deu, mas eu não sou assim.

Uma vez você escreveu que era "tarde" para nós, no entanto, se nossa história tivesse florescido mais cedo, creio que teria terminado mais cedo. Podemos nos consolar com o fato de ter sido "tarde", pois, se tivesse sido "cedo", algo certamente seria quebrado. Mesmo assim, você é um excelente jardineiro do amor e do companheirismo. Há algo em você que faz surgirem flores maravilhosas, mas de vida curta. Você não pode ser diferente e é melhor assim, pois é isso que faz de você quem é.

Considerando tudo, você tem uma vida bonita. Muitas mulheres belas e generosas (em todos os aspectos) lhe abriram os braços e o coração. Você caiu nos braços delas e as conquistou. Por que deveria ser diferente?

Quanto a mim, como amiga, espero intimamente que no futuro nenhuma mulher indigna de você lhe crave as unhas. Assim como já lhe aconteceu nos anos em que era "cedo demais", em tempos de "tarde" isso poderá ser um perigo e arrastar encosta abaixo o meu maravilhoso amigo.

Desculpe-me se falei demais. Mas em despedidas isso é permitido, certo? Você tem o direito de me responder na mesma medida. Quero lhe dizer ainda, e para encerrar, que vou sempre depositar em nossa "sepultura" flores silvestres das quais nós dois gostamos. Hoje colhi um buquê de botões--de-ouro, que ardem com o fogo que nunca se apaga. Uma última coisa: guardarei nossa grande e bela amizade para sempre, trancada bem fundo dentro de mim.

Sua amiga

P.S.: Talvez eu queira reler minhas cartas, que estão com você. Eu as devolveria depois, se você quisesse.

Efratia para Eliyahu e Esther

Haifa, 16 de novembro de 1947

Olá, queridos,

Chove a cântaros lá fora. Munio e Guidi estão dormindo. Pensei em aproveitar este momento para escrever para vocês. O aquecedor de água elétrico está ligado, isso faz o ambiente ficar agradável.

Ontem Yigal veio nos ver. Ficamos muito contentes. Guidi ganhou uma bola! Foi uma visita calorosa e alegre. Yigal vai contar a vocês sobre ela. Ele saiu cedo esta manhã. Espero que chegue bem e sem problemas.

O estado de espírito na cidade depois dos tiros não é dos melhores.[1]

---

1. Atiradores árabes atacaram judeus no mercado de Talpiot e na rua Yehiel, em Haifa, e mataram duas pessoas. Alguns dias depois, em 29 de novembro, a ONU aprovou o plano de partilha da Palestina. Todas as grandes potências votaram a favor, com exceção da Grã-Bretanha e dos países árabes. Em 1º de dezembro, o Superior Comitê Árabe proclamou uma greve de três dias, que marcou o início de uma guerra civil. O Mandato Britânico terminou, e Israel foi criada em maio de 1948.

Geralmente ficamos em casa. As noites são longas. Lemos, trabalhamos e dormimos. Vocês sabem como gosto de dormir.

Guidik já está estudando a Torá. Ele gosta de ler e memorizar, o que é bem difícil! Nada se consegue sem esforço, nem mesmo conhecimento. Seja como for, ele sabe o que tem de fazer e enfrenta o fardo com valentia. Munio e eu estamos trabalhando como de costume.

Semana passada fomos ao teatro assistir a *Ahavat Tsion*, uma peça infantil. Não gostamos. Talvez a culpa não seja do teatro Habima, mas de Mapu.[1] Mapu é mais compatível com uma opereta do que com uma peça. A trama era complicada e romântica demais.

Encontrei a irmã de Shulamit (Esther), e ela me transmitiu lembranças de vocês.

Vocês não escreveram nada. Como vão Sarah e Yossik? Digam a eles que mandei saudações e beijos.

Quando vamos nos ver? Quero muito dar um pulinho aí. Até breve,

Efratia

══════════ **Shulamit Klibanov para Efratia** ══════════

Berlim, 12 de dezembro de 1947

Minha queridíssima Efratia!

Soubemos da morte de Yehoshua.[2] Nosso amigo, nosso bom Yehoshua, se foi. Ele que tanto amou a vida e agora não terá como experimentar tudo o que ela tem a oferecer!

---

1. Peça infantil baseada no romance *Ahavat Tsion* [Amor a Sion], de Abraham Mapu (1808-67), escritor hebreu da Lituânia. Foi o primeiro romance em língua hebraica (1853).
2. Yehoshua Globerman foi morto em 8 de dezembro de 1947, na região de Latrun.

Efratia, certamente é terrível lamentar a morte de um amigo de longe![1] Passei a noite chorando sozinha! Só soubemos ontem, numa festa com as crianças. Fiquei em estado de choque quando ouvi as notícias. Sabíamos do perigo de estar na frente de batalha, mas a realidade é insuportável! Como encontrar palavras para expressar o que Yehoshua significava para nós? Amigo, irmão, camarada, amante... O que melhor o descreve? Ainda posso vê-lo vindo em nossa direção, sedento de vida e de amor, braços estendidos, o coração amplamente aberto, olhos ternos e sorriso caloroso. Todos nós o amávamos. Seus antigos colegas de escola e amigos do trabalho também. Ele falava com sinceridade e simplicidade. Ajudou a erguer o movimento dos pioneiros desde suas origens puras e profundas e a fazer dele uma realidade. A simplicidade de sua vida e a sinceridade de suas palavras podem servir de modelo para todos nós. Gostaria que você estivesse comigo, Efratia. Gostaria que estivesse ao meu lado para compartilhar lembranças e abençoar os dias que tivemos com Yehoshua. Gostaria que pudéssemos estar juntas para chorar a perda de nosso querido amigo.

Eu não estava lá para acompanhá-lo a sua morada final.

Imagino que o cobriram com torrões de terra de Yagur. Sinto compaixão por sua família e pelas filhas que ele tanto amava. Escreva para mim, Efratia, contando como aconteceu. Me conte tudo. Hoje é sexta-feira. É Chanuká. Fiquei em casa para chorar a memória dele. Vou escrever também para Surika, para o *kibutz* Yagur e para Yaakov.[2]

Shulamit

---

1. Shulamit Klibanov estava trabalhando num campo em Berlim para crianças sobreviventes do Holocausto. Quando voltou a Israel, fundou e dirigiu um centro educacional para elas.
2. Yaakov Klibanov, irmão de Shulamit e advogado, foi eleito para a Knesset, o Parlamento de Israel, em 1949.

Efratia para Eliyahu e Esther

Haifa, 15 de janeiro de 1948

Olá, meus queridos!

Desculpem, mas não achei um papel melhor para escrever.

Estamos bem, graças a Deus. Tudo está correndo bem em casa. Ontem, quando a bomba explodiu, Munio por acaso não estava na cidade, mas em Kirya.[1] Ele está bem e não teve problema para voltar.[2] Ele mudou seu escritório para o Hadar, no domingo. Vai ocupar um dos nossos quartos (o que era usado pelo amigo de Guidik) e outro na casa de seu irmão Shunio. Talvez em breve seja instalada uma linha telefônica. Isso, é claro, me deixaria muito feliz.

A situação em Haifa é bem difícil no momento, e Munio realmente não precisa de um escritório no centro. Espero que a transição seja suave. Ficarei mais descansada com ele mais perto de casa. Ninguém foi trabalhar hoje no centro. A situação está tensa. Não é nenhuma surpresa. Haifa é uma cidade mista,[3] e é provável que haja mais ataques. Esta noite fui visitar a família Shakhnai. Eles perderam seu doce menino Asaf,[4] no Neguev. A mãe é um paradigma de coragem. Ela disse coisas tão sensíveis: "Cometi um erro de cálculo. Eu sabia que teríamos de fazer sacrifícios, e concordamos com isso, mas não sabia, e se soubesse não consentiria, que

---

1. Kiryat Bialik.
2. Em 15 de janeiro de 1948, os árabes começaram a atacar veículos em vários bairros de Haifa.
3. Em novembro de 1947, imediatamente após a adoção do Plano de Partilha pela ONU, a violência irrompeu em áreas onde comunidades judaicas e árabes viviam lado a lado. Jerusalém foi afetada, assim como Haifa, cidade costeira com valor estratégico e econômico. Na época, Haifa tinha 135 mil habitantes, dos quais 70 mil eram judeus e 65 mil eram árabes.
4. Assaf Shakhnai, jovem membro do Palmach, morreu em 8 de dezembro de 1947, quando vigiava dutos de água no deserto do Neguev.

meu filho seria um dos sacrificados. Foi um erro meu. Um pequeno erro de cálculo. Ninguém é culpado. Meus cálculos deveriam ter sido melhores. Isso diz tudo. Estávamos prontos para fazer duros sacrifícios para que um Estado judeu pudesse ser criado. Mas assim mesmo é muito duro para nós. São tempos cruéis. O que mais podemos fazer senão esperar que venham dias melhores?".

Meus queridos, suas cartas (ainda não recebemos aquela que se perdeu) nos trazem muita alegria. É tão bom recebê--las em tempos como estes e ler que vocês estão se mantendo bem. Recebi uma longa carta de Yigal e Vicky. Fiquei assustada quando ouvi sobre o Hawaii Garden no rádio.[1] Pensei em vocês, que devem ter ficado loucos de preocupação. Senti que Yigal não estava envolvido, e tinha razão. A carta dele mencionou os pacotes que vocês lhes têm enviado.

Sarke também nos escreveu. Ela tem muitos planos para o verão, um dos quais é ir a Londres nas férias. É bom que ela esteja se preparando com antecedência. Espero que consiga fazer a viagem. Shmulik nos fez uma breve visita. Ele é um encanto.

Mamãe, sua perna é a única coisa que me preocupa. Você me disse que ia ver um especialista em doenças do fígado. Já marcou consulta?

Meus queridos, vários dias se passaram desde que escrevi esta carta, mas o serviço postal está desativado. Estou enviando hoje por intermédio de Aviv.[2]

Estamos todos bem,

Efratia

---

1. Em 10 de agosto de 1947, um café em Tel Aviv chamado Hawaii Garden sofreu um ataque mortal. Em resposta, combatentes da Haganá enfrentaram militantes beduínos e árabes nas áreas em torno de Tel Aviv e de Jaffa.
2. Serviço de táxis para entrega do correio.

===== **Efratia para Eliyahu e Esther** =====

Haifa, 1º de março de 1948

Olá, meus queridos!

Acabo de receber a carta de 26 de fevereiro e imediatamente me sentei para escrever uma resposta. O serviço postal está funcionando à perfeição. Recebi todas as cartas que vocês enviaram. Estamos bem de saúde e vivendo como todos os judeus nesse período. Quando chega o jornal de manhã, nós o lemos esperando encontrar algum conforto, em vão. Tudo caminha terrivelmente em todas as frentes. O que vocês escrevem sobre os herdeiros de Jabotinsky[1] é absolutamente correto. Eles estão nos levando à derrota. Foi falha nossa (uma falha grave) não termos previsto o perigo que pairava sobre Israel. Como regra geral, alguém poderia dizer que Ben-Gurion[2] e seu séquito são amplamente responsáveis por nosso júbilo, mas hoje quem vai "pagar a conta"?[3] Estamos todos juntos no tumulto; não há escapatória. Pelo menos é reconfortante saber que vocês, meus pais, estão entre os que compreenderam o passado e previram o futuro com grande discernimento.

---

1. Ver nota na p. 69.
2. Nascido na Polônia, David Ben-Gurion (1886-1973) imigrou em 1906. Em 1930, ele ajudou a criar o Mapai, do qual foi o primeiro secretário; em 1935 foi eleito para liderar a Agência Judaica e, em 1946, se tornou seu chefe de segurança, criando então as instituições do futuro Estado de Israel. Em 14 de maio de 1948, proclamou a criação do Estado e foi o primeiro chefe de governo.
3. Março de 1948 foi um dos mais duros meses da guerra civil. A Haganá sofreu perdas pesadas, e Jerusalém foi cercada e isolada. Em 19 de março, Warren Austin, embaixador americano nas Nações Unidas, anunciou que os Estados Unidos tencionavam retirar seu apoio ao Plano de Partilha aprovado em novembro de 1947 e sugeriram que a Palestina fosse posta sob a guarda da ONU. Devido ao anúncio da retirada das tropas britânicas e aos intermitentes ataques das forças árabes e do Exército de Libertação de Fawzi-al-Kaoudji, Ben-Gurion implementou a Operação Nachshon (5-20 de abril) para abrir o caminho de Jerusalém e levar suprimentos. A Haganá, mais tarde, assumiu o controle das principais rodovias entre os povoados e entre as áreas mistas.

O mesmo quanto ao futuro do Estado judaico e dos dissidentes.[1] David Zakai[2] ainda os chama de irmãos e lhes pede, e a nós, que juntemos esforços. De acordo com ele, somos todos iguais, e o resultado só pode ser a "paz". Em outras palavras, deveríamos deixar que fizessem o que quiserem. Eu lhes digo, queridos pais, que a estupidez e a falta de discernimento entre os nossos me tiram do sério. Esses "bons judeus", assim como esse preguiçoso Zakai, estão cavando um buraco no qual cairemos todos. Nós, que detestamos analogias históricas sobre sermos os "eleitos", quando a verdade é que nosso destino é igual ao dos outros povos.

As boas intenções da social-democracia sempre levaram os povos aos braços do capitalismo e do fascismo. Foi isso que aconteceu na Alemanha. Foi a mesma história na França, na Grécia, na Inglaterra etc. Aqui o povo é muito devotado, mas está errado e mal orientado. Seja como for! Chega de política. É muito desagradável neste momento.

Na verdade, me filiei ao Mapam. Deixei de ser ativista, porém estou novamente envolvida. No último sábado, vi o nome "Efratia" nos cartazes! Era uma referência a uma palestra que dei em Tel Aviv sobre a contribuição de civis ao combate armado. Contudo, o uso do meu nome me chateou. Me desagradou muito. Foi feito sem minha aprovação e vai continuar exposto até o próximo sábado. Mas isso não é muito importante à luz da situação em que estamos agora. É só uma observação fortuita.

Munio está trabalhando como de costume. Não tem nada melhor para fazer além de ir ao centro. No Hadar, não

---

1. Termo usado pela comunidade judaica e pelas instituições nacionais em referência ao Irgun e ao Grupo Stern.
2. Nascido na Rússia, David Zakai (1887-1976) foi um dos fundadores da Histadrut e seu primeiro secretário-geral, de 1920 a 1921; em 1925, foi editor do jornal *Davar*.

existem escritórios. No entanto, em Haifa as coisas não estão muito ruins. Temos as provisões necessárias. Quase não há mercado negro nem pânico. Os preços subiram muito (frutas, legumes etc.). Toda semana o pai de Munio nos envia (e a Lusia)[1] cerca de duas dúzias de ovos. Guidi e Munio comem dois ovos por dia, dificilmente duas dúzias bastam. Agora, uma coisa importante: quero enviar a vocês um pacote, mas temo que não chegue. O que acham? Temos muita manteiga, queijo e pão. Talvez possamos conseguir tomates e cenouras.

Haifa está estruturada. À noite dormimos bem. A maior parte das ações militares é bem-sucedida. Sábado explodiu uma bomba no quarteirão árabe. Os trabalhadores são fortes e organizados. Isso é importante. Claro, há vítimas. Já estamos em 5 de março[2] e a esta altura o "caos" que foi previsto não deve estar muito distante.

Mamãe, já faz vários dias que quero enviar um pacote para Leah: um pouco de farinha, geleia, leite pasteurizado e uma dúzia de ovos. Posso enviar via Egged?[3] O que acha que devo enviar? Fiquei feliz quando papai me disse que a família de Leah me mandou lembranças.

Ontem, Munio esteve na baía[4] e visitou os pais dele. Os dois estão bem e agradecem o tempo todo pelo forno a lenha que ele lhes deu. Agora estão aquecidos e muito felizes. Perguntaram por vocês e lhes desejaram o melhor. Shlomo e Yocheved[5] estão massacrados pelos fardos. Shlomo tem toda

---

1. Mulher de Shunio, um dos irmãos de Munio.
2. A carta é datada de 1º de março, portanto, supõe-se que Efratia não a terminou no mesmo dia.
3. Companhia de ônibus, cooperativa criada em 1933 pela Histadrut.
4. Nome da área industrial à qual pertence Kiryat Bialik, mais tarde os bairros de casas construídas por operários de fábricas a nordeste de Haifa.
5. Yocheved Horovitz (1906-82), mulher de Shlomo Weinraub, outro irmão de Munio.

a sua *kirya* sobre os ombros. Quase não tem tempo para dormir, pois o dinheiro está difícil de entrar. E as outras *kiryot* não querem se envolver.

Cuidem-se! Escrevam-me de volta!

Beijos,

Efratia

Efratia para Eliyahu e Esther

Haifa, 13 de maio de 1948

Olá, meus queridos!

O relógio da história tiquetaqueia em direção à "Hora H",[1] e meu coração dispara. Compartilhamos a mesma emoção e o coração de cada um bate junto: grandes esperanças, grandes temores.

Meus queridos, ontem desci do Carmelo para voltar ao trabalho. Se pudessem me ver! Eu me sinto muito bem. Recuperei-me em quatro dias: todos que me viram me perguntaram se eu tinha acabado de voltar da Suíça. Tenho até medo de dizer que ganhei algum peso. Vocês conhecem a sua Efratia: ela vai de um extremo a outro rapidamente. Dei a volta por cima. Meu humor melhorou (em termos pessoais, não políticos). Recuperei minha energia também. Quatro dias de repouso total sem obrigações, num ambiente bonito, agradável e confortável: é muito eficaz!

Agora é preciso trabalhar. Ontem à tarde voltei para a escola, e as crianças ficaram felizes ao me ver. Pena que não possa visitar meus queridos pais, estou com muita saudade e gostaria de abraçá-los.

---

1. Véspera da declaração do novo Estado de Israel.

Se não fosse esse "sábado histórico",[1] eu passaria um dia com vocês em Tel Aviv. Mas o invasor[2] está às nossas portas e temos de ficar em casa. Esperemos que esta crise não se arraste e que nos vejamos em breve.

Escrevi uma longa carta para Yemima e Yossef. Yemima é *gedda*. Queira o céu que um dia possamos pegar em armas contra Etzel[3] com a mesma coragem pessoal.

Nosso Guidik está um doce. Tomara que seja sempre assim! Munio cuidou dele muito bem, e ele é muito fofo. Munio está trabalhando duro. Esperemos que a construção continue. Quase toda a equipe do escritório dele está mobilizada, e Mansfeld também deve ser convocado. Talvez Munio seja encarregado de um grande projeto de desenvolvimento em Haifa.[4] Mesmo quando os canhões troam (ainda não começaram), temos de pensar em construção.

Munio é um bom marido e mima sua mulher. Resumindo, vocês não têm por que se preocupar conosco. Queridos, mesmo se a situação piorar, o importante é manter a cabeça erguida e continuar a ter esperança.

Sua filha, que está orgulhosa de vocês,

Efratia

---

1. Sábado, 15 de maio de 1948, marcou o fim do Mandato Britânico.
2. Forças da coalizão árabe – árabes palestinos e Estados árabes vizinhos (Síria, Egito, Jordânia, Líbano e Iraque) – opuseram-se ao Plano de Partilha da Palestina adotado pelas Nações Unidas em 29 de novembro de 1947.
3. Organização militar clandestina de direita (também chamada Irgun) que operou de 1931 a 1948. Combateu os árabes e os britânicos (sob o comando de Menachem Beigin entre 1944 e 1948).
4. Munio dirigiu o departamento de arquitetura do Ministério do Trabalho e da Habitação liderado por Golda Meir. A Grande Aliá do fim da década de 1940 exigiu a construção de novos bairros para imigrantes em Haifa (Kiryat Eliezer, Ramat Shaul, Ramat Remez, Romena...).

Efratia para Eliyahu e Esther

Haifa, 15 de maio de 1948

Olá, meus queridos!

Ontem recebi a carta que vocês enviaram por intermédio da Yael.[1] Espero que tenham recebido a que enviei pelo novo serviço postal hebreu! Uma carta para abençoar e homenagear o novo Estado! É um evento histórico,[2] mas hoje só vou escrever sobre questões pessoais. *Ahsahn*, estou indo muito bem. Guidik é muito fofo, e Munio está trabalhando como de costume. Vocês são minha única fonte de preocupação. Por favor, me escrevam logo e contem como estão as coisas. Vocês foram afetados pelos bombardeios?[3] Espero que estejam se segurando, moral e fisicamente. A vitória será nossa! Não concordam? Mas temos de ficar fortes. Prometam-me que ficarão?

O moral está alto em Haifa, no entanto sabemos que haverá percalços. Assim, meus queridos, devemos estar agradecidos por termos vivido para ver este dia.

Preciso escrever rápido para poder enviar a carta por um dos funcionários do escritório de Munio que está indo para Tel Aviv, para se alistar. Ele vai lhes transmitir meu alô. É um bom homem.

Hoje é sábado e fomos ver os pais de Munio em Kiryat Bialik. São muito fortes e extremamente gentis. Estão passando bem e perguntaram por vocês. Demos uma volta

---

1. Companhia de transportes e de táxis em Tel Aviv que fazia serviços de entrega de correio.
2. David Ben-Gurion proclamou a criação do Estado de Israel em 14 de maio de 1948.
3. Tel Aviv foi bombardeada pela Força Aérea egípcia na noite de 14 para 15 de maio de 1948.

de carro pela cidade baixa e pela primeira vez vimos Haifa conquistada: nós vencemos![1]

Por favor, perdoem minha caligrafia. Estou correndo. Tem gente falando aqui atrás e o rapaz que vai levar a carta está ansioso para partir.

Beijos, beijos para vocês.

Efratia

Yemima Tchernovitz para Efratia

Tel Aviv, 20 de maio de 1948

Minha querida Efratia!

Estou escrevendo entre dois bombardeios. As sirenes berram a cada cinco minutos. Em circunstâncias normais eu teria ido conversar com você para lhe falar dos meus sentimentos. Refleti muito esta semana e me dei conta de que o que estamos experimentando agora equivale a duzentos anos de história! Os acontecimentos se sucedem rapidamente, e o coração não é grande o bastante para acomodar todos. O mesmo se pode dizer da alegria no dia da fundação do Estado de Israel. Você poderá compartilhar com as gerações futuras: eu vivi isso, estava lá, vi como aconteceu com a ajuda do céu e dos jovens que deram o sangue e a juventude, e agora eles seguiram adiante, cada passo alimentando seus ideais e sua juventude.

---

1. Durante a noite de 21-22 de abril de 1948, a brigada Carmeli da Haganá ocupou posições que os britânicos haviam abandonado no dia anterior e assumiu o controle da artilharia, do porto e de áreas comerciais. O general britânico Stockwell inteveio na manhã do dia 22 como mediador e obteve a rendição árabe no dia 23, informando aos líderes árabes que tinham buscado sua proteção que não se oporia aos judeus.

Mas não podemos esquecer o interminável sofrimento que suportamos: estou me referindo à luta por Jerusalém.[1] É lá que está toda a minha família, todos aqueles que amo. Não sei se os verei vivos novamente. Por toda parte no vale há companheiros com os quais nos preocupamos, mas aqui em Tel Aviv não fomos especialmente afetados antes da guerra. Agora a guerra está aqui, e as bombas caem sem que saibamos qual parte da cidade foi atingida. Não podemos esquecer a dimensão particular desse combate coletivo. Acima de tudo, tememos por aqueles que amamos. Ninguém vai dizer o contrário. Para nós, o individual se funde com o coletivo até o dia em que temos de repassar a lista para ver qual dos filhos de nossos amigos caiu aqui ou lá.

Assim como o leite vem com o nascimento do bebê, parece que a força vem com o sofrimento. Certa vez Yona me disse que um Estado hebreu e a asma não formariam um casal ideal! Mas, após esse período difícil, aqui estou, firme e forte, durante o dia. À noite não desço para o abrigo, pois, se descer, será o fim, por isso arrumei nossa casa no apartamento dos vizinhos de baixo e fico com Yossef nas "posições avançadas" do segundo andar. Yossef só vem para casa à noite, fica três horas e vai embora; para mim é bom compartilhar esses momentos com ele. Em várias ocasiões me disseram para sair de Tel Aviv, mas recusei. Meu esforço de guerra é ser a mulher de Yossef. Converso por telefone com várias pessoas e cuido das nossas filhas. Não é muita coisa.

Minha querida amiga, fiquei triste ao saber o que aconteceu.[2] Soube antes de receber sua carta. Durante a gravidez, o feto precisa de todo amor, atenção e concentração de sua mãe. Como

---

1. Novos conflitos irromperam nos arredores de Jerusalém nos dias posteriores à criação do Estado de Israel. Em 19 de maio de 1948, um dia antes de esta carta ser escrita, a Legião Árabe atacou em duas frentes. Cercado, o bairro judeu da Cidade Velha caiu em 28 de maio, e a Jerusalém Ocidental, judaica, foi bombardeada.
2. Efratia perdeu o filho que estava esperando.

você poderia dar tudo isso quando estava absolutamente focada em outros eventos? Por isso ele não quis nascer. Creio que seria melhor esperar algum tempo, para que um novo bebê possa abrir seus olhos e contemplar o céu azul sobre um Estado de Israel pacificado, produtivo e trabalhador. Minha querida, não é grave. Você ainda é jovem. Vai ter outros filhos saudáveis como Guidi, cujo riso vai ecoar de um canto a outro do país.

Acabei de escrever um segundo volume de primeiras leituras para Guidi. Acabei um grande livro para crianças[1] e escrevi dois textos curtos para nossos soldados no *front*, mas isso não é muita coisa, não é?

Tamara está trabalhando num escritório, para o Exército. Não se vai conseguir ficar por muito mais tempo. Ohad está em Gan Shmuel, e Roni[2] foi enviado para Haifa. Eu a vejo muito raramente.

Acabamos de receber outro aviso, e ouvi explosões. Se descer para o abrigo, terei de parar de escrever. Só espero uma coisa: que possamos nos ver em breve e conversar.

Lembranças a Munio. Yossef e as meninas mandam também.

Sua,

Yemima

═══════ **Efratia para Eliyahu e Esther** ═══════

Haifa, 1º de agosto de 1948

Olá, meus queridos,

No início das férias fomos a Tel Aviv. Visitamos vovô e vovó,[3] além de outros familiares. Guidi brincou com o primo Yossi, e

---

1. Yemima Tchernovitz escrevia para jovens.
2. Ohad e Roni, filho e filha de Tamara e Max Tanai.
3. Eliyahu e Esther.

Yigal nos contou algumas histórias da guerra. Voltamos para Haifa pelo uádi Milek, pois a região em torno de Tirat[1] ainda não tinha sido conquistada. Viajamos já no crepúsculo, e o percurso foi agradável. O uádi estava deserto. Apenas algumas casas espalhadas pelas colinas... Cumprimentamos alguns bravos jovens que estavam na estrada, na frente e atrás de nós, com armas em posição de alerta. Paramos por pouco tempo em Yagur e às 22h30 estávamos em casa.

No caminho para Tel Aviv cruzamos com um comboio de imigrantes. Foi um dos pontos altos da viagem. Ficamos exultantes de constatar que nosso porto, não mais sob controle inglês, estava dando boas-vindas a 2 100 imigrantes por dia![2] Foi uma grande alegria saudar nossos irmãos. Eles finalmente conseguiram. No entanto, quando chegamos a Haifa recebemos notícias tristes. Nosso querido Pinhas[3] havia morrido. O funeral será na quinta-feira, 1º de Tamuz.[4] Lamentamos o passamento desse bom avô, que era trabalhador, sábio e tão afeiçoado aos filhos e netos. Passamos os sete dias de luto em Kiryat Bialik com Munio e seus dois irmãos. Eles vinham rezar de manhã e ao anoitecer. Guidi prestou muita atenção às orações. Ele consolou e acarinhou sua avó chorosa. Durante o dia ele brincava com vizinhos e trabalhava no galinheiro e no jardim. Quando a sirene tocava, ele descia para o abrigo. Voltamos para o Hadar, e Guidi está de novo com seus amigos. Ele lê, resolve problemas no caderno de aritmética (já terminou o de hebraico), vai à piscina e escala o lindo Carmelo.

---

1. Essa aldeia (hoje Tirat Carmel) foi defendida pela brigada Carmeli em maio de 1948, mas a estrada para Hafia não foi reaberta até a ocupação do "pequeno triângulo", que compreende as aldeias de Jaba'a, Igzim e Ein Azal.
2. A maioria era sobrevivente do Holocausto.
3. Pai de Munio.
4. Quarto mês do calendário civil judaico (equivale aproximadamente a julho).

O primeiro mês de férias terminou e foi ao mesmo tempo agradável e triste. Esperemos que a segunda parte seja tão agradável, porém mais feliz. Guidi quer passar o segundo mês se fortalecendo na prática de esportes. Quer aprender a nadar, ler livros e crescer para ser um jovem saudável.

Efratia

Efratia para Eliyahu e Esther

Haifa, 28 de outubro de 1950

Olá, queridos pais!

Uma nova era começou em nossa vida. Estamos todos tão felizes! *Bli ayin hará! Bli ayin hará!*

Tudo vai bem aqui em casa. Amos é um doce de bebê,[1] e Guidi é um perfeito rapazinho. Munio é um pai feliz, e eu também estou muito, muito feliz. Ontem, Yemima e Yossef nos visitaram, e fizemos um brinde por eu ter dado à luz... aos 41 anos! Não foi fácil, mas estou me sentindo muito melhor agora.

A enfermeira é excelente. É calma e eficiente. Sabe o que está fazendo e lida muito bem com Guidi. Vocês conhecem a faxineira? Ela é tão generosa. Temos tudo de que precisamos em casa: comemos bem, a casa está sempre limpa e arrumada. Sinto que estou muito forte. Toda manhã, depois de tomar banho e amamentar, faço alguns exercícios e me alimento bem. Faço as compras e as guardo. Fico tão ocupada que quase não tenho tempo para escrever. Também leio e passeio com Guidi. Que menino feliz.

Amos já ganhou presentes ótimos: duas roupinhas de lã.

Esta é a primeira carta que escrevo como mãe de dois filhos! As congratulações não param. A casa está cheia de

---

1. Efratia deu à luz Amos em 11 de outubro de 1950.

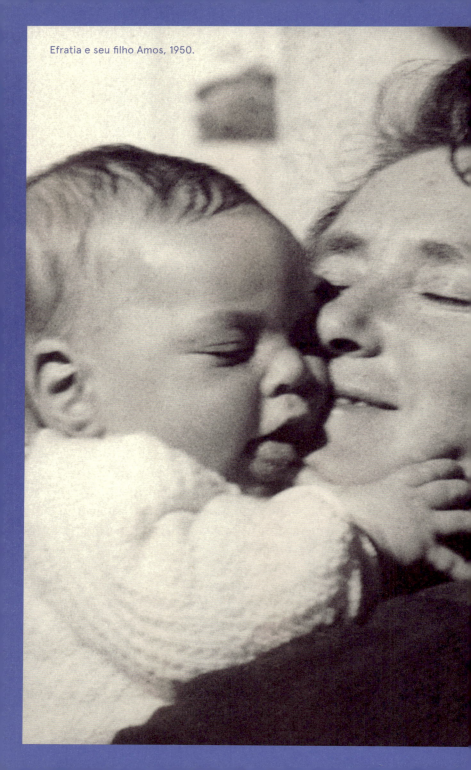

Efratia e seu filho Amos, 1950.

flores. Recebemos um telegrama da família Heruti: "Parabéns para a mamãe e o bebê!". Também houve anúncios no jornal, que vocês devem ter visto. Temos uma caldeira a vapor e uma banheira a caminho, e desejo isso a todas as crianças de Israel.

A babá dorme aqui algumas noites. Nessas ocasiões, Munio e eu saímos e tentamos nos divertir. Fizemos isso ontem com Rachelke, Yemima, Yossef e outros. Não paramos! Já visitamos Shulamit. Simples e sem luxo! Hoje é sábado. A enfermeira está em casa, hoje, sábado, ela também trabalha, e planejamos um passeio ao Carmelo. O *chamsin* não incomoda o bebê. Ele dorme bem à noite e quase nunca chora. E chega de escrever e de contar vantagem! *Bli ayin hará!*

Eu liguei para vocês ontem, mas infelizmente não estavam em casa. Quis fazer uma surpresa. Vamos ter outras ocasiões para falar.

Que tudo fique bem agora.

Beijos e muita paz para todos,

Sua Efratia

===================== **Efratia para Eliyahu e Esther** =====================

Haifa, 1951

Meus queridos, olá!

O *shabat* terminou. O bebê está dormindo. O mais velho e seu pai estão lendo juntos. Está quente em casa. Em resumo, *ahsahn*!

Escrevi a Sarke. O clima em casa é completamente diferente do que está acontecendo no país. *Toc, toc, toc!* Estamos muito felizes. *Bli ayin hará*. As crianças são tão adoráveis. Guidik é um bom menino. Só de pensar no menor fico sem ar de tanta alegria. Ele é tão fofo. Vocês não podem imaginar. Ele anda pela casa o dia inteiro. Balbucia sílabas estranhas, calça os chinelos do pai, abre e fecha caixinhas, brinca com os piões... Um mundo de felicidade e de alegria. Os dois irmãos juntos, bem, isso é realmente extraordinário. Vocês têm de vir e ver. É difícil explicar.

O sistema de aquecimento central funciona maravilhosamente. Fica quente o dia inteiro. Temos muita água quente na caldeira elétrica. A casa está bem decorada e muito limpa. Temos a maior parte das provisões de que necessitamos. Os arquitetos decidiram pedir ao *kibutz* Hazorea que lhes pagassem com produtos. Por enquanto, receberam maçãs e batatas, uma galinha e uma dúzia de ovos. Munio conseguiu na Tnuva[1] um *voucher* para dois quilos de vitela. Com tudo isso, o que está faltando? Nada. Vou enviar alguma coisa a vocês. Se Shmulik vier amanhã, vou lhe dar algumas maçãs para Noah[2] e algumas batatas. Quase acabamos com a carne e o frango. Se vocês vierem, vamos procurar um pouco de carne! Mas só se vierem! Louba[3] já começou a trabalhar novamente. Por favor, venham!

Amanhã vou encomendar fotos e as enviarei a vocês o mais breve possível. Oh, sim, semana passada Amos foi vacinado contra difteria e tétano (um veneno! Teve febre durante metade do dia, mas já se recuperou totalmente).

Quando vocês virão nos ver? Isso é o que importa. Escrevam dizendo quando virão.

Beijos aos dois,

Efratia

---

1. Cooperativa de laticínios.
2. Filha adotiva de Yigal e Vicky.
3. Babá de Amos.

Gideon e seu irmão caçula Amos, 1951.

Efratia para Munio

Haifa, 11 de agosto de 1953

Bom dia, meu querido Muniosh!

Depois de amanhã vão se completar seis semanas desde que você partiu. Você deve ter uma agenda muito ocupada, só recebemos cinco cartas suas. Você está nos deixando ansiosos, muita avareza da sua parte não nos escrever, apesar de todos os nossos pedidos. Mas vamos em frente...

Talvez você esteja planejando nos mimar de agora em diante: acabamos de receber um olá amoroso seu, por intermédio de Yehudit. Ela chegou hoje, e corri para vê-la e receber notícias suas. Yehudit me disse que você deixou a Suíça ontem (o que me faz lembrar de que não recebemos cartas suas da Suíça, talvez estejam a caminho). Recebi um cartão-postal de Tamar, no qual ela fala da visita que você lhe fez com Yehudit. O chocolate é excelente, e as crianças ficaram muito felizes! Guidi não estava quando trouxeram a caixa (estava na aula de inglês), e esperamos por ele, para que Amos e ele abrissem a caixa juntos. É um chocolate digno de respeito, vamos guardar um pouco para você. Amos ficou brincando com a caixa. Depois examinou os desenhos (eu lhe disse: "Foi papai quem fez esses prédios", mas ele não aceitou minha explicação e respondeu: "Não, papai desenhou para Amos!").

Fiquei contente de saber que você ficou na casa de Theo. As velhas amizades são preciosas.

Amos está com ótima aparência. Chazan e Berta[1] estão agora no Carmelo. Vieram nos ver no sábado e fomos à praia com eles. Foi muito agradável. Amos riu e se divertiu muito: um verdadeiro pequeno pescador! Guidik tomou um pouco de sol. Amos é um menino bonito. Gosta de se pentear e de se vestir sozinho. Estamos planejando voltar à praia amanhã. Temos ido nadar nos últimos sete dias. É importante para eles, mas sei que também é para mim. No sábado, recebemos a visita de Tsipora Hushi.[2] Hanna Mart[3] pediu-me que lhe enviasse um olá dela.

Ontem Guidik foi ver a avó[4] em Kiryat Bialik. Voltou muito satisfeito. Ele é muito generoso. Esta semana começou a estudar inglês, geografia e matemática; na próxima, terá estudos judaicos. Falei com sua mãe sobre o *bar mitzvá* dele. Ela não impôs condições, mas disse que só viria se fosse

---

1. Cofundador do Hashomer Hatsair, Yaakov Chazan (1889-1992) foi figura-chave no movimento Kibutz Artsi, um dos fundadores do *kibutz* Mishmar Haemek e um ideólogo do Mapam. Berta era sua mulher.
2. Amiga de Efratia e mulher de Abba Hushi, prefeito de Haifa.
3. A família de Efratia e Munio havia conhecido Hanna e Meir Mart numa visita ao monte Carmelo; Meir Mart morreu num acidente em 1948.
4. Fruma, mãe de Munio.

Efratia com seus alunos no pátio da escola *Chuguim*, durante a festa de Purim.

numa sinagoga. A ausência dela não seria uma opção, e Guidi compreendeu. Assim, decidimos que ele se prepararia para comemorar o *bar mitzvá* numa sinagoga. Isso não vai prejudicá-lo. Temos de satisfazer a avó. É um dever.

    Provavelmente eu o entedio com todas essas minúcias. Você sabe muito bem que gosto de compartilhar meus pensamentos e minhas impressões. Preciso conversar com você, meu homem silencioso. Sei que não compreende isso. Acabei de lembrar que recebemos o material que você enviou de Colônia. Não entreguei os projetos a Mansfeld. Ainda aguardo instruções suas (dei uma olhada nos papéis esperando encontrar alguma palavra sua, mas não havia). Hoje fui à casa de Bella Mansfeld. Ela me recebeu com frieza. Não sei por quê. Não fez perguntas sobre você, e eu não lhe contei nada.

Efratia e seu filho Amos em Haifa, no monte Carmelo, 1954.

É tudo por ora. Meus olhos estão se fechando. Não dormi à tarde, no sábado fomos à praia, e isso me deixou cansada.

Até breve, meu querido. Perdoe-me pela carta desorganizada. Muitos, muitos beijos.

Escreva, escreva e aproveite!

Sua Efratia

===== **Chaim Gamzu para Efratia** =====

Ramat Gan, 10 de janeiro de 1958

Minha querida Efratia,

Acabei de saber do falecimento de sua querida mãe.[1] Alguém me contou. Não costumo prestar atenção aos obituários no jornal porque não tenho tempo nem para mim mesmo e só leio o que é indispensável. Queria lhe enviar minhas sinceras condolências e lhe dizer o quanto o ocorrido me entristeceu. É como se um ramo vivo das nossas memórias de infância tivesse sido cortado. Ela foi uma mulher notável. Era tolerante com os jovens e sempre tentou nos compreender. Não nos tratava como o faziam outras mães e outros pais, que nos viam como crianças e nada mais. Ela via em nós jovens movidos por sonhos e esperanças de um futuro imponderável. Poucos têm uma intuição tão aguda quanto a de sua mãe. Era uma das únicas pessoas com esse dom, e isso lhe permitia ver que suas visões e aspirações estavam vivas em nós. Quando lembro meus dias no Colégio Herzliya, ela surge como uma das raras mães que nos "compreendiam", que nos amavam e nos davam a liberdade que era tão vital para que florescêssemos e nos saíssemos bem, em termos de caráter, de relacionamento com os outros e

---

1. Esther faleceu em dezembro de 1957.

na maneira como lidar com a realidade. Pessoalmente, creio que nada é mais importante do que uma mãe. Temos certa nostalgia em relação a mães, seja durante a adolescência, seja muito depois de elas terem partido, e continuamos a buscar o tipo de amor que elas nos oferecia, enquanto percorríamos o labirinto da vida. Só nos tornamos completos quando redescobrimos o amor materno em nossos próprios relacionamentos.

Perder a mãe é algo cruel, que é impossível evitar ou aceitar. Nunca me esquecerei de quando perdi a minha. Foi um dos períodos mais difíceis da minha vida. Posso compreender como deve ser difícil para você a morte de sua mãe, mesmo quando não estamos mais dando nossos primeiros passos no mundo e já temos nossos filhos e família. Da mesma forma, a morte dela é a morte de um grande mito. Sua morte incorpora toda a solidão do gênero humano neste mundo.

Aceite esses pensamentos em memória de sua amada mãe. Eu a amava de um modo diferente de como amava qualquer outra mãe dos amigos. Minhas mais sinceras condolências. Por favor, transmita meus sentimentos a sua família, já que você agora é esposa e mãe. Que não sofra mais perdas.[1]

Seu, com amizade,

Chaim

---

1. Frase ritual em períodos de luto.

Efratia para Amos

Londres, 3 de agosto de 1960[1]

Meu caro Amos, querido menino!

Sua carta estava esperando por mim no meu quarto quando voltei (é tarde, porque estudei a noite inteira e só terminei agora). Fiquei feliz ao lê-la. Não recebia uma carta sua havia muito tempo (talvez por causa de Rosh Hashaná tenha havido atrasos no serviço postal). Fiquei triste porque você, meu querido, parece triste por não receber muitas cartas minhas. Realmente eu não sabia que isso o incomodava. Prometo escrever com mais frequência, está bem? Mas, por favor, não seja como sua mãe, que se preocupa com tudo e por nada – conheço muito bem esse sentimento e já sofri muito com ele (você se lembra de quando eu ficava esperando cartas de seu pai, quando ele estava no Japão?). As coisas são muito mais fáceis para quem não está esperando nada e não depende dos outros. Mas nós dois somos parecidos, assim temos de nos escrever muito! Eu vou escrever, e você também vai, certo? Escreva-me muito, mesmo sem fazer um rascunho, mesmo que a carta não seja bem escrita – o importante é que você me escreva pelo menos uma vez por semana. Pode fazer isso?

Fico muito feliz em saber que você se interessa pelos estudos. Fogo é um tema fascinante. Quando o homem pré--histórico descobriu o fogo, isso mudou a vida dele: o fogo o libertou, ao lhe dar luz, calor, alimento e, o mais importante,

---

1. Aos cinquenta anos, Efratia foi para Londres a fim de melhorar seu inglês e retomar seus estudos. Tinha planejado ficar algumas semanas, para que Amos não passasse muito tempo no *kibutz*. Contudo, só voltou para Israel em Pessach do ano seguinte. Matriculou-se na London School of Economics, onde cursou Ciências Políticas e Filosofia (e muito provavelmente assistiu às últimas aulas de Bertrand Russell, que tinha 88 anos na época). Também fez cursos com Anna Freud.

ao fazê-lo ficar menos solitário, pois as famílias se reuniam em torno de fogueiras. Enquanto se aqueciam, contavam histórias, cantavam e dançavam. Inventavam histórias e sonhavam. E, é claro, o fogo os protegia de animais ferozes e tornava a difícil vida deles um pouco mais segura. Dava a esperança de uma vida melhor, quando a humanidade não mais seria presa de animais ou das forças de destruição.

Os companheiros do Palmach[1] e da Haganá cantavam em torno da fogueira. Existem milhares de canções e histórias sobre esse assunto incrível! Quando nos reencontrarmos, vamos contar um ao outro histórias em volta de uma fogueira.

Estou orgulhosa com o que Bracha[2] escreveu sobre você: que você se adaptou bem ao novo ambiente. Imagino que não seja fácil viver longe da mãe e do pai pela primeira vez, num novo cenário. Mas você é forte, meu querido. Sempre tive orgulho de como meu Amos é capaz de se ajustar e se adaptar.

Meu filho, me escreva sobre como está se dando com as outras crianças em Kfar Masaryk e com os adultos. Fale-me deles. Você ainda vai à piscina? Ficou resfriado? Logo será época de chuvas, cuidado para não se resfriar. Use suéter à noite e se cubra bem ao dormir. Está dormindo bem? Está suando, querido? Etc. Me escreva.

Na festa de Sucot, vá para a casa de Yigal.

Estou muito contente que tenha começado a estudar inglês. Por favor, seja aplicado nos estudos. É muito importante saber escrever, ler e falar inglês. Nossa língua é muito

---

1. Criado em maio de 1941, o Palmach foi o ramo de elite da Haganá e o principal braço militar dos líderes do Yishuv, a comunidade judaica. Até o outono de 1942, cooperou com os serviços de Inteligência do Exército britânico no esforço de guerra contra a Alemanha nazista. Foi dissolvido em 1948 por Ben-Gurion, quando ele formou o Tsahal [Exército de Defesa de Israel], unindo as Forças Armadas em um único centro de comando unificado.
2. Amos foi confiado a Bracha e Aroch Ben David, amigos de Munio que viviam no *kibutz* Kfar Masaryk, na área de Saint-Jean-d'Acre.

Amos no *kibutz* Kfar Masaryk, 1960.

preciosa para nós, porém o inglês é muito valioso do ponto de vista cultural. Eu gostaria de ser mais fluente em inglês e de ter estudado mais quando era jovem.

Para este novo ano, espero, do fundo do coração, que você tenha êxito em seus estudos, que se dê bem com os outros e, sobretudo, que esteja sempre alegre e saudável e não sinta muita saudade da sua mãe (um pouco é normal, mas não demais, certo?).

Guidon e papai têm visitado você? Conte-me como eles estão e mande notícias de seus amigos. Agora, algumas palavras sobre minha "vida" em Londres. Há duas semanas que não vou ao teatro. É uma pena, pois há muito o que ver, contudo não tenho muito tempo livre e preciso economizar. Fui a uma exposição do grande pintor Picasso (peça a Bracha ou a outro membro do *kibutz* que lhe mostre um livro com reproduções das obras desse gênio). Ele é espanhol e vive na França, mas na verdade é um cidadão do mundo. Muitos museus em vários países estão cheios de pinturas que ele fez em diferentes períodos de sua vida. Meu querido, quando você as vir, talvez ache os rostos estilhaçados divertidos. É uma maneira única de pintar. Mas olhe bem de perto que você vai gostar, mesmo que não entenda tudo. Fiquei muito feliz de ver quadros originais nessa exposição: a obra original do pintor revela muito mais do que reproduções, mesmo se forem boas. Em alguns dos salões o espectador subitamente fica triste, porque os quadros mostram atrocidades da Segunda Guerra Mundial e daquelas bestas ferozes, os nazistas. Mas ele também pintou a pomba da paz: é muito alegre. Mais recentemente pintou janelas na Itália e no sul da França, assim como pombas em seus peitoris.

Que salões maravilhosos, amei todos eles. Gostaria de voltar dentro de alguns anos com você, Guidon e papai. Que tal? Picasso pintava frequentemente um quarto com uma grande janela que dava para uma varanda de onde se vê um céu claro e azul com pássaros e pombos. Há muita luminosidade e alegria nessas pinturas, que são de uma fase posterior da vida dele (Picasso ainda está vivo, e que os céus o mantenham assim o bastante para que a humanidade se beneficie dos frutos de sua criatividade). Embora já esteja velho, seu comportamento é jovial e ele ama a vida. Se você pudesse ver, meu querido, como os londrinos compareceram em massa à exposição. Um verdadeiro rio humano! Meio milhão de visitantes em menos de cinco semanas. Os salões estavam lotados em cada uma de minhas visitas. É espantoso ver homens e mulheres de todas as idades apaixonados por obras de arte. O lugar estava tão apinhado que era difícil não pisar nos pés uns dos outros. Lá fora, milhares de pessoas esperavam na fila durante horas! É realmente uma celebração da arte: a maioria de nós aprecia coisas bonitas; todos os seres humanos (a grande maioria) estão inclinados ao que é belo e bom, você não acha?

Um abraço bem forte e beijos,

Mamãe

Amos para Efratia

Kfar Masaryk, 8 de agosto de 1960

Olá, querida mãe,

Como vai você? Como está se sentindo? Espero que esteja tudo correndo bem. Perdoe-me por não ter escrito (além da carta para Paris). Recebeu minha carta em Paris?[1] Caso não tenha recebido, vou resumi-la. Se recebeu, por favor, leia novamente.

---

1. Efratia passou alguns dias em Paris antes de ir a Londres.

Na primeira noite fizemos uma fogueira, e eles nos apresentaram as regras do acampamento de verão.[1] Depois fomos ver os tanques com peixes e à noite jogamos. Passeamos num barquinho, tomamos café e cantamos canções canadenses acompanhados de violão (tem canadenses aqui). Eles assaram milho, que estava muito bom, e então fomos para a cama e dormimos muito bem.

No quinto dia acordamos às cinco da manhã e fizemos alguns exercícios. Depois da chamada, fomos para o refeitório, sem saber o que íamos encontrar lá. Comemos muito. Voltamos para o lugar de reunião com a barriga cheia. Mais tarde o instrutor nos disse que teríamos uma "olimpíada" e demos pulos de alegria. Ele nos dividiu em dois grupos, e eu fiquei no time azul. O juiz apitou dando início ao jogo, e começamos a correr atrás da bola e a suar. O outro time ganhou por 5 a 4. No jogo de queimada, no fim quem ficou vivo fui eu. Eu atirava a bola muito rápido, e nós vencemos.

No penúltimo dia fomos para a floresta. Jogamos jogos de floresta. Armamos barracas, construímos coisas, foi divertido. No último dia fomos passar pasta de dente nas meninas e nos meninos menores!

Estou agora em Kfar Masaryk. Não tive tempo para escrever, mas não fui à piscina e aproveito para escrever agora. Quando você voltar, terá muitos presentes e surpresas minhas. Não vou contar o que é.

Você achou o laboratório e os presentes?

Estou me sentindo bem e me divertindo. Espero que Getty[2] também esteja bem e se divertindo.

Escreva-me e envie as cartas para casa, porque estou

---

1. Na época, Amos estava no *kibutz* Ramat Yochanan, na Baixa Galileia.
2. O cãozinho de Amos.

indo para Manara e Merchavia,[1] pois papai virá me ver nos sábados, como sempre faz. Ele me traz suas cartas e outras coisas de que preciso.

Desejo muito sucesso em tudo o que você faz e espero que esteja se divertindo.

Tudo de bom para você. Muitos, muitos beijos de seu país; meu amor para você, de todo o coração, não importa onde esteja.

Seu filho,

Amos

Efratia para Munio

Londres, 18 de agosto de 1960

Um caloroso olá, Munio,

Recebi seu primeiro cartão no dia 10, meu aniversário no calendário judaico. Devo considerar um sinal? O que você me diz?

Também recebi sua carta do dia 13 e a do dia 15 deste mês. Obrigada, Munio. Continue a me escrever! Receber cartas quando estamos separados me deixa incrivelmente feliz. Claro que fiquei contente de saber que o acampamento de verão de Ramat Yochanan foi bom para Amos e que ele foi bem cuidado em Kfar Masaryk. Bracha e Aroch são muito gentis e estou extremamente grata a eles. Recebi uma carta maravilhosa de Amos, escrita em Kfar Masaryk, descrevendo a rotina em Ramat Yochanan e em Kfar Masaryk. Foi escrita com o coração! Ele me desejou sucesso, saúde... Esse

---

1. Dois *kibutzim*: Manara, no norte de Israel, na fronteira com o Líbano, onde vivia Israel, amigo por correspondência de Amos; e Merchavia, no vale de Jezreel, onde viviam Yitzhak e Hanka Heruti.

Efratia nos Kew Gardens, Londres, 1960.

menino é um verdadeiro tesouro! *Bli ayin hará*. Mesmo nas horas mais sombrias da vida eu sempre soube que quem ganha um tesouro como esse tem uma razão para viver e força para resistir.

Quanto à ida dele para Manara, é uma boa ideia. Estou de acordo. Se tudo estiver calmo por aí, especialmente na fronteira do norte, seria bom para Amos passar quanto tempo for possível lá, contanto, é claro, que ele e seus anfitriões no *kibutz* concordem. Quando você foi vê-lo no sábado, estou certa de que pôde constatar que estavam cuidando bem dele, que prestam atenção a sua saúde, que não está machucado nem ferido e que não vai a lugares inadequados para crianças... Estou contente de que haja uma piscina em Kfar Masaryk. Não sei como são as coisas na família Stauber,[1] mas não deve haver motivo para preocupação. Ao mesmo tempo, uma mãe tem o direito de se preocupar, sobretudo quando está longe. Sabemos bem como é a vida num *kibutz*. É difícil, eles estão sobrecarregados de trabalho, cansados e têm pouco tempo para cuidar de jovens hóspedes. É bem possível que deem aos próprios filhos liberdade demais. Pode ser difícil confiar em crianças que não têm consciência dos perigos da vida. Estou certa de que você pensou nisso e de que também quer ter uma noção clara do que está ocorrendo. Se, de modo geral, tudo está correndo bem e se Amos está feliz, com saúde e bem cuidado, só posso estar contente com sua estada ali. A relação epistolar que por acaso aproximou as duas crianças gerou uma forte ligação emocional. Conhecemos bem nosso Amos, e ele precisa disso (assim como sua mãe). Para mim, seria difícil viver sem amor e sem calor emocional. Além do mais, uma criança precisa da companhia de outras crianças da sua idade. Desse ponto de vista,

---

1. A família de Israel, amigo por correspondência de Amos.

é perfeito. E, se Amos se sentir bem, me parece sensato que ele passe um bom tempo lá (mais do que uma semana), sem obrigá-lo a ir até Merchavia, até Haifa e de volta. Na verdade, talvez eles concordassem em receber Getty. Seria bom para o garoto dos Stauber. Um jovem *kibutznik* não será sensível demais ao latido de um cão – vale a pena sugerir. Se não, vamos ter de pensar num arranjo, com a concordância de Amos, é claro.

E agora, o mais importante: nosso plano de matricular Amos na escola em Kfar Masaryk. Há muita coisa a ser levada em consideração. Temos de ponderar com cautela. Concordo com você: ambos amamos Amos, e nossa única preocupação deve ser com a felicidade dele. Acredite: o bem de Amos é como um "candelabro a meus pés".[1] Preciso de um tempo para pensar. Seja como for, concordo em princípio, mas temo que ele ainda seja pequeno, em termos físicos, sensível (apesar de ocultar isso bem) e que necessite de muito amor e atenção.

Por enquanto não estou dizendo não ao *kibutz*. Aliás, o ambiente na escola em Achuza é melhor do que em Merkaz. Pelo menos é o que me parece. Mesmo que dependa muito dos professores que vai ter, ainda acho Achuza uma instituição melhor. Neste ano começaram a ensinar inglês em grupos pequenos. Claro, o conhecimento básico da língua não é *a coisa mais importante* na vida, mas, quando falta, as coisas se complicam. Sei disso por experiência própria. Se eu soubesse inglês, teria conquistado muito mais, ganharia melhor, o que sempre é bom, especialmente em tempos *de crise*. Por isso aceitei, contente, sua sugestão de passar um ou dois meses em Londres. Acho que foi muita bondade sua sugerir isso. Eu realmente queria. Ainda não decidi quanto tempo

---

1. Expressão hebraica para designar algo muito precioso.

vou ficar, mas, como você escreveu, "muito provavelmente, o trabalho que você assumiu será útil". Verdade que, quando você chega pela primeira vez a uma cidade com um milhão de habitantes, perde um pouco de força, dinheiro e energia sem obter muita coisa em troca. Tenho de admitir que só recentemente – semana passada – aprendi como me situar. É preciso se acostumar ao lugar, ao transporte público, à moradia, aos professores... Não tenho mais nem trinta nem cinquenta anos. Aos 51... não se tem mais a energia de outrora. Eu me canso rapidamente. O clima tem muito a ver com isso. Além disso, na minha idade não é fácil ser uma mulher que está sozinha, mas não posso reclamar. Eu me arranjei bastante bem e espero que continue assim. Encontrei um lugar relativamente acessível onde ficar. É bem confortável, ainda que longe da escola. Gasto pouco. Ainda não fui a nenhum restaurante. Faço compras e preparo as refeições em "casa". A vida é muito cara aqui, mas estou me virando. Só vou ficar mais tempo se isso não incomodar Amos. Na escola, as coisas não vão engrenar muito até Sucot, creio. Assim, ele pode ficar em Kfar Masaryk até eu voltar. Isso facilitará as coisas para você. Se decidirmos mandá-lo para Achuza, ele será capaz de alcançar a turma.

Eu realmente gostaria de saber quais são os planos de Guidon. Ele não me é menos caro que Amos. Conte-me os planos dele antes do serviço militar. Por mim, acho que seria bom para ele trabalhar na Europa. A Inglaterra seria perfeita para ele. Diga-me o que você pensa. Posso pesquisar aqui. Teríamos de começar agora.

O que há de novo no escritório? Você não tem falado sobre isso. Mas a opção é sua.

Dê lembranças aos Brandstetter e Bracha, a Yehudit, Yardena, Ernst, Leah, Rivka e a todos que lhe perguntarem sobre mim.

Ben-Aharon[1] respondeu? Você já marcou a entrevista? Se marcou, desejo-lhe boa sorte.

Tudo do melhor,

Efratia

=== **Efratia para Amos** ===

Londres, 19 de agosto de 1960

Olá, meu querido Amos!

Recebi a carta que você enviou pela Shoham.[2] Muito obrigada, meu querido. Você não pode imaginar como é gostoso receber cartas de meu filho querido enquanto estou em terra estrangeira.[3] Li e reli sua carta no metrô. Eu ria alto, e minha alegria contagiava as pessoas ao redor!

Estou muito contente que tenha sido boa sua estada em Ramat Yochanan e em Kfar Masaryk. Lembra-se dos medos e das dúvidas que você tinha quanto aos acampamentos de verão? Estou aliviada por saber que tudo correu bem. Papai escreveu que todos em Kfar Masaryk estão *mabsutim* com você e que você se comportou bem. Espero que ocorra o mesmo quando for para Manara. Como é bom ter tantos

---

1. Yitzhak Ben-Aharon (1906-2006) imigrou em 1928. Membro da Haganá, lutou contra a Alemanha no lado britânico; foi líder do Mapam até a cisão do partido e depois líder do Achdut Avodá Poalei Tsion.
2. Companhia de transporte naval.
3. "Corresponder-me com Amos foi uma grande ajuda para mim", escreveu Efratia. "Eu lhe contei sobre minha vida lá. Foi difícil. Tinha pouco dinheiro e vivia num quarto pequeno e mal aquecido. No entanto, quando me interessei por coisas como sociedade, teatro ou literatura, pouco me importava o resto. Amos estava num ambiente seguro, mas eu tinha muita saudade dele. É sempre difícil para uma criança de fora se integrar numa sociedade kibutziana. Ele me contava o que estava fazendo. No início pensou que seria bom e depois deparou com alguns problemas, porém os superou. A experiência pode ter extinguido sua vontade de pertencer a um *kibutz*, mas ele aprendeu lições importantes..."

amigos. Você finalmente realizou seu sonho de conhecer Stauber. Estou ansiosa para ler o que vai achar desse bravo e jovem *kibutz* na fronteira. Está só começando! Conte-me tudo, querido. Por favor, transmita minhas lembranças à família Stauber.

A esta altura do ano deve haver muitas frutas em Manara. Lá não faz tanto calor, o clima é agradável. E agora tenho alguns pedidos a fazer... Cuide-se, meu Amos. Não entre em zonas proibidas; não chegue perto da fronteira; coma apenas as frutas permitidas e primeiro as lave bem, sempre; não vá a lugares onde há cobras e escorpiões; e, se se ferir, trate de limpar o machucado e fazer um curativo.

Como vai você, querido? Mande uma foto recente e de um amigo, se você tiver uma. Agora vou lhe contar um pouco sobre mim. Hoje fui a uma grande loja onde havia muitos brinquedos, mas não o laboratório que você pediu. Ainda estou procurando. Comprei lâmpadas para sua lanterna, um avião e uma ponte de plástico que se pode montar e desmontar. Espero que goste. Também comprei algo para seu amigo. Não tenho muito dinheiro, mas estou tentando reservar um pouco para você.

Ontem fui ao teatro e foi maravilhoso. Assisti a uma peça para adultos chamada *Cândida*, de Bernard Shaw, que é escritor e dramaturgo. Ele é sábio, muito inteligente. Compreende a natureza humana e a retrata em suas peças.

Dias atrás vi um musical sobre Elizabeth, a grande rainha da Inglaterra, uma mulher feia mas inteligente. Durante seu reinado, a Inglaterra se tornou um reino grande e poderoso. Amanhã, sábado, irei a Stratford com colegas da escola. É uma cidade antiga onde viveu Shakespeare, o maior poeta inglês. Estou ansiosa para ir, vou lhe contar como foi quando voltar.

No último sábado fui passear ao longo do Tâmisa. Chovia um pouco, e estava muito bonito. Vi o Parlamento, a abadia, os museus. Passei por um grande parque onde havia um lago com cisnes brancos. O mundo é tão bonito! Pena que você não estava comigo, você ia gostar. Como sabe, estou tentando seguir seu conselho e me divertir. Lembra-se do que a mamãe gosta, não se lembra? Ela gosta de teatro, concertos, jardins e de gente agradável. As pessoas em Londres são muito educadas, o que é um alívio, sobretudo quando se está cansado. Ninguém grita, ninguém fura fila, e, quando tem muita gente, todo mundo espera sua vez. Um dia, quando eu estava indo para a escola, vi um casal jovem. A mãe empurrava um carrinho no qual dormia um lindo bebê (imediatamente pensei em você!). Eles entraram no metrô e eu os observei. Foi realmente extraordinário. O bebê dormia tranquilamente no carrinho, sem se incomodar com as sacudidelas do trem. Os pais ficaram ao lado do carrinho, junto à porta do vagão. Quando as portas se abriam, a mãe afastava o carrinho para dar passagem às pessoas. Ninguém se incomodava, e os outros passageiros passavam silencio-samente pelo bebê, que continuava dormindo. Seus sonhos deviam ser bons, porque ele riu no sono. Não teria dormido mais profundamente em sua própria cama. Os ingleses são muito calmos e agradáveis. Cidadãos exemplares desde o berço. Gostaria de ter uma câmera. Se Guidon ou o papai estivessem aqui, teriam tirado fotos e lhe enviado. Quando estivermos juntos novamente, vou tentar usar palavras para descrever tudo o que vi. Até lá, mando-lhe mil beijos, meu filho querido, meu Amos. Continue sendo um menino que ama e é amado. Desejo-lhe muita saúde. Escreva!

Beijos de sua mãe.

Sua sempre,

Efratia

Efratia para Amos

Londres, 30 de agosto de 1960

Olá, meu querido Amos!

Por que você não está me escrevendo mais, meu filho querido? Recebi uma longa e adorável carta sua de Kfar Masaryk; uma curta, escrita à máquina; e outra de antes de você partir para Manara. Isso foi tudo. Você deve estar muito ocupado, mas eu gostaria muito de saber como correram as coisas em Manara. Como você está? Estou impaciente para ler suas próximas cartas. Por favor, me escreva, meu querido! Eu vou muito bem. Estou com boa aparência. Tento fazer o que você me aconselhou: me distrair, estudar e cuidar da saúde. E você, meu menino? Meu professor tirou férias, e assim temos um jovem substituto que é alegre e muito bacana. Ele conta piadas, e isso nos faz aproveitar mais o curso. Não é legal? Ele nos ensina gramática e pronúncia da língua inglesa. (Para mim, é muito difícil!) Estamos lendo uma peça de Oscar Wilde. Nosso professor nos contou um pouco sobre Londres.

Fui ao teatro e assisti a uma peça interessante sobre a vida de Galileu.[1] Quando nos encontrarmos, vou lhe contar tudo o que sei sobre ele. Mas tenho certeza de que você já ouviu falar dele. Galileu viveu na Itália há mais de 330 anos e foi um importante cientista, matemático e astrônomo (estudava os astros). Ele disse que a Terra girava em torno do Sol e não estava imóvel, como as pessoas então pensavam – elas achavam que "todo o exército dos céus"[2] e das estrelas girava em torno do nosso mundinho. Galileu foi um homem corajoso e instruído como nenhum outro. O governo

---

1. *Galileu Galilei*, de Bertolt Brecht (1938).
2. Deuteronômio, 4:19.

da época e os líderes da Igreja o perseguiram por causa de suas ideias. Pensavam que fossem os donos da verdade e o jogaram na prisão, mas isso não deteve sua teoria. A verdade irrompeu, livre, das paredes da prisão, e as pessoas se deram conta de que Galileu tinha razão: a Terra não é o centro do Universo, é só uma minúscula parte de um enorme sistema de outros astros, e nosso "globo" se move entre eles. Galileu poderia ter sido um "menino comportado". Não era obrigado a perturbar a ordem estabelecida com suas teorias. Ele foi um homem da ciência, mas tinha uma grande alma. Era inteligente, humilde e cortês. Gostava de pensar, e também da humanidade. A peça é cheia de suspense, do jeito que eu gosto. E mostrou que devemos lutar pelo bem da humanidade. Os figurinos eram interessantes e bonitos, assim como o cenário, historicamente preciso. Vimos os padres italianos (os homens religiosos que dominavam naquela época), o povo, o papa e seu séquito, mulheres e duas crianças que representaram maravilhosamente os papéis de alunos de Galileu; eram estudantes pobres aos quais esse gênio ensinava de graça, apesar de ser pobre e quase não ter o que comer. Com o pouco dinheiro que tinha, comprou as peças para construir seus instrumentos, um dos quais foi um telescópio (que se usa para olhar os corpos celestes). Eu gostei dessa peça, muito. Era acompanhada de canções, um coro, um filme curto e danças da época. No fundo, o que ela mostra é que homens bons passam a vida lutando pela verdade. No fim, o bem sai vencedor, ou pelo menos assim esperamos, meu querido. Você entendeu tudo isso? Diga-me se conseguiu ler tudo. Seja sincero!

Está ficando tarde e tenho de ir para a cama. Só queria desejar tudo de bom antes de você ir para Kfar Masaryk. Meu querido, você sabe, tenho um peso no coração. Hesitei muito antes de concordar com o pedido que você e seu pai me fizeram para que você fosse até lá. Você me pediu tantas vezes em sua carta que eu aceitasse, e realmente espero que fique bem lá. Meu querido, beijos para você e espero de todo o coração que o caminho que você escolheu traga só bênçãos, que você seja saudável, feliz, alegre e que se adapte bem ao novo grupo. Escreva, escreva, por favor, escreva.

Queria lhe dizer algumas coisas: 1) Não seja tão sensível. 2) Em todo lugar, mesmo no *kibutz*, há todo tipo de pessoas, as que são muito boas e as que não são tão boas assim. Não pense que todo mundo é um anjo. Dessa maneira, você não vai sofrer quando se der conta de que as coisas nem sempre são boas. Nada é sempre perfeito. Assim o mundo é feito, mas sempre se pode corrigir e melhorar a natureza, especialmente a humanidade, na qual existe o bem, mas também o mal.

Como você quer ficar em Kfar Masaryk, decidi ficar em Londres mais tempo do que o planejado. Papai Munio me escreveu e me incentivou a fazer isso. Pretendo estudar mais e aproveitar ao máximo esse tempo extra. Há muito o que aprender na vida. Amos, por favor, não se esqueça de estudar no *kibutz*. O trabalho é importante, mas os estudos também são! Quanto à visita à vovó Fruma, não quero que fique todo sábado solto nas ruas de Kiryat Bialik. Você tem de se conter um pouco. Gostaria muito de vê-lo, mas mesmo assim me contenho. Você também pode fazer isso. Não vá a Kiryat Bialik mais do que uma vez a cada duas semanas. Assim você poderá visitar seu pai no outro sábado, e talvez Guidon também, que com certeza vai ser um bom irmão para você. Em Sucot, você vai ficar com Gal. Será bom para você levar Getty para o *kibutz*. Mando um milhão de beijos daqui. Seja forte, saudável e bom.

Shalom,

Mamãe

Amos para Efratia

Kfar Masaryk, 6 de setembro de 1960

Olá, minha querida mãe!

Como vai você? Como se sente? Muito obrigado por suas lindas cartas. Um alô dos pais de Israel e de Erets Israel.

Sim, *Imale*, Amos vai lhe contar tudo sobre seu jovem e bravo *kibutz*. (Vou contar na ordem em que as coisas aconteceram. Não vou mencionar os dias em que nada aconteceu.)

Quarta-feira, 17 de agosto de 1960: o ônibus parou, e eu senti um movimento suave. Perguntei a Israel o que estava havendo. Ele desceu minha mala e disse: "O quê? Você não conhece este lugar? É Kiryat Shemona!". Eu me levantei e saí do ônibus. Diante de meus olhos havia altas montanhas, e pensei que eu nunca seria capaz de escalá-las. Depois lembrei o que Herzl[1] disse: "Se quiserem, não será apenas uma lenda". E começamos a subir. A fronteira ficava a dois metros da estrada. Os garotos mais velhos foram desobedientes; eles saíram do país e cruzaram a fronteira. Mas eu não, porque você me disse para não fazer isso.

Quinta-feira, 18 de agosto de 1960: quando acordamos, pedi a Israel que fôssemos contemplar a região de um ponto elevado. Ele concordou, dizendo: "Venha, vamos, então!". Fomos, e, quando nos aproximamos do lugar, comecei a olhar em volta. Não pude me conter e disse: "É tão bonito!", "Como isso é bonito!". É realmente bonito. Pena que você não estava lá comigo. Então descemos até a floresta. O canto dos pássaros era uma esplêndida orquestra. Foi o concerto mais bonito que já ouvi. Depois voltei para o meu quarto e ainda posso ouvir em minha mente os pássaros cantando.

---

1. Theodor Herzl (1860-1904), jornalista judeu austro-húngaro, concebeu as bases do sionismo político moderno.

Sexta-feira, 19 de agosto de 1960: hoje trabalhei nos campos durante três horas seguidas. Eles ficaram muito orgulhosos de mim. Também participaram franceses e negros que vieram a Israel para conhecer um *kibutz*. Agora já é noite e estão todos no refeitório. Estamos limpando e preparando para o *shabat*.

Sábado, 20 de agosto de 1960: papai veio me ver, e eu lhe mostrei o *kibutz*.

Segunda-feira, 22 de agosto de 1960: passei três horas classificando maçãs e ameixas na sala de embalagem.

Terça-feira, 23 de agosto de 1960: colhi uvas durante três horas.

Quarta-feira, 24 de agosto de 1960: escalei a rocha para ver a paisagem à noite. Era muito bonita.

Quinta-feira, 25 de agosto de 1960: saí às 5h15 a caminho de Haifa. Estava cheio de maravilhosas lembranças do jovem e bravo *kibutz*. Pensei que você ficaria feliz se tirassem uma foto minha, e eles tiraram. Perguntei a papai se poderíamos usar a Rolleiflex dele para a foto. Tive de insistir um pouco, mas ele concordou.

Seu,

Amos

Efratia para Guidon

Londres, 8 de outubro de 1960

Olá, Guidon, meu querido,

Você nunca me escreveu, de verdade, desde que parti. Só recebi duas breves notinhas e realmente quero saber como você está. Papai não me escreveu uma só carta em três semanas. De meu Amos, só recebi uma carta curta cheia de saudade. Ele ainda é jovem, talvez por isso não tenha dito nada sobre vocês dois.

Em geral, escrevo para todos os meus queridos em Erets Israel, mas não tenho escrito muito. Minha ausência está sendo difícil para Amos. Ele ainda é pequeno e sem dúvida precisa de mim, de "papai Munio" e de você, assim como de meu pai, de Sarah, Yigal, Yocheved, Shlomo, meus amigos... Ele precisa de todos vocês.

Minha vida aqui não está sendo um passeio no parque, mas não vim para tirar férias. Não é para isso que estou aqui. Moro num quarto feio com três cadeiras de segunda mão, quebradas e com o veludo esgarçado. A cama é um *shmate*.

Faço a maior parte das refeições no quarto. Em geral é sopa com um pouco de aveia e legumes (você não tocaria nela!), ou chá com pão, queijo e margarina. Umas poucas frutas. Isso é tudo. A vida na cidade é muito cara! A maior parte do meu dinheiro vai para transporte, escola e cigarros. Faz um mês que não me permito comprar um ingresso de teatro. Tudo isso para dizer que estou vivendo como uma pioneira. Não estou reclamando, no entanto. Às vezes o pão da aflição nos faz bem. Ajuda a ter coragem para manter o foco nos objetivos e dedicar a energia para alcançá-los. Escolhi esse caminho para mim.

Você não é capaz de imaginar como é ter 51 anos, ou o que a distância e outras dificuldades significam. Pode se alegrar por isso. O céu aqui é sempre cinzento, e os dias, chuvosos; as distâncias a atravessar são grandes... Isso pode pesar no estado de espírito, mas não estou reclamando. Não tenho pena de mim mesma, fui eu que escolhi tudo isso. Escrevi uma carta de aniversário para você na semana passada, você recebeu? Criei meus espaços com as próprias mãos. Esta semana senti satisfação e orgulho por estar estudando. Eles dizem, e com razão, que estou vivendo em condições extremamente modestas. Mobilizo toda a minha força mental e física para estudar e pesquisar. Dedico muito tempo a isso.

Essas coisas não são fáceis na minha idade. E você sabe que não tenho facilidade no que concerne ao idioma...

Tenho sido uma atenta observadora do modo de vida inglês, tenho grande respeito por esse povo. Não há lampejos externos, há poucas ostentações estéticas. As mulheres, por exemplo, se vestem mal e sem elegância, no entanto têm muita energia. Demonstram notável moderação e contenção no relacionamento com os outros – entre homens e mulheres, adultos e crianças, estrangeiros e nativos. Por natureza, não são calorosos nem cordiais, de modo algum. Não expressam suas emoções (diferentemente desses italianos de quem você gostou), a menos que estejam em teatros ou salas de concerto. Lá soltam as rédeas das emoções e são calorosos, cordiais e cheios de apreço. Suas reações nos concertos são extraordinárias. Então os ingleses, usualmente frios, se permitem alguma comoção (notei isso nos dois concertos a que assisti).

Como vão as coisas com você, Guidon? Como vai o trabalho? Quais seus planos para a escola etc.? Eu realmente gostaria que você me escrevesse sobre o que está fazendo e o que está pensando quanto a isso. Escreva! *Gmar Chatimá Tová!*

Sua,

Mamãe

==== **Efratia para Amos** ====

Londres, 24 de outubro de 1960

Um grande olá, meu amado Amos,

São 10h40 e acabo de voltar da universidade. Mais uma vez "meus olhos brilharam". Havia uma carta do meu querido, de Amos.

Anteontem recebi sua carta com as saudações e algumas palavras. Ela me deixou muito feliz. Cada uma de nossas cartas traz alegria à rotina, não é mesmo? Eu as releio constantemente e estou certa de que você faz o mesmo. Eu as leio alto para os poucos amigos que tenho aqui: tenho o direito de fazer isso?

Não se preocupe em tentar aprimorar seu estilo. Na minha opinião, você escreve muito bem, e tudo o que faz me deixa feliz. Assim, querido, por favor, escreva sem medo, usando palavras simples: conte sobre a vida no *kibutz*, os estudos, os amigos, os sucessos e fracassos que vier a experimentar. Não se envergonhe. Não podemos ter sucesso em tudo e não há vida sem obstáculos, fracassos, algum sofrimento e desapontamentos. Sem eles, não haveria o prazer de encontrar o caminho que leva aos objetivos que estabelecemos para nós mesmos.

É como se todos nós, jovens e idosos, estivéssemos escalando montanhas. Ninguém chega ao cume diretamente. Tropeçamos, caímos, sofremos golpes, não é? Mas ficamos mais fortes quando sabemos para onde estamos indo! É uma coisa boa e preciosa ter os olhos fixados num objetivo nobre. Isso se aplica tanto a crianças como a adultos. Assim, mesmo se cairmos ou falharmos, nós nos reerguemos e continuamos a caminhar. Na época do movimento juvenil, cantávamos: "É preciso cair para poder se erguer". É uma velha canção, mas é bela, e a letra é muito antiga. Peça a alguém no *kibutz* para cantá-la para você. "Por que, sim, por que a alma desce tão baixo?" E a resposta é aquilo que escrevi acima: "É preciso cair para poder se erguer". Espero que você só caia um pouco e se erga muito: nos estudos, nas amizades, na saúde, na moral e no trabalho. Sim, meu querido filho, que para você assim seja.

Agora passemos ao capítulo "Efratia e suas experiências londrinas"! Hoje vou descrever a casa em que estou morando. Eu lhe contei que achei este quarto no dia do seu aniversário e que meus olhos brilharam. Para que você entenda, vou falar dos outros três quartos (este é o número quatro). Quando cheguei a Londres, morei uma semana num hotel. Depois achei um apartamento de uns israelenses que estavam passando o mês na Áustria. Era muito confortável (com televisão, rádio etc.). Eu o dividi com uma moça de Jerusalém que era tão bonita quanto má. Era como um maçã muito linda e brilhante por fora, mas podre por dentro! Pouquíssima humanidade. Vou lhe dar um exemplo. Uma vez eu disse que estava com dor de cabeça (quando você chega ao exterior, numa cidade com clima diferente, leva tempo até se adaptar, o que não é fácil e pode causar dores de cabeça). Ela me disse: "E o que tenho eu com isso?". Não é terrivelmente indelicado? Mordi a língua e não respondi. Foi melhor assim. Em outra ocasião, quando ela estava sendo vulgar, eu lhe disse: "Não lhe custaria nada falar mais educadamente comigo". Ela disse: "Para quê? Ser educada na vida não vai levar você a lugar nenhum". Fiquei magoada com essa garota desagradável de Jerusalém, porém disse a mim mesma: "Não se aborreça, ignore-a". Foi o que fiz. O mês passou, e eu a evitava. Raramente nos víamos. Quando você divide um apartamento com uma pessoa estranha, é muito fácil evitar contato com ela. Levei minha rotina concentrada no que tinha de fazer. Estudava inglês, ia ao teatro, assistia um pouco de televisão, ouvia rádio e preparava minhas refeições. O mês passou rapidamente. Quando os donos do apartamento voltaram, tive de me mudar. Meu segundo quarto foi melhor por várias razões. Eu fechava a porta e tinha um quarto privado, no que os ingleses chamam de *"boarding house"*. É como um pequeno hotel. Não é caro. Cada pessoa tem um quarto, um banheiro e um *réchaud* para esquentar as refeições etc. Várias pessoas moram lá. Era interessante observá-las, a elas e seus estilos de vida. Um desses moradores era um homem israelense com cerca de sessenta anos (membro do Mapam), muito gentil comigo. Ele também tinha vindo retomar os estudos, e respeitei de verdade sua perseverança. Era muito sério e passava a maior parte do tempo estudando (apesar da idade). Tinha um aspecto engraçado: era gordo, com uma barriga enorme (algo de que eu realmente não gosto...), no entanto era boa pessoa. Tinha um rádio no quarto, e eu às vezes ia lá para ouvir Kol Israel,[1] estação preciosa para israelenses no exterior. Éramos atenciosos um com o outro, mas como pessoas que vivem rotinas separadas. Contudo, nesse pequeno hotel, a senhoria, que era uma judia idosa, era muito desagradável. Ruim e fria. Acho que não gostava de mulheres mais jovens que ela. É engraçado: era muito delicada com os hóspedes homens, mas com minha vizinha e comigo...

Outro hóspede era negro como ébano. Pobre homem, comprava alvejante para branquear a pele. Suas mãos eram calosas. O alvejante, claramente, não funcionava. Ele continuava tão negro como antes! Só se podia ter pena desse simplório por não perceber que o negro é uma bela cor e que não havia necessidade de mudar sua pele. Fora isso, era um jovem muito valente. Quando me senti mal por ter comido cogumelos venenosos, ele correu à farmácia para comprar remédio para mim e trouxe uma garrafa com água quente, pois eu estava tremendo (tão diferente da garota de Jerusalém!). Esse jovem negro me contou muita coisa da sua vida e compartilhou seus pensamentos. Conversávamos longamente. Ele nasceu na Venezuela, na América do Sul. Seu pai era muçulmano, sua mãe pertencia à comunidade espanhola local, mas morreu quando ele tinha sete anos. Era muito ligado a ela. Sua morte provavelmente virou sua vida de cabeça para baixo e destruiu muitas coisas bonitas nele.

---

1. "A Voz de Sion para a Diáspora", serviço público de rádio criado em maio de 1948.

O pai dele tornou a se casar quando o garoto tinha treze anos. Imediatamente ele odiou a madrasta. Ficou dividido entre o amor profundo pela mãe e o ódio pela madrasta. Pouco depois começou a odiar todas as mulheres. Durante nossas breves discussões, ele muitas vezes falava brincando: "Oh, vocês, mulheres!". Sua alma ficou fixada na alma da mulher que amava, a mãe, e não conseguia aceitar a ideia de que as mulheres em geral não eram tão vis quanto a madrasta. Veja, meu querido, a alma dele foi ferida. Aprendi que pode ser perigoso amar demais alguém. Pode levar a muito ódio. Mais ou menos como diz o verso:[1] "O amor é grande como o mar, o ódio, tão duro quanto o submundo". Claro que é bom amar a mãe ou o filho, mas não se pode criar uma fixação no amor. Com o tempo é preciso aprender a amar outras pessoas (mesmo se o sentimento não for tão forte): babá, professores, amigos etc. Não concorda?

Esse jovem negro viajou pelo mundo todo. Ele contou que tinha muitos amigos judeus. A família de um médico holandês o convidou para ir à Holanda, e ele foi conhecer uma nova cultura e viver novas experiências. Os judeus são estrangeiros em todos os países, exceto em Israel, e é por isso que eles – ou ao menos alguns deles – gostam de ajudar estrangeiros e expatriados, além de negros, é claro. Ele tinha começado a estudar medicina – o pai era médico –, porém parou para escrever poesia e peças de teatro. Tive a impressão de que ele estava um pouco confuso e não sabia muito bem o que queria. O que mais me chocou foi seu ódio à cultura europeia e ao homem branco. Sim, nesse aspecto ele não parecia muito coerente. Para aquele jovem, a cultura dos homens brancos tinha pontos que lhe despertavam interesse, mas ele também sentia

---

1. "O amor é forte como a morte, duro como o inferno é o ciúme." Cântico dos Cânticos, 8:6-7.

muita raiva pelo fato de terem torturado e oprimido seus irmãos. É compreensível, considerando os séculos ao longo dos quais os brancos foram cruéis com os negros, entretanto as coisas são diferentes hoje em dia, e não podemos construir um mundo novo baseado no ódio. Você não acha?

Já falei muito, mas veja que podemos aprender muita coisa a cada encontro que temos. Aqui, nesta maravilhosa cidade, cada ser humano é um mundo em si mesmo, mas isso é possível em toda parte, mesmo em casa. Sempre se pode aprender com os outros. Você só tem de olhar e ouvir para que sua mente se expanda. É isso que estou fazendo. Além dos estudos interessantes, tudo o que aprendo na vida me dá muito prazer. Ontem, por exemplo, eu estava cansada e com fome. Fui a um grande restaurante que não é muito caro. Era amplo e limpo, de ambiente agradável (papai Munio o faria ficar ainda mais bonito, mas já era bonito assim mesmo). Lá estava eu diante do meu prato: uma salada de vegetais frescos e uma xícara de chá. Comi com tranquilidade. Havia um cavalheiro tipicamente inglês à minha frente, calmo e calado. Comi, perdida em meus pensamentos, e evitamos olhar um para o outro. Ambos estávamos focados em nossas refeições. Após dez minutos de "silêncio", ele percebeu que eu estava precisando do açúcar e empurrou o açucareiro na minha direção. Disse algumas palavras polidas e começamos a conversar (eu já falo inglês, com erros, é claro, porém com naturalidade). Ele começou perguntando de onde eu era. Assim que ouviu a palavra "Israel", ficou muito interessado. O nome de nosso país frequentemente suscita respeito pela diáspora. Claro, isso me causou grande satisfação. Ele contou de suas viagens pelo mundo. Durante a guerra, serviu na Indochina e esteve duas vezes no Japão. Voltou para a Inglaterra e viajou novamente. Ele estudava e prestava atenção a tudo. Contou tudo isso, e eu lhe contei o que sabia sobre a Ásia, graças a seu pai, a Bracha e David Hacohen.[1] Trocamos ideias e impressões. Passamos mais de uma hora falando sobre diferentes povos e caminhos para incrementar as interações entre raças, religiões e culturas.

Depois da conversa, saímos pela porta de vidro. A rua ainda estava molhada – tinha chovido muito um pouco antes. Ele me ajudou a vestir o casaco. Agradeci pela conversa interessante e pela companhia amigável. Sendo o educado cavalheiro inglês que era, ele me agradeceu por ter compartilhado minha esplêndida presença, depois nos separamos, eu para a direita, ele para a esquerda. Dissemos "até a próxima", embora nunca mais nos vejamos novamente. Isso é comum nas cidades grandes. Você passa um breve momento com alguém, então cada um segue seu caminho. Tudo o que resta é a lembrança da conversa. Cada um volta para sua vida, e provavelmente ambos nunca mais se encontrarão. Isso no início me parecia estranho, mas agora já me acostumei. Aprendi a gostar desse estilo de vida e desses encontros únicos. Você entende?

Bem, o tempo está passando. Cada um de nós tem seus estudos. Já falei muito, meu querido. Agradeça a Riva pela carta gentil. Gostei mesmo de ler. Você pode mostrar a ela e a outros uma parte de minha carta. Você fez amizade com a filha dela? A menina está na sua classe?

Diga alô a Bracha, Aroch e às crianças.

Você me pediu que eu escrevesse sobre o bebê Amos[2] – eu gostaria, mas em outra ocasião. Se você ainda não comemorou seu aniversário, leia algumas passagens de minhas cartas a seus amigos. Escolha as que preferir.

---

1. Munio foi para o Japão em 1959, para uma conferência internacional de arquitetura, e lá conheceu o arquiteto japonês Kenzo Tange. Na época, David Hacohen era embaixador isralense na Birmânia.
2. Nesse *kibutz*, e em muitos outros, era comum, no dia do aniversário, falar sobre si mesmo, mostrar fotografias etc.

Entreguei a Shenhavi[1] uma bateria para o seu rádio e um pouco de chocolate para Guidon. Você recebeu as lâmpadas para a lanterna? Mandei por Zvi Luria, junto com o modelo do avião e a ponte. São os que você queria? Comprei um aviãozinho, que vou enviar na próxima oportunidade que aparecer. Estou feliz que você esteja se dando bem com Guidon e espero que as dores de estômago de papai passem antes de ele voltar. Também espero que ele dirija com cuidado quando a estrada estiver molhada. Prefiro que você não volte para Haifa toda semana se estiver chovendo. Você tem amigos mais velhos ou mais novos? No sábado, leia um livro e me escreva muitas cartas.

Meu Amos, muito obrigada por seus beijos! Nunca me canso deles. Eu também beijo o papel em que escrevo minhas cartas. Muita saúde, alegria e doces sonhos.

Sua

Mamãe para sempre,

Efratia

======== **Efratia para Amos** ========

Londres, 18 de dezembro de 1960,
sexta vela de Chanuká!

Olá, Amos, meu querido!

Estou esperando, ansiosa, por uma carta sua. Suas cartas são vitais para mim. Espero que o correio seja gentil esta semana. Afinal, é Chanuká. Todos estão comemorando aí em casa, mas eu estou no exterior. É sempre mais difícil estar

---

1. Mordechai Shenhavi escreveu em 2 de maio de 1945 o relato intitulado "Em memória de comunidades destruídas da Europa. Esboço de um plano para comemorar a Diáspora". Foi a raiz para o Memorial Yad Vashem, em Jerusalém.

longe nos dias de festa. Chanuká me faz lembrar da minha infância na casa dos meus pais e os anos que se seguiram. É um grande buquê de memórias. Lembro como comemorávamos Chanuká na creche, quando eu era pequena. Foi na Rússia, a neve cobria a terra de branco. Luzes e velas iluminavam toda a casa; aqueciam o coração, plantando as sementes da saudade da pátria de nossos sonhos, porque Israel ainda não existia. Em Erets Israel, naquela época, apenas poucos sonhadores encarnavam a triste porém poderosa história de Chana e seus sete filhos.[1] Nunca me esquecerei disso. Eu chorava porque era muito jovem, entretanto depois essas lágrimas certamente fortaleceram minha ligação com a cultura de nosso povo, que enfrentou desafios terríveis, mas manteve a integridade e a fé nos valores dos filhos dos macabeus.

Essa comemoração sempre foi muito bonita na casa dos meus pais: flores, velas de Chanuká e canções; na sexta vela, comemorávamos o aniversário de casamento deles. Nós, as crianças, juntávamos o dinheiro que ganhávamos em Chanuká para comprar para eles um presente que demonstrasse nosso amor. É muito bom amar e dar presentes. Ainda me lembro das bênçãos para o dia das mães (em Haifa, durante Chanuká), os presentes que você e Guidon me davam e as belas flores que eu ganhava de vocês e de papai Munio. A vida humana é cheia de todo tipo de lembrança. É pena eu não poder estar em Kfar Masaryk neste Chanuká porque me lembro bem das comemorações de seu aniversário na creche, na escola fundamental, na casa de sua professora e no colégio. Espero que sua comemoração corra bem este ano e que você se divirta muito.

Aqui os cristãos estão se preparando para celebrar sua grande festa, que se chama Natal. É o dia em que nasceu

---

1. Macabeus, 2:7; a heroica história de Chana e seus sete filhos, que se recusaram a reverenciar ídolos e preferiram morrer em nome de Deus.

Jesus Cristo. Você deve ter ouvido falar disso. Jesus era hebreu, mas deixou nossa comunidade. Seus discípulos criaram uma nova religião, que buscou "destruir, matar e fazer perecer"[1] nosso povo. Muitas lágrimas e muito sangue judeu foram derramados no passado. Quando você for mais velho, aprenderá mais sobre esses capítulos da nossa história. O mundo avançou, e os cristãos cessaram de usar a espada. Compreenderam que povos diferentes podem viver juntos em paz. Agora, voltando ao assunto Londres, aqui não se sente que exista ódio aos judeus. Se houver, não está visível. As pessoas desejam "Feliz Ano-novo" umas às outras porque o ano secular está chegando ao fim. E os corações se voltam para o amanhã, para o Ano-novo.

Nas principais ruas e praças, grandes abetos são decorados com lâmpadas coloridas. As vitrines ao longo da Oxford Street estão enfeitadas com guirlandas de todas as cores. Em outra rua no centro de Londres, a Regent Street, anjos com trombetas, iluminados, estão suspensos no ar para anunciar as festas. Na noite de anteontem, passei por lá e fiquei surpresa ao ver muitas crianças caminhando com os pais para ver os enfeites. Aqui quase não se veem crianças nas ruas depois de escurecer. Em geral elas não saem, ficam em casa ou na escola. Apenas nos feriados eles mudam seus hábitos, e as crianças não têm de ficar entre quatro paredes, podem sair para ver e admirar o espetáculo...

Ontem à noite fui convidada para ir ao Parlamento, onde há muitos judeus. Você está surpreso por eu ter ido lá? Aqui eles às vezes fazem festas em ocasiões especiais para as quais uma pessoa pode ser convidada por um parlamentar. Desta vez, um judeu convidou seus amigos, e eu fui com a sobrinha do vovô Eliyahu, que conheci por acaso aqui em

---

1. Livro de Ester, 8:11.

Londres. Acendemos velas, cantamos algumas canções, depois de uma boa refeição, e comemos sonhos de Chanuká.

Na tarde deste domingo fui com uma médica judia – que foi para Israel dois anos atrás – ver uma exposição de um dos grandes escultores de nosso tempo: Henry Moore (peça a alguém no *kibutz* que lhe mostre um livro com fotos de suas obras). Uma multidão de visitantes veio de muito longe para admirar a obra desse grande artista. A exposição foi num bairro distante, onde muitos judeus londrinos que imigraram da Rússia e da Polônia viveram há quarenta ou cinquenta anos. O bairro, que se chama Whitechapel, fervilhava de vida judaica. Mas, depois de enriquecer, eles se espalharam por outros bairros de Londres. Hoje esse bairro pobre se tornou um polo cultural, onde ingleses de diferentes contextos e artistas se encontram. Foi muito bom ver pessoas usufruindo arte! Depois da exposição, fui até a embaixada israelense com a médica que mencionei e seu único filho. Havia uma festa para crianças israelenses cujos pais trabalham em vários empregos na cidade. Foi muito agradável. As crianças estavam lindas usando coroas de papel. Muitas falavam hebraico e entoavam canções de Israel, mas algumas já falam inglês em casa, pois deixaram o país há três ou quatro anos e vivem entre os ingleses. Depois das canções e dos poemas, assistimos a um filme sobre Chanuká, feito nos Estados Unidos, e um filme curto sobre Davi e Golias, que celebrava a coragem e a vitória da minoria sobre a maioria. Tenho um convite para outra festa de Chanuká amanhã à noite, com adultos, na Brit Ivrit Olamit (Aliança Hebraica Mundial).[1] Aqui em Londres há muitas pessoas que falam

---

1. União para a Língua e a Cultura Hebraicas: associação voluntária formada por intelectuais judeus, que promovia e disseminava o hebraico e protegia, por meio da cultura, o status de comunidades judaicas na diáspora.

hebraico e muitos judeus ligados à cultura de Israel. Eles não se assimilaram e continuam a ser, em primeiro lugar, judeus. Isso é bom. Veja, estou tentando descrever as comemorações aqui, mas elas não são tão boas como as nossas em casa, em Israel.

As universidades estão em férias agora. Três longas semanas. Mas a biblioteca continua parcialmente aberta, e eu preciso retirar muitos livros para ler. É muito difícil ter o tempo necessário para processar nem que seja uma parte desse vasto material. Há muito conhecimento no mundo: um mar inteiro para se beber e ampliar meu coração e minha mente. Sempre tenho a impressão de não estar fazendo o bastante. E não tenho intenção de ir a parte alguma, porque tenho de preencher minhas lacunas, que já são bem amplas.

E você, meu querido, como está? Estudando muito? Conte sobre as aulas de violino. Numa tarde de domingo fui a um concerto maravilhoso: o *Messias*, de Händel, com textos do Antigo e do Novo Testamento. Foi divino, fiquei muito feliz. Quando o coro de trezentas vozes cantou a *Aleluia*, em hebraico, toda a plateia se levantou em silêncio. Foi um momento extraordinário na sala. Seria bom para você ouvir um dia essa gravação. Deve haver uma no *kibutz*. Um estudante me disse que essa obra estava sendo apresentada em toda a Inglaterra nesta época de festas, especialmente na Escócia, onde as pessoas se reúnem para cantar em uníssono. A maioria deles acredita na Redenção e em amanhãs mais justos e melhores. Tomara que seja assim... Se pelo menos obras como essa os ajudassem a compreender o espírito de Israel. De antepassados que esperaram pelo Messias e então decidiram assumir eles mesmos a tarefa de redimir e de ser redimido. Os ingleses em geral gostam da Bíblia. E a maioria respeita o nome de Israel. Muitos nos admiram. Mas vou lhe contar sobre isso em outra ocasião.

Dentro de umas duas semanas você vai visitar o túmulo de Dan,[1] de abençoada memória. Já lhe escrevi que lamento não poder estar lá nesse dia. Dan foi um bebê muito bonito, adorável e tinha boa saúde. Mas nós morávamos num porão na rua Nordau, no Hadar HaCarmel, e foi nesse lugar sujo que ele deve ter pego a maldita doença que o levou embora na primavera da vida. Foi muito doloroso para seu pai e sua mãe, que eram muito jovens na época. Uma terrível provação que nos afeta ainda hoje. Naquele tempo não havia penicilina nem estreptomicina, e os médicos não tinham muito o que fazer. É por isso que os dias que se seguem a Chanuká são tristes para nós. Assim como Tevet,[2] que vai marcar o quarto aniversário da morte de minha querida mãe. Claro que você se lembra da sua avó Esther, de abençoada memória, que era tão sábia e culta e o amava muito. Eu tinha por ela um amor infinito e ainda sinto falta dela. Assim é a vida, como você ressalta muito bem, Amos: uma combinação de dias alegres com dias de luto. O homem não tem como mudar isso. Durante toda a vida, ele tem de se esforçar para ser o mais sábio e o mais bondoso possível.

Dê um alô por mim a Guidon e a papai, assim como a Kiryat Bialik. Raia[3] já deve ter dado à luz a esta altura. Ninguém me escreveu sobre isso. Seja como for, desejo a ela o melhor. Escreva-me, meu querido. Aguardo notícias suas.

Bênçãos e muitos beijos.

Sua,

Mamãe

---

1. Dan foi sepultado na floresta Balfour. Munio projetou sua lápide.
2. Quarto mês no calendário judaico.
3. Raia Stoller (nascida em 1934), filha de Yocheved e Shlomo, era professora.

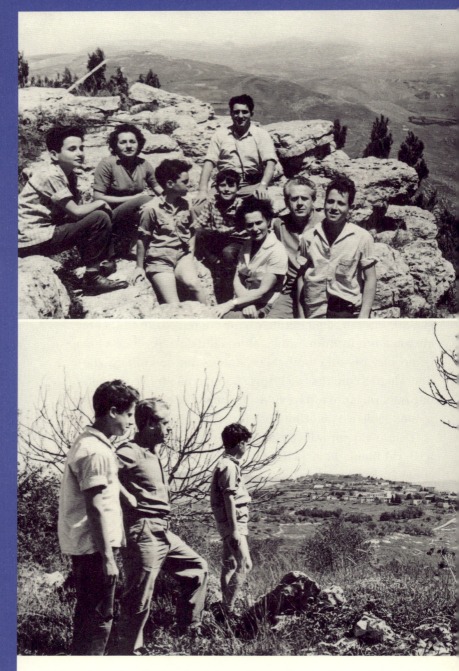

Em cima, Amos (terceiro à esquerda), com Bracha, Aroch e Absalon Ben David (à direita), perto de Safed, 1960. Embaixo, Avihu Ben David, Aroch Ben David e Amos, em Kfar Masaryk, 1960.

Efratia para Munio

Londres, 29 de dezembro de 1960

Olá, Munio,

Tenho adiado esta carta. Não a enviei antes por duas razões, ambas igualmente importantes: queria considerar as coisas com cuidado e tenho tido pouco tempo. Escrevi a última página num estado de emoção intensa. Seu conteúdo me foi custoso sob o ponto de vista psicológico.[1] Na noite seguinte acordei com um lado do rosto inchado.

O médico que consultei suspeita que o inchaço possa ter sido causado pelo nervo petroso, que ainda está sensível. Durou cinco dias, mas agora estou um pouco melhor. Desconfio que a causa foi emocional. No entanto, acredite quando lhe digo o seguinte: sei que todos os nossos problemas fizeram você sofrer, no passado e no presente também...

Ambos temos a capacidade de fazer com que o outro se sinta útil e feliz, cada um a sua maneira. É triste que não tenhamos sido capazes de ajudar um ao outro a maximizar nossos respectivos potenciais. Devo lhe dizer que tentei muitas vezes durante nossa vida fazer você feliz, mas não tive êxito. Sempre lamentei por isso, mas não foi por falta de tentativa. Temos agora poucos anos para viver – já passamos do marco decisivo dos cinquenta. Já é tempo de ser feliz e aproveitar os frutos do nosso labor. Talvez possamos tentar – antes tarde do que nunca – compreender um ao outro, não nos perder nem nos magoar. Depende de você, de mim; depende de nós dois, assim como das crianças. O que quer que aconteça, creio que deveríamos continuar sendo amigos que se respeitam mutuamente. Se quiser, estarei disposta a fazer algumas propostas. Em outro momento, talvez.

---

1. A crise pessoal de Efratia foi um dos motivos de sua ida a Londres.

Nenhuma carta sua desde 5 de novembro. Compreendo que esteja ocupado, mas nem uma única palavra em seis semanas, bem, é demais.

Aqui as festas natalinas já começaram. O outono acabou, o inverno começará dentro de duas semanas. O clima já é outro, e o frio se instalou.

Conheci um professor-assistente da Universidade de Minnesota, nos Estados Unidos. Está aqui num programa de intercâmbio: ele dá aulas em cursos aqui e na Alemanha. Judeu semiassimilado, tem uma namorada gói, que conheci. Um homem muito interessante com duas especializações: religião comparada e estudos de personalidade. Tivemos três discussões fascinantes. Ele apreciou muito o que eu tinha a dizer sobre psicologia e religião comparada. Nossa conversa me fez lembrar de uma que tivemos em casa. Você lembra? Embora vivêssemos na Ásia, nós respeitávamos esses encontros com intelectuais, porque também temos valores e conhecimento.

Quase não leio notícias de Israel. Não tenho oportunidade. Meu pai me enviou um pacote de jornais, mas tenho tão pouco tempo! Seja como for, aqui se fala muito no caso Lavon,[1] em energia nuclear,[2] que poderia ser prejudicial para nós, parece. Mas estou mais preocupada com a situação doméstica. É preciso ser forte sem ser *moishe groisse*.

---

1. Uma tentativa da rede de Inteligência israelense de sabotar a infraestrutura britânica no Egito, em 1954, a fim de prejudicar as relações entre os dois países e evitar que a Grã-Bretanha saísse da região do canal de Suez, fracassou totalmente. O ministro da Defesa, Pinchas Lavon, renunciou e foi substituído por David Ben-Gurion. Quando ficou provado que a operação fora conduzida sem seu conhecimento, ele pediu para ser reintegrado, mas Ben-Gurion não aceitou.
2. Circularam rumores (e a informação se espalhou enquanto a censura permitiu) sobre a construção, com financiamento francês, de uma usina nuclear perto de Dimona, no Neguev.

Amos no *kibutz* Kfar Masaryk, 1961.

Vou ficar em Londres durante as festas natalinas. Tenho muito trabalho para a universidade. Há muito o que estudar e pouco tempo. Às vezes passo o dia inteiro lendo, mas é uma gota no oceano. Alguns professores me emprestaram livros e tenho de devolvê-los em breve.

Você não me disse se se opõe ou não a que eu fique até Pessach. Estou esperando sua resposta. Espero que a interrupção de suas remessas tenha sido apenas temporária e que você já tenha feito o necessário para me enviar o dinheiro de que preciso todo mês. Você sabe quanto eu trouxe comigo. Acrescente isso ao que você me enviou, divida pelo número de meses em que estou em Londres e compreenderá minha situação. Responda de um jeito ou de outro e, por favor, escreva!

Amos não escreveu. Não recebi nada do meu querido já faz duas semanas. Ele costumava enviar cartas maravilhosas.

Você está planejando ir até o túmulo de nosso querido Dan? Deus abençoe sua alma. Espero que não seja duro demais para Amos. Ele ainda é muito jovem. Escreva sobre a reação dos dois meninos. Estarei com vocês de todo o coração.

Tudo do melhor,

Efratia

========= **Efratia para Amos** =========

Jerusalém, terça-feira, 22 de agosto de 1967

Boa noite, meu querido, meu filho,

Saí esta noite sozinha, só para me dar um mimo. Estou sentada numa mesa no King David,[1] de onde escrevo a você. Pedi chá inglês e bolo – estou cercada de turistas, e os americanos estão zumbindo nos meus ouvidos, mas não me despertam nenhuma curiosidade. Gosto deste lugar... Estou usando o belo vestido azul e sandálias douradas. Sinto-me bem sozinha neste lugar desconhecido – em nossa Jerusalém.

Estou hospedada na casa de Bronia Bendek – lembra-se dessa prima, aquela que é gorda e viúva? Uma mulher valente que trabalha duro e vive frugalmente, mas atende às necessidades da família. Eu não poderia viver assim. A vida que ela leva é tão laboriosa. Vai cedo para a cama. Uma vida assim não é um mar de rosas. Para não perturbar o sono dela mantendo a luz acesa, vim a este outro mundo, este cintilante "palácio" que é o King David. Sei muito bem que essas luzes são apenas ilusórias e que me aqueço em seu calor apenas por um breve momento, porque no longo prazo elas não cumprem o que prometem. Feliz é o homem que traba-

---

1. O famoso hotel em Jerusalém onde Efratia gostava de ficar. Em Jerusalém, ela se encontrou também com Bronia (sua prima), sua amiga Yemima e os Broïde.

lha e que pode viver à luz do dia em momentos festivos. Esse é o caminho dourado. Poucos têm essa oportunidade. Mas talvez não haja tão poucos, afinal. Talvez você tenha encontrado alguns durante sua viagem à Europa.

Amos, devo estar entediando você com esses pensamentos. Deixe-me contar das minhas impressões ao longo desta viagem a Jerusalém. Cheguei ontem, como disse na minha última carta. Esta manhã saí depois de tomar duas aspirinas (o *chamsin* está me castigando) e fui até a Cidade Velha. Comecei visitando o bairro cristão. Nunca tinha estado lá, Amos.[1] Passei duas horas caminhando em torno do Santo Sepulcro. Foi a primeira vez na vida. Na verdade, o lugar contém várias igrejas num único prédio. É um ambiente onde se entrelaçam o catolicismo, a ortodoxia grega e todas as outras Igrejas. Os padres rezam em cantos diferentes, seguindo rituais diferentes. Mas, apesar das diferenças, fica claro que estão unidos numa única fé: o cristianismo. Todos os grandes levantes entre as várias seitas – você os conhece melhor do que eu, tem o conhecimento histórico. Sim, todas se uniam pelo ódio aos estrangeiros, pela aversão a todo aquele que não usasse a cruz e a nossos irmãos e irmãs que foram perseguidos e aniquilados. Mas este lugar não assusta gente como nós; não temos medo porque vai reinar a paz; não haverá mais guerras e não vamos continuar a sacrificar nossos filhos. Você talvez se surpreenda com esse estilo bíblico, no entanto, quando visitar a cidade, verá por si mesmo o vento poderoso que desperta essa sensação em Jerusalém; o dourado da Mesquita de Omar, o azul do céu e dos museus, o cinzento das pedras no monte do Templo e em suas lajes formam um remoinho de inspiração.

---

1. Efratia esteve em Jerusalém dois meses após a Guerra dos Seis Dias (de 5 a 10 de junho de 1967).

Nós[1] saímos de lá ao entardecer, atravessando as pequenas ruelas com bazares na direção do Portão de Nablus. Detivemo-nos por um momento e contemplamos as pessoas: velhos, crianças, árabes e judeus de diversas origens. Uma tela única formada ante nossos olhos: que esse rio humano possa fluir continuamente! Estava escuro quando fomos para casa. Mudei de roupa e fui até o King David para comer algo. Foi onde escrevi o início desta carta. E foi como passei a terça-feira em "minha" Jerusalém.

E agora algumas palavras sobre a quarta-feira: enxaquecas. Não deveria ter exagerado. Descansei e almocei com Michal Taiber.[2] Passei a tarde com a cabeça pesada, confinada no apartamento de minha prima Letche.[3] À tardinha,- voltei ao King David com Letche, sua filha Bat-Sheva e uma amiga dela. Vou lhe contar mais na próxima vez em que nos encontrarmos.

Quinta-feira! Acordei cedo. Bat-Sheva veio me ver, e decidimos visitar o Museu de Israel juntas. No caminho, paramos na Academia de Música, onde essa moça talentosa está estudando música, e ela é brilhante, devo acrescentar. Eu teria uma surpresa. A diretora era uma amiga de infância, e ela me convidou calorosamente para ir a seu espaçoso gabinete. Trocamos algumas palavras sobre os velhos dias. Visitei a escola, à qual ela é muito dedicada. Então veio o verdadeiro deleite! Ela me convidou para um concerto nos Binianei Haumá,[4] parte da programação do festival de música! A grande pianista Lili Kraus se apresentou num recital com obras de Mozart: *divino*. Depois Bat-Sheva e eu continuamos. Fomos ao museu para ver

---

1. Bronia deve ter se juntado a Efratia enquanto isso.
2. Amiga de Efratia.
3. Leah Rubinstein.
4. Os Binianei Haumá (Prédios da Nação) foram projetados pelo arquiteto Zeev Rechter.

Munio e Efratia em 1967.

a exposição de Tumarkin,[1] na esplanada. Foi bem impressionante, mas o sol escaldante de Jerusalém me causou problemas. Uma obra de Picasso tinha acabado de ser exposta no jardim das esculturas. O sol estava insuportável, mas também acho que a peça não foi bem posicionada. Vi ainda duas esculturas de Henry Moore e o bronze de Zadkine chamado *Moisés e a sarça*. Lembra-se dele? Dentro do museu vi a exposição dos extraordinários baixos-relevos de Tel-el-Amarna,[2] emprestados por um colecionador. Você precisa vê-los!

Tivemos um almoço delicioso num restaurante de preço bem acessível. Fui para casa e depois a uma excursão para as

---

1. O israelense Yigal Tumarkin (nascido em Dresden, em 1933) foi pintor e escultor.
2. Sítio arqueológico egípcio onde foram encontradas cartas, em 1887, que descrevem a conquista de Canaã pelo povo de Israel.

Piscinas de Salomão e o Túmulo de Rachel, Belém e Hebron. Foi cansativo e muito denso. Mas correu bem. Você sabe que eu não gosto de excursões organizadas. A Igreja da Natividade em Belém é impressionante, assim como o fervor dos que choravam enquanto oravam... Minha carta está densa demais. Você a lerá em casa.

Até breve,

Mamãe

Amos para Munio e Efratia

7 de setembro de 1969

Queridos pais!

Após uma semana de treinamento frenético,[1] temos outro sábado tranquilo; vamos compensar as horas de sono perdidas e tentar nos organizar. Semana passada foi absolutamente impossível escrever. Peço desculpas. Mas hoje tenho tempo para a correspondência e outros deveres.

No sábado passado quase nos vimos. Mamãe, você dever ter ficado zangada. Se ficou, eu compreendo. Sinto muito que tenha sido assim. Estou planejando voltar no próximo sábado. Se for assim, poderemos compensar. Durante um treinamento como esse, ficamos cruelmente privados de tempo; temos de pôr as alegrias de lado e também as aflições. Eu às vezes lamento não ser capaz de sair para me divertir ou, pelo contrário, para chorar a morte de um amigo. Quando surge um tempo livre, tentamos aproveitar completamente, mas nem sempre é do modo mais elegante. Este ano, para meu profundo pesar, não tive duas semanas de folga para pensar naquela escultura

---

1. Amos estava cumprindo o serviço militar desde outubro de 1968, na unidade de combate Egoz, na fronteira do norte.

móbile para seu aniversário (como comumente faço): assim, por favor, me ajude e sugira qual presente você gostaria de ganhar.

O bizarro – e talvez belo também – é que muitos sentimentos estão mudando. Estamos amadurecendo. Parte desse processo é o encontro com a morte, quando pessoas próximas a você estão morrendo. Nossa percepção dos problemas, das pessoas e de nós mesmos está ficando diferente; enfrentamos aventuras, nos tornamos mais racionais, mais informados e menos sensíveis.

Uma coisa não muda: a ligação fundamental com nossa família. Nosso papel como filho, como irmão etc. Na verdade, o essencial sempre retorna durante as reuniões familiares. Nesses momentos, ter ou não ter estado em combates não muda nada. Bem no fundo você continua a ser a mesma pessoa que era há dez anos.

O que está faltando neste ano é a comemoração de seu aniversário e nossas conversas. Espero que tenhamos mais conversas em boa saúde até os 120 anos.

Seu,

Amos

===== **Munio para Efratia e Amos** =====

Helsinque, 5 de agosto de 1970

Olá, meus queridos,

Deixei o hospital ontem, depois de 21 dias. Eles ainda querem que eu passe por mais tratamentos antes de voltar para Israel. O último será entre 10 e 12 de agosto. Mais radiação e mais quimioterapia.[1]

---

1. Durante uma viagem à Suécia, Munio teve os primeiros sintomas da leucemia que causou sua morte alguns meses depois. Foi hospitalizado em Helsinque, onde vivia seu filho mais velho, Guidon, que trabalhava para a imprensa escandinava e na época era casado com Gunilla, uma artista, com quem teve Yael, filha nascida em 1967.

Estou tentando decidir – e não é decisão fácil – se devo cancelar a viagem pelo Technion[1] e voltar direto de Zurique. Minhas pernas ainda doem e estão bem fracas. Esta tarde fui com Guidon até uma pequena ilha no litoral. Foi agradável. Agora estou cansado. Transpiro profusamente, apesar do clima agradável, maravilhoso. Lembra os dias quentes de primavera em casa.

Quanto a Amos vir se juntar a mim, ainda não posso responder. Preciso esperar e ver como estarei quando o tratamento tiver terminado. Não penso que deveria tentar esconder as coisas do Technion, porque no fim tudo vai se revelar. Nada a fazer quanto a isso. Não tive sorte em termos de *timing* e de saúde.

Estava combinado que Yael viria passar um dia comigo, mas a mulher encarregada do acampamento de verão postergou a viagem devido ao bom tempo e disse que seria uma pena ela perder as atividades. Espero poder revê-la antes de ir embora. Estou dormindo na cama dela e acordo cedo com a primeira luz da manhã. Efratia, espero que sua mão e sua perna estejam melhorando.[2]

Meu mundo aqui é bem restrito porque não falo a língua. Estou muito só. Guidon faz tudo o que pode. Posso dizer que ele tem muita coisa na cabeça, assim como eu, o que não torna a situação mais fácil. Está preocupado com seu futuro e com seu emprego e não sabe como vai se arranjar. Seja como for, seu contrato com a emissora de televisão exige que ele termine o trabalho no fim de outubro. Ele deveria ir para Israel depois disso. Foi o que sugeri. Poderia se tratar, cuidar dos dentes, comprar roupas etc. Ele realmente quer assinar um contrato com a Zâmbia e trabalhar para a televisão local. Se eu soubesse

---

1. O Technion, Instituto de Tecnologia de Israel, é a universidade mais antiga de Israel, fundada em 1924; suas áreas de atuação são engenharia e ciências exatas.
2. Efratia havia fraturado o pé e ferira a mão.

como ajudá-lo... Faço tudo o que posso. É nosso filho, não um estranho, mas desta vez estou completamente impotente.

Fora algumas poucas notícias que Guidon me traduz, não sei muito mais sobre o que está acontecendo aí em casa. O consulado não mandou os jornais. Ainda não estabeleci conexões com o pessoal, e na verdade não sei se vou fazer isso. Como já lhe disse, só posso me aconselhar com eles com a aprovação de Guidon.

Envio meus cumprimentos e abraços aos dois,

Munio

Efratia para Munio e Guidon

Haifa, 9 de agosto de 1970

Olá, queridos Munio e Guidi,

A carta de vocês chegou ontem. O cessar-fogo em Suez[1] começou há dois dias, incrivelmente tensos. Temos grandes esperanças, mas também grandes dúvidas. Munio, é uma vergonha você não ter ligado para o consulado. Tenho certeza de que eles lhe enviariam os jornais. Afinal, são acontecimentos históricos. A saída do governo custou ao Gachal[2]

---

1. Israel rejeitou o Plano Rogers (dezembro de 1969), uma proposta de paz baseada na Resolução 242 do Conselho de Segurança da ONU e que exigia do país que respeitasse as fronteiras reconhecidas internacionalmente e desistisse de sua reivindicação por Jerusalém. Um segundo plano foi proposto em 19 de junho de 1970, clamando por um cessar-fogo ao longo do canal de Suez, durante as negociações que seriam conduzidas pelo embaixador Gunnar Jarring, e um acordo quanto à Resolução 242 seria alcançado. Golda Meir aceitou o cessar--fogo e a negociação do segundo plano.
2. Partido de direita criado em 1965, para as eleições da 6ª Knesset, por membros do Herut (Liberdade) e do Partido Liberal. Em 1967, pouco antes da Guerra dos Seis Dias, o Gachal entrou no governo de Levi Eshkol. Em agosto de 1970, ele se opôs à decisão de Golda Meir e Menachem Beigin o obrigou a deixar o governo. Em 1973, o Gachal juntou-se a outros partidos de direita e de centro para criar o Likud.

boa dose de popularidade. Módico consolo em tempos tão sérios como estes.

Tenho tido minhas próprias preocupações também. Estou presa em casa há mais de um mês me recuperando de uma queda que sofri em seu escritório. [...] Estou melhor agora, mas escrever ainda é difícil.

Acho que você precisa descansar após os tratamentos. Quando se recuperar, poderá retomar suas viagens para o Technion, se quiser. A decisão é sua. Não estou aí com você, assim não posso lhe dizer o que fazer. No entanto, direi o seguinte: não tenha pressa de voltar. A situação aqui é tensa e está muito quente e úmido. Não há muita coisa acontecendo na firma. Recupere suas forças na Europa. Tudo vai acabar bem e você terá novos projetos. Amos gostaria de ir vê-lo.[1] Acho que ele poderia ajudá-lo a se recuperar e acompanhá-lo em algumas cidades europeias para o Technion. O dr. Tatarsky também acha que é uma boa ideia Amos ir até aí.

Eu disse a Amos que expressei minha opinião a você sobre isso, mas que a decisão é sua. Resolvam entre vocês. Estou certa de que poderiam planejar isso direito. E também acho que seria bom para os dois. Ele já conseguiu um mês de licença de seu "emprego".[2] Poderia ser um bom mês para você. Um filho jovem e saudável seria de grande ajuda, ao menos é o que penso. Lusia[3] concorda comigo e acha que é uma grande ideia. É a única pessoa com quem falei sobre esse assunto. Mas, de novo, a decisão é sua. Na minha opinião, a viagem também seria boa para Amos e seu futuro. Esperemos que ele realize seu objetivo de se tornar arquiteto... Outra coisa a considerar é que a situação no "em-

---

1. Amos recebeu permissão especial para visitar seu pai no hospital de Helsinque, antes de voltar com ele para Israel.
2. Efratia não podia mencionar a localização de Amos devido à censura militar.
3. Mulher de Shunio.

Munio e Efratia com Yael, filha de Gideon e Gunilla, em 1970.

prego" dele é muito tensa e seria bom se houvesse uma folga. É claro, isso teria um custo, mas não uma quantia enorme, e a saúde vem antes de tudo. Só se vive uma vez.

Agora algumas boas notícias. Sexta-feira, anteontem (dia auspicioso), aquele advogado Tirosh telefonou para dizer que conseguiu aumentar o valor da indenização reclamada no processo.[1] Ainda não tinha a data para a audiência. Perguntou quando você voltaria e eu lhe disse que em meados de setembro. Ele disse que está perfeito. Não há nenhum negócio urgente. Ele manda recomendações e pede que eu o informe se você decidir voltar antes para que ele possa marcar uma data. Sua mãe está bem. Não a visitei por causa

---

1. Depois de terminar a sociedade com Alfred Mansfeld (em 1959), Munio tentou recuperar parte dos arquivos da firma. Após a morte de Munio, seu filho, Amos, assumiu o caso. O resultado foi publicado na primeira página do *Haaretz* em maio de 1973.

da minha queda, mas Shlomo me disse que não havia nada de especial a relatar.

Creio que Yossi vai casar. A moça me causou boa impressão. Seu nome é Daliah.[1] Você já a conheceu aqui em casa.

Infelizmente meu pai está doente, no hospital.[2] Yigal me ligou hoje e disse que ele estava um pouco melhor. Parece que temos de compartilhar nossos problemas e preocupações.[3] É assim que é. A vida tem períodos difíceis.

Uma rápida recuperação,

Efratia

Amos para Efratia

Helsinque, 19 de agosto de 1970

Olá, mãe querida!

No sábado fui a Tapiola com papai para conhecer um dos maiores arquitetos do país, Aulis Blomstedt. Almoçamos na maior torre da cidade, então fomos à casa dele. É uma casa de madeira muito bonita e simples, projetada por ele e por sua mulher, que desenha objetos de vidro. O escritório dele era perto, e passamos duas horas lá. Blomstedt explicou uma teoria interessante sobre o uso recorrente de certas medidas para criar construções cujos interiores tenham proporções harmoniosas. Falou muito sobre a ideia de ritmo na arquitetura (com a construção de torres idênticas), fazendo uma analogia com a música e as outras artes. Depois visitamos alguns prédios projetados por ele. São bonitos. Mais tarde ele falou sobre seu método de ensinar arquitetura, que é

---

1. Daliah casou com Yossi Mestechkin.
2. Eliyahu e seu genro Munio faleceram, os dois, em setembro daquele ano.
3. O ano de 1970 foi difícil para Efratia, com o divórcio de Guidon e as doenças e mortes de Munio e de Eliyahu.

interessante, embora eu o tenha achado um pouco simplista. De acordo com ele, a boa arquitetura depende de três fatores fundamentais: 1) utilidade; 2) estabilidade; 3) beleza – e a proporção entre esses três eixos varia de um período para outro. A arquitetura ocorre na interseção desses três fatores. Em alguns períodos (a época de Cézanne, por exemplo), a beleza ganhou grande importância, assim esse aspecto teve mais peso. Em outros períodos, os outros fatores tiveram precedência. O arquiteto nos convidou para ir à sua casa à tarde, mas papai começou a se sentir mal e sua febre subiu.

Michal e seu marido vieram nos ver. Foram muito gentis. Papai tinha coisas fascinantes a dizer sobre arquitetura: Perret, o francês,[1] o Ciam,[2] a arquitetura finlandesa etc. Ele se encontrou aqui com vários arquitetos, inclusive o diretor da Escola de Belas Artes (similar ao Bezalel)[3] e Pietila, um homem muito inteligente de uns trinta anos, que tinha ideias esquerdistas interessantes sobre educação artística.

Na manhã seguinte, Guidi me substituiu um pouco e fui dar uma volta. Tomei um barco para uma ilha perto de Helsinque, caminhei um pouco e voltei.

Dois dias depois levei papai ao hospital, e os médicos decidiram interná-lo. Levei para ele jornais israelenses que peguei no consulado. Fiz sua barba com um aparelho elétrico e estou tentando levar tudo o que ele quer. O hospital é muito moderno e confortável. Tem uma equipe grande, e ele está sendo bem cuidado. Não posso avaliar a competência dos médicos, mas todos são muito atenciosos. Por enquanto

---

1. Auguste Perret (1874-1954).
2. Congresso Internacional de Arquitetura Moderna (Ciam). O primeiro Ciam realizou-se em 1928 no castelo La Sarraz, na Suíça, e foi organizado por Le Corbusier. Munio representou a arquitetura israelense no 10º (e último) Ciam, em Dubrovnik, em 1956.
3. A Academia Bezalel de Artes e Design foi fundada em Jerusalém em 1906. Seu nome homenageia Bezalel Ben Ori, primeiro arquiteto mencionado na Bíblia.

estão lhe dando antibióticos e aspirina para baixar a febre. Papai e eu decidimos fazer uma parada em Munique na volta, se ele estiver melhor. Se não, vamos pegar um voo direto: Helsinque-Zurique-Tel Aviv. Vou cuidar da documentação e das reservas. Ele não está num estado de espírito dos melhores. Está deprimido e exausto com a duração da doença.

Aproveitei o tempo na casa de Guidon para olhar as fotos dele e observar como está planejando seu novo filme, que provavelmente ficará pronto em duas semanas. Estou certo de que ele é muito talentoso. Hoje ele voltou ao trabalho após uma longa ausência (que Guidon atribuiu ao fato de que a saúde de papai exigiu atenção constante, mas papai achou que isso foi uma desculpa). Ele está sendo pressionado pela emissora para terminar o filme. Peguei algumas de suas fotos, assim como aquelas que você me pediu que lhe levasse.

Alguns dias atrás fui a um concerto de jazz num parque. A maioria da plateia era composta de finlandeses. Eles não demonstraram emoção e ficaram inibidos. Quando pensei nos israelenses extrovertidos que vi no Festival de Jazz de Cesareia, não pude conter um sorriso.

É isso. Depois desta visão geral da situação aqui, vou até o salão internacional de arquitetura e então volto para ficar junto à cama de papai.[1]

Até breve e fique bem.

Seu,

Amos

---

1. Munio morreu algumas semanas depois, em 24 de setembro de 1970. Numerosas retrospectivas (Museu de Jerusalém em 1994, Beaubourg em 2001, Munique e Tel Aviv em 2009...) foram dedicadas a esse grande arquiteto-construtor. Entre suas realizações estão o Instituto de Estudos Hebraicos na Universidade de Jerusalém, *kibutzim*, construções industriais, assim como o prédio administrativo e a biblioteca do Memorial Yad Vashem em Jerusalém.

Amos para Efratia

2 de julho de 1972

Querida mãe,

Aqui reina uma tranquilidade solene. Dormimos muito e comemos bem. Nas noites livres, discutimos política; tentamos explicar a posição de Israel ou passeamos com uma bela garota holandesa, como a que está aqui comigo.

Gostei mesmo de ler o belo livro de Chaim Gouri.[1] Às vezes ele me lembra de todas aquelas anedotas que ouvíamos sobre a Tel Aviv do passado. Sim, gostaria muito que você me enviasse alguns livros como *Retrato de um artista quando jovem*, de James Joyce, *City Sense* (um livro curto sobre arquitetura) e *O homem unidimensional*, de Marcuse (estão todos em minha estante). Mande tudo o que achar melhor. Mande também alguns livros em hebraico fácil, porque esta semana vou começar a ensinar em cursos de conversação. Antes as pessoas não apreciavam muito aprender hebraico, mas este ano isso se tornou muito popular: quase todo o acampamento[2] se inscreveu no meu curso!

Aqui no acampamento a vida segue o ritmo normal. Meus filmes são muito bem recebidos. Em termos sociais, as relações com os monitores são excelentes, embora eu tenha algumas restrições ao modo como a equipe opera.

Neste exato momento estou promovendo palestras-conferências para jovens sobre o Holocausto, combinando efeitos dramáticos, documentação e depoimentos. São um sucesso. Hoje terminei de filmar um curta-metragem com crianças sobre a história de Jacó, Esaú e Isaque.

---

1. *Há-sefer Há-Meshugah* (O livro louco, 1971). Nascido em 1923 em Tel Aviv, Chaim Gouri foi poeta, jornalista e cineasta. Um de seus filmes é um documentário em três partes sobre o Holocausto. Morreu em 2018, em Jerusalém.
2. Amos estava em um acampamento de verão nos Estados Unidos, onde ensinava hebraico a jovens judeus americanos.

Fiquei feliz em receber suas últimas cartas e saber que seu estado de espírito é bom e que você está aproveitando a companhia de Sarah e de Yigal.

Minha primeira visita a Nova York me impressionou bastante, mas foi muito curta. Só dispunha de 24 horas. É fácil se orientar lá – as ruas formam uma grade e são nomeadas com números. É uma estrutura de grade perfeita, típica de cidades da Costa Leste dos Estados Unidos. Pretende assegurar uma divisão de espaço eficiente e econômica, além de facilitar a circulação entre vários bairros, mas é claro que a rigidez desse layout não favorece necessidades sociais, como uma *piazza* (como na Itália), ou outras dimensões qualitativas que são ignoradas por esse tipo de design. Esse sistema provavelmente indica grande pretensão, já que intenta prover uma circulação fácil. No entanto, quando a cidade chegou às proporções atuais, isso levou a situações absurdas: em vez de um trânsito fluido, as artérias ficam congestionadas, e o tráfego, em vez de servir a vários bairros, na verdade faz um desserviço. E, é claro, hábitos adquiridos durante anos (a possibilidade de ir a qualquer lugar de carro) são muito difíceis de mudar.

Voltei lá dois dias atrás. Cheguei à Estação Central de ônibus (às 22h) e liguei para um casal jovem. São amigos de um garoto que está no acampamento comigo. Eles imediatamente me ofereceram hospedagem. Um exemplo perfeito da tradição de Nova York. Ele é designer, ela, fotógrafa. Moram no Upper Brooklyn (a parte "boa" do bairro). Peguei o metrô para ir à casa deles. Na mesma noite me levaram para ter uma visão de Manhattan à noite. Do Brooklyn tem-se uma bela vista da cidade. Uma paisagem bonita feita pelo homem, com enormes prédios iluminados. Discutimos política, planejamento urbano, Nova York (da qual, como eu, eles parecem gostar), o prefeito Lindsay[1] etc. A divisão entre ricos e pobres é muito clara aqui: os bairros mais ricos ficam bem junto às favelas. Quase não há transição. Por exemplo, o Harlem fica a um quarteirão de museus e galerias de primeira linha.

Os intelectuais que conheci estão desapontados com o fracasso de Lindsay em transformar a cidade. Dizem que ele parece muito digno e amigável, mas não causou nenhum impacto concreto. A maioria dos departamentos da prefeitura é corrupta, a polícia não combate verdadeiramente o tráfico, e as instituições estão pervertidas e servem ao ideal americano: dinheiro!

Os jovens acham que McGovern[2] é capaz de fazer as coisas mudarem. Dizem que é um homem no qual se pode confiar, não é como Nixon, um oportunista e mero produto de uma campanha publicitária. Em termos da relação de McGovern com Israel, dizem que votariam nele porque é muito importante que judeus o apoiem e porque não se pode confiar em Nixon. Hoje a situação é tal que a única maneira de deter o comunismo no Oriente Médio é apoiar Israel, mas, se o contexto mudar amanhã, ele bem poderia trair Israel. Nixon não vai precisar mais do voto judeu se for eleito, pois será seu último mandato (aqui um presidente só pode ter dois mandatos).

Após nosso longo debate, fomos dormir; é um apartamento muito bonito no último andar. Visitei diferentes lugares no dia seguinte. Comecei com a Fundação Ford, um arranha-céu de vidro, dois terços do qual formam um jardim interno. Fica no

---

1. John Lindsay tornou-se prefeito de Nova York em 1966. Inicialmente um republicano, tornou-se democrata em 1971. Foi impopular devido às onerosas políticas de assistência aos pobres e a minorias étnicas.
2. O senador democrata George McGovern concorreu nas eleições presidenciais contra o candidato republicano Richard Nixon, que venceu com 61% dos votos.

coração de Manhattan. Fui até a Uptown Manhattan, o bairro mais rico onde está a maioria dos museus. O Whitney, museu de arte moderna (a maior parte americana), foi desenhado por Marcel Breuer, um dos mestres da Bauhaus. Continha excelentes exposições de obras modernas e uma de fotos (sobre o Vietnã e a Coreia). O Guggenheim, de Frank Lloyd Wright, estava com uma exposição de Kandinsky. Terminei no Museu Judaico, um grande prédio de três andares cheio de objetos. Os únicos visitantes eram duas garotas religiosas e este seu filho aqui. O ambiente era bem austero.

Meu primeiro mês aqui se encerra amanhã. Metade da minha estada; esperando uma dica, sorrindo de orelha a orelha e bem-vinda seja a segunda metade!

É uma experiência fantástica ver uma sociedade cujos valores são tão diferentes dos nossos (ou eram, já que estamos atualmente ficando mais semelhantes à sociedade americana).

Estamos lendo artigos sobre a queima de árvores em Akraba,[1] sobre a controvérsia de Baram,[2] os Panteras Negras[3]... Como os israelenses estão encarando essas coisas? Quando falei com Yigal sobre os Estados Unidos, ele me disse que a imagem do homem americano era muito semelhante à nossa, mas estou convencido de que a imagem que Yigal e seus ami-

---

1. Tiros disparados por colonos judeus causaram a queima de oliveiras em Akraba, uma aldeia árabe a sudeste de Nablus.
2. Baram é uma aldeia cristã na Alta Galileia, perto da fronteira com o Líbano. Seus habitantes maronitas foram expulsos em 13 de novembro de 1948 durante a Operação Hiram. Em 1972, como ocorrera antes frequentemente, a questão do retorno de populações expulsas foi retomada, mas o governo israelense não mudou sua decisão.
3. Apelidados "Os Panteras Negras Israelenses". Esse movimento de protesto composto da segunda geração de imigrantes judeus da África do Norte começou em 1971 em Musrara (bairro de Jerusalém) como reação à discriminação contra judeus orientais. Sua fracassada reunião com Golda Meir (em abril de 1971) levou a violentos confrontos com a polícia.

gos têm não é muito representativa.[1] Quanto a seus livros, vou aceitar seu conselho e tentar ler em inglês. Estou lendo o *New York Times*, excelente jornal diário (especialmente a edição de domingo, com artigos sobre arte, teatro e tudo o mais).

Pergunte a Guidi por que ele não me escreve: queria que me desse um endereço em Pittsburgh (enviei a ele um cartão).

Abraços. Cuide-se,

Seu Amos

===== Amos para Efratia =====

28 de julho de 1972

Querida mãe!

Como vai você? Ontem voltei da Filadélfia, uma cidade com 3 milhões de habitantes. Já foi a maior cidade dos Estados Unidos, mas perdeu muito de sua grandeza. É possível ver arranha-céus junto a prédios baixos, que de certa forma são reminiscentes dos romances de Mark Twain. Tem também alguns dos monumentos históricos mais importantes dos Estados Unidos, como o local em que foi declarada a Independência etc. A maioria dos prédios imita o estilo europeu: pequenas réplicas do panteão grego, prédios no estilo renascentista, rococó, barroco etc. Certamente um testemunho do tempo em que os americanos tentaram recriar suas lembranças do continente europeu, lar da maioria dos habitantes dos Estados Unidos na época. Sua nostalgia pode ser vista em vários edifícios.

Com relação à população da Filadélfia, 45% é composta de negros. Aqui há muita pobreza, com favelas se estendendo até o horizonte, e o prefeito, ex-chefe de polícia, é um con-

---

1. Uma questão de gerações. Yigal era tio de Amos.

servador linha-dura (um dos mais estridentes apoiadores de Nixon). Visitei o Museu de Arte, onde vi uma excelente exposição de obras de Vasarely. Por sorte, conheci a diretora do departamento de Design Urbano do museu: uma mulher negra muito inteligente, que me falou sobre a formação artística de crianças negras nas comunidades carentes e a criação de escolas experimentais. Ela estava muito frustrada com o status dos negros nos Estados Unidos e com o fracasso da integração deles. A situação é muito perigosa. Parece claro que virá o dia em que os Estados Unidos terão de passar por uma mudança de valores radical.

Aqui, fala-se muito dos bombardeios americanos, da campanha de ódio contra o Vietnã do Norte, da pulverização de plantações com "nuvens tóxicas" etc. Parece que Nixon vai ganhar as eleições, apesar de tudo. O *New York Times* deu espaço central ao discurso de Golda[1] na Knesset e ao apelo por paz que ela dirigiu a Sadat.[2]

Fiquei feliz por você ter ido ouvir Theodorakis. Lembrei-me do bendito tempo em que, graças a meu uniforme de soldado,[3] pude assistir a muitos concertos em Cesareia.

Li no *Maariv*[4] que Nixon declarou seu apoio ao regime dos coronéis na Grécia, para poder ajudar Israel na região do Mediterrâneo. Ben-Aharon não me desapontou, e sua mente aberta é impressionante: é um homem com sólida

---

1. Nascida na Rússia, Golda Meir (1898-1978) participou da criação do Estado de Israel, foi ministra do Trabalho e ministra das Relações Exteriores. Quando esta carta foi escrita, era primeira-ministra. Renunciou em 11 de abril de 1974, após a Guerra do Yom Kipur.
2. Anuar El Sadat (1918-81) foi presidente do Egito desde a morte de Gamal Abdel Nasser, em 1970. Em 1978, ele e o primeiro-ministro israelense Menachem Beigin receberam o Prêmio Nobel da Paz pelos acordos de Camp David. Foi assassinado em 6 de outubro de 1981.
3. Durante o serviço militar, jovens soldados, homens e mulheres, ganhavam acesso livre a concertos.
4. *Maariv*, jornal diário israelense fundado em 1948, de tendência à direita liberal.

bússola moral, que não se desvia do caminho. Creio que ele compreende perfeitamente qual é o interesse de Israel no longo prazo. Li que seus amigos Abba Kovner,[1] Chaim Gouri, A. B. Yehoshua e outros escritores passaram horas com Golda discutindo as questões de Baram e de Ikrit.[2] O que está acontecendo ali exatamente?

Escrevi para A. B. Yehoshua (para lhe agradecer por ter me aconselhado a fazer uma viagem pelos Estados Unidos a fim de estudar seus problemas sociais) e para Chaim Gouri. Minha impressão é de que o governo cometeu um erro, mas não estou querendo justificar as posições de A. B. Yehoshua. Sinto também que já é tempo de aprendermos com os ingleses e os americanos como aceitar críticas, mesmo do tipo virulento, sem perder a cabeça. Como você sabe, o Partido Trabalhista inglês em várias ocasiões referiu-se aos tóris como "fascistas" e alguns de seus representantes até mesmo gritaram "Heil Hitler!" para o primeiro-ministro. Mas a sociedade inglesa não entrou em colapso por causa disso!

Os jovens aqui apoiam McGovern, e não Nixon. Ele conta com a confiança deles e dos intelectuais (foi escolhido como candidato depois de prometer acabar com a guerra em nove meses, apoiou a CIA quando ela ajudou a derrubar o regime de Allende no Chile depois que ele nacionalizou os ativos da ITT, a companhia telefônica americana, entre outros truques sujos). O *New York Times*, jornal diário liberal fantástico e muito interessante que leio regularmente, publicou uma his-

---

1. Poeta, escritor e *partisan* judeu de origem lituana, Abba Kovner (1918-87) foi um dos primeiros líderes do levante do gueto de Vilna contra os alemães em 1941. Após a guerra, ajudou centenas de judeus a ir para a Palestina e foi preso pelos britânicos. Publicou numerosas antologias poéticas em hebraico. Foi amigo muito próximo de Efratia.

2. Ikrit é uma aldeia cristã ortodoxa com uma população de quinhentos habitantes. Assim como os habitantes de Baram (ver nota 2, p. 214), foram expulsos por ordem do Exército de Defesa de Israel durante a Operação Hiram, em 1948.

Efratia e Amos, c. 1972.

tória sobre isso. McGovern propôs um sistema de impostos muito mais progressista que se contrapõe à opinião dominante, que ainda se assemelha à mentalidade dos buscadores de ouro! Um dos meus amigos inteligentes daqui me disse que não se surpreendia com a importância que o dinheiro tem num país que foi fundado no fascínio e na febre do ouro... McGovern provavelmente perderá as eleições. É o que mais se pensa por aqui. É uma pena que eles nem sequer tentem fazer uma mudança, por mínima que fosse, na estrutura da sociedade americana.

O acampamento de verão termina em dez dias. Meus planos são os seguintes: passar cinco dias com um amigo que vive em Baltimore (um sujeito excepcional, cujo pai é professor). Ele vai me levar direto para a casa dele e vamos visitar várias cidades modernas naquela região. Depois vamos estacionar alguns dias em Washington (a uma hora de Baltimore).

De lá vou ficar com um casal de amigos em Boston (lugar de universidades famosas como MIT e Harvard) e depois vou para Chicago e para o Canadá. Farei parte da viagem acompanhado por um amigo holandês; a outra parte, farei com Yair Argon e/ou Chaim Kaplan.[1] Como você sabe, não gosto de ficar sendo empurrado e não gosto de excursões organizadas (com as quais os israelenses estão acostumados). Escreva para o endereço de Jack em Nova York[2] depois de 14 de agosto.

Anteontem voltei de dois dias incríveis em Nova York. Fiquei num dúplex maravilhoso (como o de Mairovitch),[3] que alguns amigos nova-iorquinos me emprestaram. Caminhamos muito. Assistimos a um concerto com Rudolf Serkin e a Orquestra Filarmônica no Lincoln Center (Bach e Mozart). Na noite seguinte assistimos a uma adaptação moderna de *Os dois cavalheiros de Verona*, de Shakespeare.

Fiel à natureza audaciosa da família, liguei para o escritório de Philip Johnson.[4] Contei quem foi meu pai e pedi um encontro. O designer-chefe do escritório passou uma semana e meia comigo, pondo-me a par de seus projetos. Vou me encontrar com o próprio sr. Johnson dentro de duas semanas.

Recebi também um convite de um amigo do célebre escultor Yitzhak Dantziger, em 1º de agosto. A vida é uma loucura, não é?

Fique bem e cuide-se,

Seu Amos

---

1. Amigos de Amos no acampamento de verão.
2. Primo de Amos, filho de Shnaier.
3. Zvi Mairovich, pintor que vivia na rua Jerusalém, em Haifa. Ele e a mulher (a escritora Yehudit Hendel) moravam no mesmo prédio de Amos.
4. O arquiteto americano Philip Johnson, que trabalhou com Mies van der Rohe nos Estados Unidos.

Efratia a Amos

Haifa, 27 de março de 1977

É impossível mudar uma vida que já passou: para que serviria compreender o passado, os erros cometidos etc.? Considerando tudo, minha avaliação é positiva: meu caráter, minhas características, e sobretudo dois filhos extremamente talentosos, ambos artistas; o mais jovem, além disso, apresenta um traço raro: uma mente lógica e equilibrada. Estou muito orgulhosa e feliz por ele ser parte da minha vida, *bli ayin hará*. Só espero que tenhamos saúde e que não haja guerra (no *Haaretz*, Zeev Schiff [1] disse que havia uma séria ameaça para este verão – Deus nos livre disso!). Uma guerra já está acontecendo ante nossos olhos: *A guerra dos judeus*.[2] Que catástrofe! Cada grupo fica pressionando, empurrando seus interesses... Seja uma questão desta ou daquela tendência na polícia doméstica, cada pessoa só pensa em si mesma e só admite sua própria verdade. Vivendo em sua "aldeia" de Berkeley, como você descreveu no adorável cartão que enviou a Guidi – sem se incomodar em ler a imprensa israelense (que você com certeza poderia encontrar entre alguns imigrantes em San Francisco ou atravessando a ponte em Berkeley) –, você se poupa de muito aborrecimento... Sim , "a tensão está aumentando de novo", Amos, meu filho, tão sensato e inteligente. Talvez você tenha razão e seja melhor manter distância. Mas aqui, neste grande pequeno país que é Israel, onde grassam

---

1. Jornalista e correspondente militar do *Haaretz*, Zeev Schiff (1932-2007) especializou-se em questões de defesa e segurança.
2. Aqui, Efratia usa o famoso título da obra de Flávio Josefo para expressar a brecha que se abriu na sociedade israelense depois da renúncia do primeiro-ministro Yitzhak Rabin e com a "guerra" entre Rabin e Shimon Peres.

brigas internas, é difícil ficar sereno. Como você sabe, tudo nos afeta. Preocupações e medos nunca nos deixam em paz. Ainda espero que seja o caso de que "dos fortes venha a doçura" [Juízes, 14:14].

Alguns recortes... A greve dos trabalhadores portuários nos três portos,[1] a primeira desde a criação de Israel, é um problema sério: os trabalhadores podem estar errados ao pedirem um aumento mensal de novecentas liras israelenses apenas dois meses após terem obtido um considerável aumento, e a assinatura de um acordo. Meshel[2] propôs novo aumento. Eles rejeitaram e entraram em greve. O rádio está se pronunciando contra eles, os repórteres estão excessivamente histéricos! Trabalhadores no Bank Leumi e no Banco de Israel os seguiram: esses "subprivilegiados" com seus altos salários! Suspeito que sejam manobras para desestabilizar Rabin[3] e Meshel... Reina a infâmia! Em duas palavras: há ação em todos os setores da economia. Mas há luz no fim do túnel: há sinais de união dos grupos de esquerda – Moked[4] + Lova Eliav[5] + Uri Avneri[6] = um novo partido chamado

---

1. Haifa, Ashdod e Ashkelon.
2. Na época, Yeruham Meshel era o secretário da Histadrut e membro da Knesset.
3. Yitzhak Rabin (1922-95) entrou na política depois de ter sido chefe do Estado-Maior do Exército de Israel durante a Guerra dos Seis Dias. Substituiu Golda Meir como primeiro-ministro em junho de 1974 e foi obrigado a renunciar em 1977. Shimon Peres (1923-2016) o substituiu na liderança do Partido Trabalhista. Depois da vitória do Likud em maio de 1977, Rabin tornou-se o líder da oposição. Reeleito primeiro-ministro em 1992, recebeu o Prêmio Nobel da Paz em 1994, poucos meses após a assinatura do Acordo de Oslo. Foi assassinado em Tel Aviv em novembro de 1995.
4. Partido de esquerda criado em 1973, ao qual pertenceram o historiador Meir Pail, membros de *kibutzim* do Hashomer Hatsair e membros do Partido Comunista Israelense.
5. Arie "Lova" Eliav, ex-secretário-geral do Partido Trabalhista.
6. Nascido na Alemanha em 1923, o jornalista e ensaísta Uri Avneri foi eleito para a Knesset em 1965. Foi um dos primeiros a promover a ideia de um Estado da Palestina.

Sheli (acrônimo de "Paz e... alguma outra coisa").[1] Eu lhes desejo muito sucesso, mas não votarei neles, pois sou contra um terceiro Estado palestino[2] no outro lado da Linha Verde.[3] Ainda espero que Rabin ganhe impulso e fortaleça sua aliança com o Mapam e que tudo acabe bem. Moshe Dayan[4] finalmente parece estar pronto a se juntar ao Likud. Creio que é bom para o país que os lados estejam claramente definidos e as ideologias expressas, porém é bem provável que ele levará outras grandes cabeças consigo.

Yitzhak Ben-Aharon não vai se candidatar a uma cadeira na Knesset. Vai continuar no Partido Trabalhista, mas quer se concentrar em sua obra ideológica – creio que é uma decisão sensata. Ele também deveria trabalhar um pouco consigo mesmo para se acalmar e mudar de estilo: é um homem inteligente que enfim retorna à vida privada.

Aroch acaba de me ligar me convidando para o jantar de Pessach. São pessoas adoráveis. Claro que vou levar um belo presente. Disse-lhe que não tinha certeza quanto a Guidi.

---

1. "Paz e Igualdade para Israel", legenda de pequenos partidos de esquerda unidos sob o nome Sheli, liderada pelo parlamentar Arie Eliav.

2. Em 1921, o Reino Unido cedeu para o líder haxemita Abdalla territórios a leste do rio Jordão, que representavam 70% do território da Palestina do Mandato. Composto primordialmente de palestinos, esse novo reino – chamado Transjordânia e depois Jordânia, em 1949, após ter anexado a Margem Ocidental, que acabou perdendo para Israel em 1967 – já era um Estado palestino. Conceder partes da terra de Israel para outro Estado palestino seria, para quem o contestava, equivalente a criar "um terceiro Estado".

3. Fronteira que, de 1948 a 1967, separou a parte da Palestina que se tornou o Estado de Israel da parte ocupada pela Jordânia após a Primeira Guerra árabe-israelense (1948-49).

4. Moshe Dayan (1915-81) era então ministro das Relações Exteriores no governo de Menachem Beigin. Ex-chefe do Estado-Maior, foi nomeado ministro da Defesa em junho de 1967, às vésperas da Guerra dos Seis Dias. Retirou-se da política após a Guerra do Yom Kipur, mas voltou às Relações Exteriores em 1977, no governo de Menachem Beigin. Participou das conversações de paz com o Egito em Camp David e das subsequentes negociações entre Israel e o Egito, com a mediação do presidente americano Jimmy Carter, e que levaram ao acordo de paz assinado em Washington em 26 de março de 1979.

Aroch contou que eles tentaram reservar um lugar para ele. Agradeci, mas é muito possível que Guidi não queira comemorar o Êxodo do Egito (ou talvez já tenha planos para um jantar de Pessach com amigos). Seja como for, eles são *kibutzniks* adoráveis. Irei passar Pessach com eles, com ou sem Guidi. Desejo-lhe uma feliz comemoração em sua diáspora de Berkeley. Onde você estará?

Estou incluindo uma carta em meu inglês rudimentar para todos os Lindheim: por favor, entregue a eles. Que nosso povo emerja de seus exílios e que reine a liberdade. No mais, que não haja guerra.

Beijos. Escreva-me. Compre algumas flores em meu nome!

Efratia para Amos

Haifa, 11 de abril de 1977

Olá, meu querido Amos!

Seis meses se passaram desde que você foi para os Estados Unidos. Em suas cartas, sinto que está ficando cada vez mais "cansado da boa vida", como você escreve. Estou feliz de que esteja "relaxado e calmo". Muito bem. Não posso dizer o mesmo da vida aqui, infelizmente, sobretudo da minha. Complicada, difícil, exaustiva... Estou exaurida, mental e fisicamente. Preciso descansar. Espero ter oportunidade de relaxar quando você voltar para Israel. Criei um jovem filho talentoso com ombros largos, *bli ayin hará*. Espero que a viagem não seja muito dura. Há muita coisa a fazer.

Amos, meu querido, é muito tarde. Tenho muito a dizer sobre a vida. Em Israel, como você sabe, não existe momento monótono. Deparamos com muitos problemas, mas parece que 3,5 milhões de judeus que brigam e constantemente formam e reformam alianças podem superar todos os obstáculos. Amém! Espero que não fique aborrecido com o que escrevi agora. Acho melhor dizer a você o que esperar quando da sua volta. Penso que você deveria diminuir o ritmo do trabalho para seu doutorado. Não há pressa. Todos os seus amigos terminaram só agora a primeira graduação, e você está um passo à frente, e suspeito que o ajudei um pouco ao assumir todo tipo de fardo. Mas não estou reclamando. Lembro que você não queria viajar e que fui eu quem decidiu que seria bom para você. Você apenas respeitou minha vontade. Mas agora, querido, você precisa ir mais devagar e cuidar de questões mais prosaicas... Não tem escolha, para meu grande pesar. A mim, faltam forças.

Não seria muito complicado para você dar um jeito de ir mais devagar. Claro que não o estou aconselhando a interromper seu doutorado em Berkeley. Você acha que seria possível? Espero que sim.

Já lhe contei sobre a Fundação Ford e o Technion.[1] Além de seus orientadores em Berkeley, você precisa ter um em Israel em uma de nossas instituições, o Technion ou outra. Você pode resolver isso. Não tenho dúvida. No fim das contas, a decisão é sua. Isso nem é preciso dizer. Se não aceitar minha sugestão, achará outra solução. Estou tentando ajudá-lo financeiramente, como posso.

Não lhe contei sobre o jantar de Pessach no *kibutz* Kfar Masaryk. Para mim, foi uma grande comemoração. Nunca esquecerei nossos amigos de Kfar Masaryk. São mais importantes que família. A visita foi uma experiência inesquecível. Nenhum outro lugar no mundo apresenta tantos aspectos positivos assim. Eu seria feliz se fosse viver em outro *kibutz*, mas temo que nenhum iria querer uma velha como eu. A es-

---

1. A Fundação Ford concedia bolsas aos estudantes do Technion.

Efratia c. 1977.

trutura de um *kibutz* cria ocasiões para que as pessoas expressem sua personalidade. Há problemas, é claro, mas não existe lugar melhor para quem tenha gravado em seus genes o amor pela humanidade e uma necessidade interior de compartilhar e pertencer a uma comunidade. Ouvi um programa gravado no *kibutz* Ein Shemer. Chamava "Quatro gerações" e apresentou uma conversa do mais alto nível, entre cinco pessoas. Uma delas era um homem de 75 anos que ainda trabalha e conta como criou uma fábrica. O programa foi transmitido no sábado da Páscoa. Edificante. Conversei sobre isso com Aroch e Bracha, que também gostaram. Passei a noite no *kibutz*, e às cinco da manhã Bracha se levantou para cuidar dos bebês.[1] Aroch saiu às seis para fazer a ronda pelas casas de crianças. Fiquei tão comovida com minha noite no *kibutz* que não preguei o olho a noite inteira. Ao amanhecer, fiz a ronda com Aroch. Foi legal. Compartilhamos lembranças das coisas que fazíamos juntos quando você tinha dez anos e eu voltei de Londres. Aroch e eu fomos descansar um pouco e tomar café com Bracha e os bebês... Como é inebriante sentir o cheiro dessas pequenas criaturas e ouvir um riso de bebê. Aroch brincou com a neta de seis meses, filha de Avihu e Talma, que é muito fofa. Que vida rica e plena vivem Aroch, Bracha e sua tribo... Se eu tivesse direito a um desejo, seria exatamente isso que ia pedir. Que a sorte me dê a chance de experimentar uma vida como essa algum dia...

Brindo à amizade e ao meu filho também...

Amos, você provavelmente não tem tempo para ler minhas longas cartas. Se não se incomoda, traga-as de volta para mim.[2] Obrigada.

---

1. Bracha ainda mantinha uma creche.
2. Efratia tinha percebido que suas cartas constituíam um testemunho de uma época e de uma geração. Por isso pediu aos amigos e à família que as guardassem.

20 de abril: dia dedicado à memória dos soldados caídos, de abençoada memória. Irei com os Zylberstein ao túmulo de Pessach.[1] Penso nele frequentemente.

21 de abril: *Yom Haatzmaut*! Que tenha longa vida este país, pelo qual tantos deram sua vida. Amém. Onde você vai comemorar este dia em Nova York?

Mamãe

========= **Efratia para Amos** =========

Haifa, 11 de fevereiro de 1978

Olá, querido Amos,

A situação em Israel ficou muito complicada. Estamos depositando grandes esperanças em Begin e em Sadat – quem sabe para onde isso vai nos levar?[2] Ultimamente tenho pensado muito no processo de paz, em nosso pequenino país, nosso povo e em todos os fardos que isso implica... Seja como for, encontro alguma paz de espírito quando penso em meus camaradas nos *kibutzim* e em amigos como Yehudit T., Hanna M. e outros. Yitzhak Ben-Aharon[3] falou ontem no rádio em Jerusalém durante uma hora. Foi excepcional. Ele se posicionou contra a devolução de todos os territórios e contra a criação de um terceiro Estado, pois serviria como base de operações da OLP (leia-se, União Soviética). Quem seria tão ingênuo e bom a ponto de conceder a outro a alegria de acabar com ele? Ele falou sobre o retorno de populações ára-

---

1. Amigo de Amos desde a escola Hareli, Pessach Zylberstein, que serviu na unidade Golani, morreu em 1973 durante a Guerra do Yom Kipur.
2. Depois da visita do presidente egípcio Anuar El Sadat a Israel, em 19 de dezembro de 1977.
3. Ministro dos Transportes (1958-62) e depois secretário-geral da Histadrut (1969-73), Yitzhak Ben-Aharon retirou-se da política em 1977, mas continuou ativo no movimento kibutziano e no Partido Trabalhista.

bes, sobre a devolução de terras com um milhão de árabes para a Jordânia, sobre como manter a segurança de Israel etc. É contra a devolução total do território conquistado ao Egito,[1] que Begin prometeu. Também é contra o plano de Dayan[2] e de Eric Sharon. Os dois, a meu ver, envergonham o nome de Israel. Mas eu me identifico com a posição de Yigal Allon,[3] Yitzhak Ben-Aharon e Yaakov Chazan. Confio neles cada vez mais. Eles me parecem mais humanos do que esse jovem "agressivo" que uma vez me disse que estava aqui para combater nosso "país fascista"! Isso simplesmente não é verdade! Israel não é um país fascista. Não gosto de alguns de seus líderes, mas não existe ninguém que não possa ser censurado. Que país alguma vez concordou em devolver todos os territórios que conquistou? Quem neste mundo implementou justiça total?

De fato, nossa situação está longe de ser ideal. Estamos isolados agora como estivemos durante o Holocausto. Pobre de quem é pequeno. Pobre de quem é fraco. Um novo escândalo acaba de acontecer: Zevulun Hammer [4] decidiu censurar o filme de S. Yizhar e Ram Levi, *Hirbet Hizah*,[5] atitude

---

1. Referência ao Sinai, que foi devolvido ao Egito em maio de 1979 pelos acordos de Camp David.

2. O Plano Dayan (1967) propunha autonomia para os palestinos e um "compromisso funcional". Mantinha a Margem Ocidental (Cisjordânia) e Gaza sob controle militar israelense, mas compartilhava o controle administrativo. Também incentivava a integração dos habitantes de territórios ocupados na economia israelense, criando zonas econômicas e administrativas que compreendiam tanto territórios israelenses como territórios ocupados.

3. Yigal Allon (1918-80) era então ministro das Relações Exteriores e vice-primeiro-ministro no governo de Yitzhak Rabin. Após a Guerra dos Seis Dias, ele esboçou um plano para compartilhar a Margem Ocidental como meio de acabar com a ocupação israelense.

4. Então ministro da Educação e da Cultura e líder do "Movimento Jovem", que era uma facção dissidente do Mafdal, o partido religioso nacional.

5. Filme de Ram Levi, adaptação do conto homônimo de S. Yizhar, sobre uma aldeia evacuada pelo Exército logo após a Guerra de Independência.

que despertou muita controvérsia no país inteiro. Devido ao protesto público contra a censura, parece que o filme vai ser lançado, o que demonstra que ainda somos uma democracia corajosa. Espero mesmo que seja lançado.

Há muita coisa para contar. A vida aqui é frenética e, às vezes, dura.

Assisti à peça *Hadaiarim* (Os inquilinos), de Yehoshua Sobol, semana passada. É a continuação de *Silvester 72*. É interessante e de grande valia. Sobol percebe as perigosas mudanças sociais que estão ocorrendo. Nossa sociedade enveredou por um caminho extremamente perigoso: a corrida por lucros no mundo dos negócios, a especulação, dinheiro fácil, uma pessoa explorando outra, se aproveitando... Como odeio aproveitadores e esses que olham os outros de cima para baixo!

Parece que todo o sistema gira em torno de despojar o outro, seja intencionalmente, seja por negligência, só para se dar bem, e por que não? O único objetivo é conseguir aquilo "de que preciso". Tantas mentiras e pretextos...

Mas felizmente, como você sabe, meu ventilador interno ainda funciona à perfeição. Uma peça, um passeio, uma conversa franca e honesta. Essas coisas me fazem esquecer o que é desagradável e meu bom humor retorna. Mas às vezes é demais. Como eu gostaria de passar o tempo que me resta? Quero viver em paz, em meus próprios termos. Quero fazer o que me interessa, coisas de que gosto e para as quais tenho talento. Adquiri um novo hobby: colecionar os primeiros almanaques dos Machanot Olim. Estou interessada em explorar a aliança entre *kibutzim* e pessoas na cidade que ainda acreditam no ideal corporativo, no socialismo etc. Se fôssemos mais jovens, se não tivéssemos experimentado tantos desapontamentos, se tivéssemos mais energia e mais tempo livre, talvez pudéssemos encetar

uma ação séria para fazer acontecer... uma autêntica renovação. Por que não?

Saudações calorosas, sua sempre,

Mãe

Efratia para Amos e Rivka

Haifa, 9 de julho de 1982

Olá, queridos Amos e Rivka,

Ei, vocês, europeus! Como estão? Foi bom ter notícias de
vocês anteontem. Quanto a mim, a "asiática", não ocupo meu
tempo com nada belo ou agradável... fisioterapia três vezes
por semana... podia ser pior! Consegui fazer dessa tarefa um
passatempo agradável. Os breves encontros com pessoas
também são bem encantadores. Na verdade, ontem promovi
uma reunião em casa para comemorar o fim dos cursos com
nosso professor, Nathan Zach![1] Pena que vocês não estavam. Foi complicado: os estudantes me encarregaram de
convidar esse poeta, intelectual, urso solitário... Por incrível
que pareça, ele veio... feliz, acessível e engraçado... No fim,
veio com a coletânea *Chalav udevash* (Leite e mel),[2] e a deu
a mim, com dedicatória. Vocês estão vendo, Efratia ainda
tem algum valor! Os estudantes estavam no sétimo céu e me
encheram de mimos. Dei tudo de mim, como em geral faço,
para que a apresentação fosse maravilhosa. A conversa foi
muito interessante. Zach contemplou todos os nossos tesouros artísticos e cobriu você de elogios, Amos, de verdade: as
pinturas, as esculturas, suas fotos do Bairro Armênio, algu-

1. Poeta israelense nascido em Berlim em 1930. Efratia estava fazendo um curso de literatura hebraica na Universidade de Haifa; também frequentava cursos
de história e de filosofia.
2. *Kol He-chalav Ve há-devash*, editora Am Oved, 1966.

mas das quais estão belamente emolduradas e são o orgulho do meu apartamento. Vejam, há coisas positivas até mesmo no Oriente Médio.

(Rivka, falei com seus pais,[1] dei-lhes um alô em seu nome e agradeci a eles.)

Mandem um oi à linda bonequinha. E um grande alô a Paris, Mitterrand – que Deus lhe dê saúde – e ao socialismo. Que ele se aguente lá, apesar da derrota no futebol!

Beijos em todos vocês.

Espero resposta,

Sua mãe Efratia

==================== Amos para Efratia ====================

Paris, 4 de outubro de 1982

Mamãe querida,

Após passar vários meses na Europa, a maior parte em Paris, tenho algumas boas notícias a anunciar: Rivka está grávida.[2] Claro, isso quer dizer que temos de rever nossos planos de futuro. Aonde ir, o que fazer etc.

Passamos alguns dias na Sicília, no Festival de Cinema do Mediterrâneo, onde meu novo filme, *Diário de campanha*,

---

1. Yossef e Rosa Markovizky. Originário de Koritz, Ucrânia, Yossef (1918-88) foi incorporado ao Exército Vermelho durante a Segunda Guerra Mundial. Depois de imigrar para Israel em 1947, ele participou nas batalhas de Latrun (maio--julho de 1948). Rosa Herz (1923-2006) foi presa em maio de 1944 em Oradea Mare, Romênia, e deportada para o campo de extermínio em Auschwitz. Depois de sobreviver à Marcha da Morte, ela foi envidada à Suécia em 1945, na Operação Bernadotte. Imigrou na primavera de 1948, a bordo do navio *Kedma*.
2. Amos casou-se com Rivka Markovizky em 19 de janeiro de 1982. A primeira filha do casal, Keren, nasceu em 10 de abril de 1983, em Haifa; em 9 de setembro de 1985, nasceu Ben Ori. Rivka lecionava literatura hebraica na Universidade de Haifa.

foi apresentado.[1] Lá tive proveitosos encontros com outros diretores, particularmente o diretor egípcio Youssef Chahine, o mais importante no mundo árabe, e Costa-Gavras (diretor de *Z*). Concordamos com a ideia de que diálogos abertos são uma necessidade absoluta. "Outros filmes como o seu têm de ser feitos", me disse Youssef Chahine. "Temos de tentar deter políticos que, em seu país e no meu, só querem enviar pessoas para o campo de batalha. Temos de chegar a um entendimento. Se não agirmos logo, o fundamentalismo muçulmano e/ou o fanatismo militar-religioso em seu país vão ganhar terreno. Temos de pensar sobre isso."

Para os palestinos, e muitos outros, a invasão do Líbano é um ponto sem volta. Os maciços protestos antiguerra foram realizados em Tel Aviv, e não em Damasco. Isso ocorre porque eles chegaram a uma maturidade política e estão começando a compreender a necessidade de diálogo com forças políticas que, em Israel, são favoráveis à coexistência. No entanto, o mais assustador é que o extremismo político atingiu tal magnitude em nosso país que não é mais admissível, e nessas condições nada poderia encerrar o ciclo de guerras e de violência rapidamente. Mas isso é apenas banalidade: o que é fascinante é o próprio diálogo, a tentativa de derrubar barreiras.

Depois da projeção, várias pessoas da plateia – franceses, marroquinos, argelinos, egípcios, palestinos, judeus etc. – vieram me dizer que o filme representava a voz de todos que rejeitam violência e massacres. Isso me tocou muito. Espero que seja apresentado em Israel. É em forma de diário pessoal (em *Journal de campagne*, o título em francês, "campagne"

---

1. *Yoman Sadeh*, documentário filmado nos territórios ocupados antes e durante a invasão do Líbano (6 de junho de 1982). Amos Gitai percorreu o mesmo triângulo de terras, filmando o que via a cada dia: o mal-estar de soldados israelenses diante da câmera e sua recusa a serem filmados, o estado de espírito dos colonos, as várias formas de ressentimento palestino.

pode ter dois significados: o campo, onde crescem as culturas agrícolas, e a campanha militar). É composto de uma série de episódios que lançam luz sobre uma escalada de violência e as maneiras como ela é legitimada.[1] O modo como as pessoas justificam a ação de ocupar território, e em certa medida o que Hannah Arendt diz sobre a banalidade do mal, a maneira como o homem se comporta quando não considera determinado contexto. As mistificações, as ideologias... Parece também ter algo a ver com o marxismo, até que ponto a consciência é produto da existência: as pessoas constroem suas posições para serem capazes de agir numa certa realidade sem fazer perguntas supérfluas. Claramente, na medida em que um filme é um meio, ele permite que se abordem essas questões, e outro problema surge: bem no fundo, o que parecem ser essas coisas abstratas? Que formato elas têm? E não ficar apenas naquilo sobre o que elas estão falando.

Agora vamos para Nova York, Los Angeles e a Costa Oeste, depois mais além, para o Havaí, Honolulu, Tailândia, Japão e Europa para preparar meu novo filme,[2] uma coprodução com a televisão francesa[3] e uma emissora da Europa Setentrional.[4] Trouxemos Rivka para a equipe. Dessa maneira ela pode aproveitar a viagem, se se sentir bem para tanto. Se não, vai deixar Berkeley e voltar a Israel, para um mês de

---

1. *Yoman Sadeh* "segue um roteiro preciso: toda manhã, Nurith Aviv, minha principal operadora de câmera, e eu deixamos Tel Aviv e vamos para Ramallah, depois para o sul, para Jerusalém: nosso itinerário era em forma de triângulo, filmávamos eventos lacônicos de modo sistemático e episódios que ocorriam ao longo do caminho". (Entrevista de Amos Gitai para Serge Toubiana, em *Exils et Territoires. Le cinéma d'Amos Gitai*, Arte Editions/Cahiers du Cinéma, 2003 [*Amos Gitai: Percursos, exílios e territórios*, trad. Jean-Yves de Neufville. São Paulo: Cosac Naify, 2004].)
2. *Abacaxi* (1983).
3. FR3.
4. Várias emissoras europeias participaram na produção conjunta: TV1 (Suécia), Ikon (Holanda), TV2 (Finlândia).

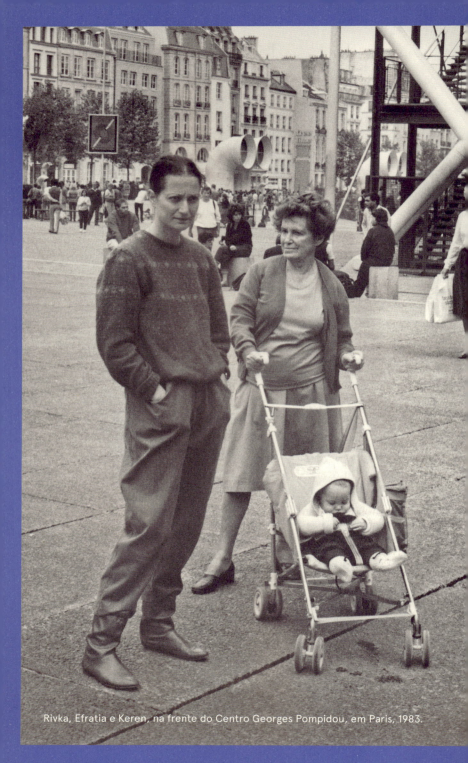
Rivka, Efratia e Keren, na frente do Centro Georges Pompidou, em Paris, 1983.

descanso. Em Berkeley, vamos ver amigos e descansar um pouco. Talvez os dois comecemos a considerar uma carreira acadêmica.

É isso. Algumas reflexões de viagem; talvez demasiadamente sobre filmes e não tanto sobre dois seres que estão esperando um terceiro de uma barriga de mulher: uma aventura muito maior que tantas outras!

Beijos do seu

Amos

Saudações. Escreverei mais detalhadamente quando estiver me sentindo melhor. Espero que você esteja bem.

Rivka

Amos para Efratia

Paris, 24 de fevereiro de 1984

Querida mãe,

Finalmente encontramos um lugar confortável para morar![1] Eu estava repassando alguns papéis e achei uma coisa que queria te enviar. É um mapa de Bangkok, Tailândia.[2] Foi uma viagem interessante, mas difícil, a um lugar do qual não ouvimos falar com frequência no noticiário, diferentemente do Líbano, de Israel ou de Paris. Agora que as notícias se tornaram uma referência global, é quase como se lugares que não aparecem nas primeiras páginas nem sequer existam. Mas a Tailândia... Budismo, lindos templos, uma estação de trem americana construída durante a Guerra do

---

1. Amos, Rivka e a pequena Keren tinham se mudado para a rue de la Fontaine-au-Roi, 9, no 11º arrondissement parisiense.
2. Onde Amos filmou *Bangkok Bahrein* (*Trabalho à venda*), documentário sobre tráfico humano e relações econômicas no mundo moderno.

Vietnã que é a origem de todo esse tráfico humano[1] em torno de estações de trem... Hoje, turistas alemães (1,5 milhão todo ano) tomaram conta de tudo.

Budismo de algum modo me faz lembrar David Hacohen vestindo uma túnica longa na vizinha Birmânia, e talvez Ben-Gurion numa invertida apoiada na cabeça[2] (hoje o rabinato de Israel desmontaria a coalizão se Shamir se permitisse fazer essa ginástica de tão amplos horizontes).

As prostitutas que chegam aqui em grande número do nordeste do país vêm dos extensos campos de arroz que não produzem o suficiente para todas as famílias. Nossa pequena equipe de israelenses foi a essas aldeias. A população cantou belas canções tailandesas para nós, e nós cantamos "Hava Naguila" em retribuição; eles pareceram gostar.

Agora estamos editando[3] e tentando dar uma estrutura a toda a filmagem, o que não é menos interessante. Keren está radiante.[4] Ainda estão nascendo seus dentinhos. Semana passada, ela aprendeu a assobiar; esta semana, a abrir portas. Ela também está curtindo o processo de fazer novas descobertas. Ri e parece estar se divertindo. Passa metade do dia com a babá e a outra metade brincando com seus pais. Rivka está cuidando dela neste exato momento.

Cuide-se. As meninas, Rivka e Keren, e eu lhe enviamos nosso amor.

Cuide da saúde,

Seu Amos

---

1. Círculos de prostituição que reuniram meio milhão de mulheres para escapar da pobreza, e o tráfico de homens, forçados a trabalhos braçais em países do golfo Pérsico.
2. Posição de ioga recomendada pelo dr. Moshe Feldenkrais, para aumentar o fluxo de sangue para o cérebro.
3. Refere-se ao filme *Bangkok Bahrein* (*Trabalho à venda*).
4. Keren quer dizer, em hebraico, "raio de luz", entre outras coisas.

Olá, Efratia. Depois de longas semanas organizando e arrumando, finalmente estou livre para me concentrar em terminar a dissertação.[1] Resolvi aquele problema (Berkeley).[2] Também vou tratar daquilo que você pediu. Você vai receber tudo num pacote só.

Também tenho um pequeno pedido para você. Existe um livro infantil chamado *100 primeiras rimas para a creche*. Keren adoraria acrescentá-lo à sua coleção! Cuide-se bem e até breve,

Rivka

========= **Efratia para Keren** =========

Haifa, 31 de março de 1984

Nossa querida Keren, que brilha por dentro e por fora,

Comprei para você *100 primeiras rimas para a creche*, um livro que sua querida mamãe recomendou, já que você vai completar um ano dentro de poucos dias.

Que alegria é o primeiro ano... Você já fica em pé, já ergue a cabeça para descobrir um mundo novo, não é verdade? Espero que sempre esteja em pé e ereta, mantenha a cabeça erguida e os olhos abertos para ver o magnífico mundo a sua volta; flores, árvores, pássaros, lagos, rios, o mar, as ondas... Há tantas cores, nuances, tons, tantas vozes, ruídos e sussurros – e silêncio, calma. Aspire o perfume das flores, das ervas, e sinta o doce sabor do mel, o ardor da pimenta e as especiarias que Sua Majestade a Natureza faz crescer.

Só lhe falei de uma pequena parte das maravilhas da natureza que homens e animais criaram. Pequenos animais,

---

1. Amos a completou em 1986.
2. Procedimentos administrativos.

uns minúsculos, outros grandes e outros gigantes. E seres humanos. Vi muitos na minha vida – bons, maus e alguns mais ou menos. Sempre achei maravilhoso como cada pessoa é diferente da outra. Como foi criada a natureza? Alguns chamam de Deus – é um enigma, que só você será capaz de desvendar...

Você com certeza será capaz de amar outras pessoas, você, que já ama e é amada por seu pai e sua mãe, seu avô, suas duas avós, seus tios, suas tias e os amigos de seus pais. Crianças vão gostar de você também, nossa fervilhante Keren, mas algumas não vão gostar. Isso também é normal. O que importa, querida, é amar a vida. E você tem tudo o que é preciso para isso.

Keren, sinto muito, mas as ilustrações feitas por Dosh[1] não são nada bonitas! Logo você vai fazer desenhos muito melhores. Ele não conhece as canções escritas por Bialik, Leah Goldberg e outros – tranquilas e maravilhosas... *Ma'alesh*.

Fique bem. Eu lhe desejo muitos, muitos, muitos anos bons.

Mande um olá a papai e mamãe também.

Beijo,

Vovó Efratia

================== **Efratia para Amos e Rivka** ==================

Haifa, 15 de julho de 1984

Olá, meus queridos!

Em primeiro lugar, obrigada pelas lindas fotos de Keren. São uma festa para o meu coração e os meus olhos. Obrigada, Amos, por acrescentar algumas palavras sobre a França.

---

1. Famoso ilustrador em Israel.

Estou em meu belo e agradável apartamento ouvindo "A voz da música".[1] Ouço Schubert e Brahms enquanto contemplo meu entorno: os tapetes, as fotos, que me são tão caras, retratos seus, meu querido Amos, de Yael, minha neta etc. ...

Infelizmente meus olhos estão começando a ceder... A grande varanda aberta... Todo este verde. O verde dos pinheiros, as árvores dos vizinhos no outro lado da rua.

Hoje eu sinto paz, felicidade e resignação. Às vezes me pergunto qual é a origem desses sentimentos. Experimentei meus fracassos. Não usei bem e bastante os talentos (poucos) que a natureza me deu (ou, mais exatamente, que herdei de meus pais). Não fiz tanto quanto queria em minha longa vida. Talvez fale mais sobre isso em outra ocasião.

(Rivka, contei a Amos que falei duas vezes com seu pai. Ele parece estar bem, *bli ayin hará*, contei-lhe de sua visita. Seus pais ficaram felizes.)

Agora nossa boa estação de rádio está tocando *Cristo no monte das Oliveiras*, de Beethoven. Não sabia que esse gênio nos "tinha visitado". E, por um golpe de sorte, escolheu o monte das Oliveiras, que está tão bem preservado com aqueles túmulos espalhados por lá... Eu me pergunto o que ele teria a dizer sobre o monte Scopus.[2]

Bem, basta disso. Estou feliz que Rivka e Keren estejam vindo para as grandes festas. O "tapete vermelho" já foi desenrolado... Nossa bonequinha vai se interessar por tudo aqui. As duas meninas poderão tomar muito ar fresco no grande pátio. (À noite, às vezes até bem tarde, gosto de me sentar na cadeira azul que Munio e seus amigos projetaram para mim... Relaxar, espreguiçar e ter esperança.)

---

1. Programa de música clássica da rádio Kol Israel.
2. Uma das sete colinas de Jerusalém, conhecida por sua bela vista da cidade.

Rivka, você certamente será muito bem-vinda para vir descansar um pouco, se quiser. Posso passear com Keren se você concordar; podemos conversar e contarei a ela as histórias que contei ao pai dela... há quase 34 anos.

Fui ao Shavit[1] assistir a esse incrível filme que Rivka recomendou e que já tinha visto no Museu de Tel Aviv, *Rio de lama*.[2] Que filme! Fui com Yardena, Ernst e os outros. Todos gostaram. Não seria ótimo se você pudesse trabalhar com o mesmo diretor de fotografia?[3] Filmes se baseiam no roteiro, no diretor – e sou orgulhosa de *nosso* próprio diretor, meu filho – e no diretor de fotografia. A equipe, os problemas humanos, a beleza!

Sim, ouvi dizer que seus alunos[4] tiraram notas altas nos ensaios.

Sim, comprei um lindo livro para Keren, que está aqui esperando por ela, assim como um gato de madeira que Raiku[5] me trouxe de Helsinque.

As palavras não estão fluindo. Alguma coisa está me incomodando e irritando. Atribuo à situação geral e à incerteza quanto ao rumo que nossa sociedade está tomando. Vocês sabem como sou emocionalmente apegada a tudo o que acontece aqui. Esse apego vem das profundezas da minha alma. É como um cordão umbilical espiritual. Tudo aqui me afeta num nível muito profundo. Quando tento descobrir a fonte dessa dependência, às vezes chego a rir alto: "Quem sou eu para me sentir assim? Não tenho influência no curso dos acontecimentos, então por que levar tão a sério?". É um

---

1. Pequeno cinema no Carmel, bairro de Haifa.
2. *Doro No Kawa*, de Kohei Oguri, 1981.
3. Shohei Ando.
4. Amos dava aulas de cinema na Universidade de Tel Aviv.
5. Raiku é o apelido de Raija-Leena Punamäki, professora do curso de psicologia da Universidade de Helsinque, segunda esposa de Guidon.

absurdo, paradoxal e estúpido. Mas é que cresci numa família em que o sonho de realizar o ideal sionista humanista era meu leite materno, meu pão de cada dia. No que diz respeito ao modo de realizar esse sonho, concordamos em alguns pontos e discordamos em outros, mas éramos guiados por uma grande fé e...

Acabo de retornar de um passeio noturno. Estava sozinha, como sempre. Me sinto um pouco mais leve agora. Nossa conexão com a natureza é um grande tesouro. As silhuetas dos pinheiros, o contorno dos ciprestes contra o céu, uma pequena e magra lua, sorridente e mágica... Quando cruzo com desconhecidos, com quem nada tenho em comum, aperto o passo. Me desvio. Vocês sabem, sou uma criatura solitária, mesmo gostando das pessoas (ao menos daquelas pelas quais de certo modo me interesso). Mas a vida seguiu esse curso e, como se diz frequentemente nestas paragens, "Você tem de se virar com isso". Sim, é isso que eu trato de fazer.

Basta. Desculpem o falatório. Queria abordar assuntos sérios, mas será em outro momento.

Acabo de ouvir no noticiário que um novo governo de união nacional[1] será formado. Amos, desta vez eu mereço um prêmio por minha previsão política, não acha? Você se lembra do que eu disse quando estive na sua casa, cerca de seis meses atrás? "Estamos caminhando para um governo de união nacional." Não pense que sou a favor desse tipo de arranjo, que considero uma armadilha nacional. Mas vamos esperar para ver... Pode ser a aniquilação do socialismo no estilo israelense, no entanto também é possível que nada aconteça. Lembra que

---

1. O Partido Trabalhista obteve 44 cadeiras, e o Likud, 41, na 11ª Knesset. Formou-se um governo de união nacional, com lideranças alternadas. Nos primeiros dois anos, Shimon Peres foi primeiro-ministro, e Shamir vice-primeiro-ministro e ministro das Relações Exteriores. Os papéis se inverteram nos dois últimos anos.

já fui uma oponente declarada do socialismo defendido por Ben-Gurion e seus colegas do Mapai? E, claro, eu não era a única. Embora respeitasse Ben-Gurion em muitos sentidos, é preciso admitir que ele nunca entendeu de socialismo, ou não implementou o que entendia por isso.

Agora Shimon Peres[1] e Yitzhak Navon[2] estão liderando o Partido Trabalhista. Eles vieram do partido Rafi,[3] portanto são basicamente discípulos de Ben-Gurion. Yitzhak Rabin tampouco sabe muito a respeito disso, como vocês já perceberam. Essa é a situação. Ben-Aharon foi posto de lado, e outros seguiram o rumo errado. É isso. Os únicos que estão à altura são os líderes do Mapam e, em certa medida, Yossi Sarid.[4] Talvez agora estejamos vendo as coisas com mais clareza. Seja como for, não é trágico. Não havia mesmo outra escolha. Pode ser a única maneira de evitar o fascismo, assim brindemos à democracia e esperemos que ela aguente firme. E que tudo isso passe. O essencial é a saúde e o penteado.

Estou enviando três calendários judaicos para o novo ano,[5] um para Keren e os outros dois para os pais dela.

Feliz Ano-novo!

Beijos aos três,

Mamãe, vovó Efratia

---

1. Nascido na Polônia em 1923, Shimon Peres teve vários ministérios. Ganhou o Prêmio Nobel da Paz com Yasser Arafat e Yitzhak Rabin e tornou-se presidente de Israel em junho de 2007. Morreu em 2016.
2. Nascido em Jerusalém em 1921, Yitzhak Navon foi o quinto presidente de Israel, servindo de 1978 a 1983. Morreu em 2015.
3. O Rafi (Liga dos Trabalhadores de Israel) foi fundado por David Ben-Gurion em 1965. Entre seus membros estavam Moshe Dayan, Shimon Peres, Yitzhak Navon e o escritor S. Yizhar.
4. Jornalista e escritor eleito para a Knesset em 1974. Deixou o Partido Trabalhista para demonstrar sua oposição ao governo de união nacional com o Likud e os líderes religiosos e ingressou no Ratz (Movimento pelos Direitos Civis e pela Paz), fundado em 1973 por Shulamit Aloni. Morreu em 2015.
5. Para marcar cada novo ano (início de setembro), Efratia enviava-lhes calendários hebraicos.

Efratia para Amos e Rivka

Haifa, 5 de fevereiro de 1985

Olá, Amos e Rivka,

Nós nos falamos esta semana pelo telefone, na verdade duas vezes, por isso sei que estão bem. Aqui, o General Inverno nos invadiu com chuvas torrenciais e fortes ventos. O serviço meteorológico prevê neve nas montanhas. As estações estão descarrilhadas. Em dezembro e janeiro parecia primavera. Agora, na noite de Tu BiShvat, o General Inverno voltou a atacar. Antigamente, quando as estações tinham uma ordem, costumávamos cantar nessa época do ano "as amendoeiras estão em flor e um sol dourado está brilhando".[1] Infelizmente, não é a única coisa fora dos trilhos na Terra Santa... A política econômica mudou. Passamos do Plano A para o Plano B.[2] Os preços estão disparando, viaja-se para o exterior, e é cada um por si... A vida comunitária está claudicando mais uma vez, e há um fluxo constante de problemas. Terroristas nos atacam num lado, e, no outro, autoproclamados messias acreditam que só eles sabem o rumo que devemos tomar... É um tema muito amplo sobre o qual muito tem sido escrito e dito. "Doença judaica"? Talvez. Seja como for, é doloroso. Shimon Peres tem um grande fardo nos ombros. Esperemos que a primavera finalmente chegue.

---

1. Famosa canção infantil.
2. A inflação foi um fator que levou ao governo de união nacional. Para contê-la, Shimon Peres e Yitzhak Modai, ministro da Economia, desvalorizaram o shekel e concluíram as negociações com a Histadrut e outros segmentos de negócios. Em novembro de 1984, foi aprovado o Plano A, de três meses, para baixar a inflação e estabilizar a economia; a ele seguiu-se o Plano B, em janeiro de 1985, que impôs pesados impostos às importações e às viagens ao exterior.

Pela minha introdução, é provável que vocês pensem que estou de baixo-astral. E é verdade. Sarah está doente; Yigal[1] ainda não se recuperou completamente; Shlomo também está doente; meus amigos estão doentes; entes queridos morreram; e Yossef, pai de Rivka, tampouco está em sua melhor forma.

A morte de Mordechai Bentov[2] me entristeceu profundamente. Sei que essa é a natureza das coisas e que ele já era bem idoso, mas era dono de uma rara combinação de qualidades extraordinárias. Como alguém disse, o mundo não "produz" mais modelos de atuação como ele. Simplesmente, eu o amava, embora nunca o tivesse demonstrado. Chazan[3] escreveu um artigo maravilhoso sobre esse período no *Al Hamishmar*.[4] Falou sobre os grandes sonhos, as tradições que mantínhamos então, o papel que a criatividade e a imaginação representam na tessitura da sociedade etc. O motivo dessa depressão – uma espécie de desesperança – pode ser pessoal. Para mim, é difícil falar aberta e detalhadamente sobre isso. No entanto, sempre acreditei no diálogo honesto e profundo, sem hostilidade, mas também sem complacência. Tanto a escrita como a fala atestam um desejo, subconsciente ou às vezes consciente, de ocultar ou descobrir alguma coisa (livros e artigos foram escritos sobre esse assunto, por isso me desculpem ser tão breve e superficial).

---

1. Depois de sair do emprego em que esteve por 45 anos, o irmão de Efratia, Yigal, começou a compilar a história da indústria militar de 1928 a 1948. Passou cinco anos pesquisando em arquivos, gravando testemunhos e se encontrando com ex-militantes. Aposentou-se definitivamente em 1987 e morreu em 1996.
2. Mordechai Bentov (1900-85) imigrou em 1920. Titular de vários ministérios, foi o fundador do movimento de *kibutzim* Kibutz Artsi e membro do *kibutz* Mishmar Haemek (onde Efratia o conheceu). Integrou o Diretório do Povo e assinou a Declaração de Independência de Israel.
3. Para Yaakov Chazan, ver nota 1, p. 156.
4. Jornal diário israelense de esquerda.

É lamentável que sua personagem Mania,[1] uma revolucionária na Rússia, muito determinada, se torne uma mulher frágil e romântica uma vez em Israel! Essa foi a impressão que tive ao ler seu roteiro.[2] Você nem sequer menciona os motivos pelos quais foi fundado o Hashomer ou por que Mania decidiu se juntar a ele. O fundo romântico não explica tudo. Ela foi movida por um ideal sionista, que era criar uma comunidade capaz de se proteger de assaltantes e assassinos que, intencionalmente ou não, desde o início pretendiam eliminar o assentamento sionista. O grupo ao qual Mania se ligou acreditava ter o direito de retornar a sua pátria histórica. Digo isso sem *páthos*. Foi assim que aconteceu. Esse foi o motivo que levou meus pais a se estabelecer na Palestina e pelo qual nasci aqui, depois você, assim como os pais de Rivka e os pais de Uri.[3] Foi um sionismo humanista; ele não incendiou nem atacou aldeias árabes. Só pegaram em armas para se defender de assassinos, como faria qualquer pessoa sã. Foi isso que impulsionou Mania naqueles primeiros anos, e posteriormente também. Ela sem dúvida mudou um pouco, mas somente nos últimos anos (ficar mais moderado é um fenômeno positivo muito comum entre heróis extenuados). Seja como for, cada período e sua realidade deram origem a uma ideologia (que palavra áspera) e determinaram os meios de ação de cada movimento social.

O roteiro deixa muita coisa de fora. Por exemplo, a única maneira de compreender por que Mania entra no Hashomer seria mostrar os ataques dos árabes. Essa "omissão" não é

---

1. Nascida na Rússia, Mania Vilboshvitz (1879-1961) imigrou em 1904. Casou-se com Israel Shohat. Foi um dos primeiros membros da organização Bar Giora, depois do Hashomer, que ela criou em 1909 para proteger estabelecimentos judaicos na Palestina. Efratia a conheceu na juventude. O filme de Amos Gitai *Berlim Jerusalém* conta sua história, assim como a da poeta alemã Else Lasker-Schüler.
2. Roteiro de *Berlim Jerusalé*m.
3. Amos Gitai pediu a Rifka Gitai e a Uri Fruchtmann que pesquisassem sobre Else Lasker-Schüler e Mania Shohat.

acidental. Como eu disse, suspeito que você tenha medo de ofender nossos "primos". Deus nos livre.

Alguns comentários e pequenos enganos:

Página 10: "As casas árabes em terrenos da colônia agrícola de Petach Tikva antes da primeira onda de imigração judaica". Não havia casas árabes lá. Era um terreno pantanoso. Creio que o lugar era referido como "vale da morte" em árabe. Ninguém seria capaz de viver lá, por causa da malária.

Página 13: "... não estou interessada em violência nem em força...". Seriam, supostamente, palavras ditas por Mania? Ela era uma militante revolucionária na Rússia e, de repente, vira um cordeirinho?

Página 14: se minha lembrança é correta, na versão de Uri,[1] Mania diz, sobre armas: "Vocês homens gostam delas como se fossem brinquedos". Isso parece ser algo que Mania diria? Como poderia?

Página 17: depois da descrição do pacifista, vai-se diretamente para o juramento do Hashomer, sem se compreender o que acontecera antes. Os atos de terrorismo dos árabes não são mencionados.

Página 19: no que concerne à aquisição de terras, em nenhum lugar se declara que a grande maioria era desabitada. Na verdade, diz-se o contrário na página 20, em que a mulher árabe reclama que suas terras lhe foram tomadas. Há uma cena semelhante em *Diário de campanha*. Até onde eu sei, numa houve essa "tomada de terras".

Página 41: Else encontra um iemenita gentil usando um turbante, o que parece ser totalmente impossível! Na época, os iemenitas só usavam solidéus bordados. Aqui, novamente, tenho a sensação de que é um erro tendencioso. Como ele é gentil, usa turbante, como se fosse uma mensagem sublimi-

---

1. Primeira versão baseada na pesquisa sobre Mania Shohat e Else Lasker-Schüler.

nar de que quem usa turbante é gentil. Claro que são pequenos detalhes, mas denotam certa postura.

Página 45: Else diz: "Não gosto de judeus". Ela com certeza disse isso em um ou outro momento, mas imagino que provavelmente também disse o contrário, porém isso nunca se faz ouvir.

Tenho também algumas reservas quanto à maneira como você apresenta o conflito entre De Haan[1] e Brit Shalom.[2] Uma faceta importante é ignorada. Em Jerusalém, na época, além dos religiosos, havia uma Brit Shalom menor, porém interessante e importante, um grupo de sionistas humanistas que era de certa forma bem diferente. Em nenhum lugar o roteiro menciona os amigos de seu avô, como Chaim Weizmann[3] e outros. Eles também tinham controvérsias com De Haan, mas o roteiro só mostra pessoas religiosas rezando, por um lado, e a Brit Shalom, por outro! Aliás, você sabe que membros da Brit Shalom foram assassinados por ativistas árabes[4] em Sheikh Jarrah quando estavam indo para a universidade, no monte Scopus.[5] E não foi a única vez que pessoas pacíficas foram assassinadas por terroristas.

---

1. Jacob Israel de Haan (1881-1924) foi um judeu assimilado, poeta e escritor holandês. Tornou-se ultraortodoxo e antissionista e foi assassinado em Jerusalém pela Haganá, devido a sua conexão com líderes árabes.

2. Brit Shalom (Aliança para a Paz) foi uma organização judaica fundada em 1926 por intelectuais como Martin Buber, Gershom Scholem e Judah Magnes. Apoiava a coexistência pacífica entre árabes e judeus, bem como a criação de um Estado binacional.

3. Cientista da Rússia, Chaim Weizmann (1874-1952) foi o primeiro presidente da Agência Judaica e chefiou a Organização Sionista. Em fevereiro de 1949, tornou-se o primeiro presidente de Israel.

4. Em 13 de abril de 1948, 78 judeus – professores da Universidade Hebraica, médicos e enfermeiros da Hadassa (uma organização de judeus americanos) e o diretor do Hospital Hadassa – foram mortos quando foi atacado o comboio em que estavam.

5. A Universidade Hebraica – a mais antiga de Israel –, no monte Scopus, foi inaugurada em 1925 na presença de Albert Einstein.

A manhã está cinzenta, ouço Brahms no programa "A voz da música". Isso aquece meu coração. Bem, é tudo o que tenho a dizer quanto às *Mitologias*.[1] Claro que espero, com todo o coração, que você "dê à luz" um filme lindo, interessante e crível. Lembro o vídeo da sua entrevista (nisso você é um mestre) com Nahum[2] em Kfar Guiladi. Devem ter restado mais alguns desses moicanos que desafiam o tempo.

Esta carta dá expressão a algumas "pedras" que ainda são um peso para mim e me afligem. Peço desculpas. Não quis magoar você, mas, como disse antes, é meu direito, como boa e amorosa mãe, ter um diálogo sincero com você.

Tenho algo a dizer também quanto a sua entrevista com Rami[3] no *Kolbo*.[4] Você responde a ele, dizendo: "Você se agarra a conceitos, o que não tem absolutamente nenhum interesse para mim". E Rami cita você literalmente: "O conteúdo de filmes é muito menos interessante que a questão de sua construção formal". Ele diz que ficou extremamente surpreso com essa declaração. De fato, foi surpreendente. Sei que a construção formal tem grande importância. Uma boa construção formal é vital para qualquer obra de arte, mas sua declaração de que, para você, conceitos não têm "absolutamente nenhum interesse" é uma surpresa. Além de ser falso! Na minha humilde opinião, o "conteúdo" de todos os seus filmes é realmente muito importante. Não fosse assim, eles não teriam tido tanto impacto, e tão significativo, em indivíduos que pensam e se preocupam com questões da humanidade e da sociedade.

---

1. *Mitologias da Terra Santa*: título inicial de *Berlim Jerusalém*.
2. Nahum Horovitz foi membro do Hashomer e do *kibutz* Kfar Guiladi, na Alta Galileia.
3. O jornalista e dramaturgo Rami Rosen.
4. Jornal semanal em Haifa, afiliado ao *Haaretz*, que abordava vida social, economia e cultura da região.

Quase toda obra merecedora de ser chamada de "arte" foi criada por artistas com uma irrefreável necessidade de expressar, construir e compartilhar conceitos e emoções, felizes e tristes, tanto do indivíduo como da sociedade. Sempre pensei, e gostei de pensar assim, que você não estava criando *"l'art pour l'art"*,[1] e sim que era um artista focado em conteúdos sérios. Até mesmo as esculturas de Michelangelo não teriam sido criadas se ele não sentisse profundamente o sofrimento da humanidade e a luta para alcançar a liberdade, o sublime e o "divino". Picasso é, primeira e principalmente, um artista político. Considere *Guernica*, assim como o modo como ele expressa as distorções da humanidade em sua interação com animais etc. Muito da Bíblia se baseia em conteúdo. Não poderia existir sem isso.

A literatura também se baseia em ideias. Preciso citar Dostoiévski, Kafka e... todos os grandes autores? Você sabe disso tão bem quanto eu, por isso fiquei muito surpresa com seus comentários. Gostaria que se explicasse. Creio que ambos, Marx e Freud, escreveram sobre a conexão entre forma e conteúdo. No próximo semestre irei à universidade para ouvir Nathan Zach falar sobre política e seu último livro.[2] Fico pensando no que ele diria quanto a essa questão. Espero que você não pense que estou apoiando algum tipo de arte militante e cheia de lemas. Mas sou a favor de conteúdo e de ideias, para mim a força motriz do processo criativo em todos os seus filmes: *Wadi dez anos depois*, *Wadi*, *Uma casa em Jerusalém*, *Diário de campanha*, *Abacaxi* e *Bangkok* – em todos eles, o "conteúdo" foi muito interessante. Se não fosse, não importaria o quanto a forma fosse interessante. Teriam tido muito menos impacto.

---

1. Efratia usou a expressão em francês que significa "arte pela arte".
2. *Kavei Avir* (Linhas Aéreas), que tratava da questão da morte na literatura hebraica moderna.

Acabei de me lembrar do poema de Brecht que você publicou naquela bela revista em que trabalhava quando estudava no Technion. Esqueci o título. Algo sobre trabalhadores e história.[1] Também não gostei da última parte da sua entrevista para Rami, quando você diz que na França finalmente compreenderam que a realidade não se mede por aquilo que Shimon Peres disse esta manhã e que eles não viram problema em transmitir em horário nobre uma longa entrevista com Godard... ou Marguerite Duras etc. Não entendo essas alegações. Para meu pesar, nossas emissoras transmitem pouco Shimon Peres e muito mais (ou melhor, transmitiam) as palavras de escritores e poetas. Você mesmo elogiou Shimon Peres mais de uma vez e apoiou muitas de suas decisões. E fiquei contente, porque ele está muito acima de outros políticos. Então por que você caiu em cima dele especificamente?

E, no fim da entrevista, o que você quis dizer quando mencionou que todos os movimentos sociais começam a se conspurcar e fazem o jogo dos que estão do outro lado do tabuleiro? Na televisão, vi primeiros-ministros e presidentes eleitos de outros países, França inclusive, determinarem o que é a "realidade". Na verdade, eles apresentam seus líderes – Mitterrand, Thatcher etc. – com muito mais frequência que nós apresentamos os nossos. O mais importante, como poderemos viver e criar em Israel, como podemos nos integrar se "conspurcamos" e atacarmos os outros a cada oportunidade? Estou certa de que você sabe que sou tudo menos conformista. Sou muito crítica e há muitas coisas que me incomodam e com as quais não concordo. Mas um homem inteligente como você, que ama seu povo e seu país e que está no auge de seu potencial criativo, deveria seguir certa linha quando fala em público.

---

1. "Perguntas de um trabalhador que lê".

Você e eu sabemos que o mundo está cheio de problemas. Muitos jovens bem-intencionados perderam o rumo. Não estou lhe dizendo para bajular e se curvar. Penso na profunda oposição psicológica da maioria dos israelenses (assim como dos judeus da diáspora) a toda forma de crítica. Há muitas razões para essa oposição – o Holocausto, 2 mil anos sonhando com o regresso à pátria etc. A ligação que temos com esta terra é quase maternal. Para nós, este país é como uma criança pequena, um bebê que finalmente tivemos após muita dor e sofrimento. Então vêm os "corações sangrando" e as "mentes afiadas" para desmoralizá-lo, dizer que é feio, um bebê chorão, sujo, e assim por diante. Não ria. Estou falando sério. A meu ver, esse bebê é lindo e perfeito. Alguns de seus vizinhos são muito piores.

Como contraponto a seu filme *Uma casa em Jerusalém*,[1] tem a história da "casa" de Yehudit Tahon e seu pai, membro da Brit Shalom, e seu marido Yeshaiahu,[2] amigo dos árabes que foi morto por árabes nos portões de Akko.[3] Seu filho Guidon, um "coração sangrando", que fora membro de um *kibutz*, prestes a terminar seu mestrado, projetava equipamentos para pessoas deficientes quando entrou no Exército. Foi morto no quinto dia da Guerra dos Seis Dias em Ramat Rachel. E

---

1. Documentário de Amos Gitai sobre uma casa em Jerusalém e seus moradores, no passado e no presente, palestinos e israelenses. Depois de ser abandonada por seu proprietário, um médico palestino, em 1948, o governo israelense se apropriou do imóvel, de acordo com a "lei de vacância". Foi alugada para um casal judeu argelino, depois adquirida por um professor israelense, que começou a reformá-la. Tendo como fundo essa reforma, vemos os antigos moradores, os operários, o novo proprietário e os vizinhos. Quando *Uma casa em Jerusalém* foi lançado na França, Serge Daney escreveu: "Gitai apresenta uma das coisas mais bonitas que uma câmera é capaz de capturar em tempo real: pessoas olhando para a mesma coisa, mas tendo visões diferentes. Extremamente tocante" (*Libération*, 1º de março, 1982).
2. Yeshaiahu Helvetz foi morto durante a guerra de 1948.
3. Saint-Jean-d'Acre.

Yehudit, que agora está doente. A família dos enlutados está ficando maior... É por isso que precisamos de grandes diretores. Não queremos comédias baratas, e sim filmes e peças de alta qualidade, que contenham os sacrifícios de Yehudit e seus amigos... O primeiro sangue a ser derramado foi o nosso. Lembre-se de Brenner[1] e seus companheiros etc.

Amos, meu querido, me perdoe por escrever uma carta tão longa. Espero que a leia, porque me custou grande esforço escrevê-la. Não tenho mais nada a dizer sobre esse assunto, que sei que é uma ferida aberta para você... Mas pense que tenho o direito de discordar de você. O que espero de você é uma resposta séria, sem ouvidos moucos ou desprezo pelo que eu disse.

Mamãe

============ **Efratia para Amos e Rivka** ============

Haifa,16 de fevereiro de 1985

Meus queridos,

Não sei por que estou demorando para escrever e finalizar esta carta. Os sentimentos que expresso aqui têm valor, mas talvez seja ingênuo da minha parte acreditar que tenham alguma ressonância em vocês. Seja como for, ponho-os no papel por amor a vocês e seus trabalhos, sua família e por seu futuro... A *yidishe mame* está muito preocupada. É isso.

Vocês não têm ideia de como o clima está instável. Esta semana tivemos *chamsin* durante alguns dias e de repente ficou muito frio, com vento e chuva. Ouvi no rádio que a

---

1. Nascido na Ucrânia em 1881, Yossef Haim Brenner foi um dos pioneiros da literatura hebraica moderna. Foi morto por árabes durante os tumultos em Jaffa, em 1º de maio de 1921.

Europa está atravessando um inverno muito rigoroso. Como estão vocês? O que está aprontando nossa radiante Keren? Passei o dia de ontem mergulhada nos jornais, lendo sobre todas as grandes dificuldades e a autopunição. Falam de "uma luz no fim do túnel". Quanto a isso, veremos...

Quero discutir outro trecho da entrevista para Rami. Você disse: "Para mim é óbvio, assim como para qualquer pessoa de mente aberta, que devemos reconhecer o direito dos palestinos a uma pátria independente". Eu me considero "mente aberta" e não vejo que isso seja tão óbvio, e não sou a única, Amos. Mesmo "pessoas de mente aberta" se opõem à criação de um Estado palestino independente na Margem Ocidental do Jordão. Existem vários motivos para isso. Há apenas dezoito anos, essa área pertencia a jordanianos e palestinos. Por que não criaram um Estado independente naquele momento? Não estavam sob ocupação israelense na época. Não parecia tão óbvio, então! Os cidadãos do Reino Haxemita[1] não exigiam territórios. Hoje, cerca de 60% (ou mais) dos jordanianos são palestinos de origem. Muitos acreditam que os palestinos têm uma "pátria independente", já que são a maioria na Jordânia. E umas poucas pessoas "de mente aberta", eu mesma entre elas, dizem que não há lugar para um terceiro Estado na estreita faixa entre Israel e a Jordânia, e que deveríamos devolver essa área à Jordânia, apesar de que, em 1967, eles nos atacaram, nos bombardearam e tentaram nos "jogar no mar". Para você, podem ser trivialidades, mas o fato é que a Carta Palestina[2] não foi revogada.

---

1. A Jordânia.
2. A Carta Palestina foi adotada em 1964 como a constituição da Organização para a Libertação da Palestina (OLP). Estabelecia que os palestinos eram os únicos que tinham direito à Palestina (Israel), definiam o sionismo como movimento ilegal de ocupação e apoiavam a ab-rogação do Estado de Israel com base no argumento de que o judaísmo é uma religião, não uma entidade.

Nem Uri Avneri nem Matti Peled[1] foram capazes de fazer com que fosse revogada. Algum país na história restituiu territórios conquistados a uma entidade cujo objetivo explícito é aniquiliar esse país? É por isso que Israel tem de se recusar a entregar território a Hawatmeh, Arafat e Abu Mussa.[2] Ezer Weizmann[3] fez recentemente algumas declarações sensatas e corajosas: "Estou pronto para me encontrar com Arafat em qualquer lugar, com a condição de que ele reconheça o Estado de Israel". Shem-Tov, Yariv[4] e o Ratz[5] disseram a mesma coisa. Ben-Gurion também fez declarações corajosas, mas até agora nada mudou, apesar dos poucos árabes que reconhecem nosso direito de ter um país nesta região.

Há quem alegue que, se os palestinos tiverem um Estado independente entre Israel e a Jordânia, isso será usado como base para a Frente de Rejeição,[6] que Abu Mussa e Arafat estarão em conflito com o khomeinistas etc. e que logo irromperá uma guerra civil, como a que está acontecendo no Líbano há vários anos, ou, pior, que as poucas pessoas razoáveis que

---

1. Em seguida à Guerra dos Seis Dias, o jornalista Uri Avneri (ver nota 1, p. 220) e o general Matityahu ("Matti") Peled defenderam, para melhorar as relações árabe-israelenses, o reconhecimento do povo palestino e da OLP, bem como a criação de um Estado palestino ao lado do Estado de Israel.
2. Abu Mussa liderou a Intifada do Fatah, que se cindiu do Fatah liderado por Yasser Arafat e da Frente Democrática pela Libertação da Palestina, liderada por Nayef Hawatmeh.
3. Ezer Weizmann era ministro sem pasta. Sobrinho de Chaim Weizmann (ver nota 3, p. 247) e ex-comandante da Força Aérea, foi ministro da Defesa. Tornou-se presidente de Israel em 1993.
4. Em 1974, Victor Shem-Tov e Aharon Yariv, ambos ministros no governo de Rabin, esboçaram uma proposta que permitiria a Israel negociar com qualquer organização palestina que reconhecesse o Estado de Israel e renunciasse ao uso da violência.
5. O Ratz (ver nota 4, p. 242) obteve cinco cadeiras na 11ª Knesset (julho de 1984).
6. Depois que a OLP aceitou a ideia da "Pequena Palestina" na Margem Ocidental e em Gaza, em 1974, formou-se a "Frente de Rejeição", apoiada por Estados árabes, e que fomentou a retomada do diálogo palestino-americano e, secretamente, do diálogo palestino-israelense.

ainda existem em Israel vão desaparecer. "Pessoas de mente aberta" veem essa solução como opção realista no contexto atual, deixando claramente entendido que, se a liga de Arafat ou o Estado jordano-palestino reconhecerem nosso direito de existir, obviamente vamos devolver os territórios (inclusive Taba)[1] e vai reinar a paz no Oriente Médio. Mas, por enquanto, a situação aqui é *zift*, e o obscurantista movimento nacionalista religioso está ganhando força... Deus nos livre. É um período crítico, mas é possível que "da força emane algo doce". A pressão americana sobre a Jordânia e sobre Arafat (por meio de Mubarak)[2] pode levar à rejeição da Carta e ao reconhecimento da Resolução 242. Esperemos que sim. Isso criaria, obviamente, uma rejeição por parte da nossa própria "Frente de Rejeição", o Gush Emunim,[3] Techya,[4] a ala direita do Likud etc. Uma frente ampla e agressiva. Basta. Lá fora chove muito e nuvens cobrem o céu.

O que tem o homem, senão esperança? Talvez também tenha de encontrar tempo para aproveitar a vida da maneira que lhe aprouver. Meus queridos Amos e Rivka, eu os amo muito. Vocês têm um tesouro radiante, e espero que ele infunda alegria em cada um de seus dias. Escrevam-me uma carta falando de Keren. Yehudit T. me contou que sua neta Tami, que é muito esperta, lhe disse: "Quando as crianças choram, é como quando os adultos gritam".

---

1. Localizada ao sul de Eilat, na fronteira entre Israel e a península do Sinai. Foi devolvida ao Egito em 1989.

2. Hosni Mubarak, presidente do Egito de 1981 a 2011.

3. "Bloco dos crentes" foi um grupo nacionalista religioso fundado em 1974. Seu objetivo primordial era aumentar o número de estabelecimentos judaicos na Judeia e na Samaria, na faixa de Gaza e nas colinas do Golã.

4. Partido ultranacionalista criado em 1979 por Gueula Cohen e dissidentes do Likud, que se opuseram aos acordos de Camp David e queriam conservar todos os territórios conquistados que estavam sob controle israelense. Foi dissolvido em 1992.

Guidon ainda não leva em conta minha opinião. Estou consciente da diferença geracional que existe entre nós... Sociedades e culturas só existem graças às pontes que as conectam a gerações anteriores... Cada geração tem sua mensagem para a próxima. Chama-se tradição. Não sou conservadora. Temos de ter e demonstrar compaixão não somente por nossos "primos", mas também por nossos pais, suas famílias e os amigos com os quais cresceram. Fomos ver Shlomo em Kiryat Bialik. Estava deitado em seu modesto apartamento, resignado à sua sina e orgulhoso de sua filha e seus familiares. Um homem que inspira respeito. Yigal e Vicky estão melhores. Preparando-se para uma ida a Eilat. É bom para eles. O homem tropeça sete vezes e depois se reergue. Temos de mobilizar nossa força mental para superar os obstáculos que a vida guarda para cada um de nós. Eu lhes desejo felicidade e boa saúde, meus queridos.

Fiquem fortes,

Sua Efratia

================= **Amos para Efratia** =================

Paris, 24 de agosto de 1985

Querida mãe,

Ficamos contentes ao ler suas impressões sobre a Baviera.[1] Ainda estamos curtindo Paris. Passamos algum tempo nos readaptando após voltar da Terra Santa. Depois passamos dois ou três fins de semana na floresta e no Château de Fontainebleau, cerca de cem quilômetros ao sul de Paris. Também fomos à Normandia. Suspeito que tenha-

---

1. Efratia frequentemente passava o verão na Europa. Tinha acabado de voltar da Alemanha, onde visitara sua neta Yael e Gunilla, em Tübingen.

mos gostado das mesmas coisas que você gostou na Baviera. A mistura de ponderação e inteligência na Velha Europa contrasta fortemente com o reluzente luxo, o incontrolável consumismo e a violência de um país de imigrantes.[1]

É bom estar em "outro lugar" por algum tempo. Lar dos *bons vivants*, a França é uma espécie de "outro lugar", um refúgio para os que rejeitam o pandemônio diário de amargos paradoxos no qual um povo inteligente como o dos judeus se deixou envolver em seu desejo de criar uma sociedade modelo. É interessante o que Nathan Zach diz sobre como a literatura se concentra no heroico e no ideológico enquanto negligencia a trama e a história, ou, para usar as palavras dele, "o novo homem, o homem são". Esse ideal que prospera na cultura israelense de imigrantes está "gravemente enfermo", o que provoca a pergunta: não é quase a ideia nietzschiana de criar um "novo" e "são" judeu problemático (Brenner?) em si mesmo?

Ester[2] está indo bem. A fase de edição geralmente é bem prazerosa. Não é preciso dirigir cinquenta pessoas, o que pode ser agradável, mas também problemático. Tudo já foi filmado e só resta editar.

Rivka está inflando. O próximo descendente chegará em um mês. Esperemos que tudo corra bem com ele e sua mãe. Keren está realmente gostando da creche.[3] Lá ela fala francês; em casa, hebraico.

Nossos melhores votos em seu aniversário. Que viva até 120 anos feliz e em boa saúde.

Feliz Ano-novo,

Amos, Rivka e Keren

---

1. Referência a Israel.
2. *Ester*, primeiro filme ficcional de Amos Gitai, se baseia na história bíblica de Ester.
3. Gribouille, creche particular em Paris, no 11º arrondissement.

Efratia para Amos e Rivka

Haifa, 19 de junho de 1986

Olá, queridos Amos e Rivka,

Como se diz, "tudo passa, tudo quebra", mesmo as coisas boas. Estou pensando em minha bem-sucedida viagem a Cannes e minha estada em Paris e na Normandia. Foi tão extraordinário. Amos, quando você insistiu que eu fosse, nunca pensei que eu pudesse sentir novamente tanto prazer. Lembro-me desses lindos dias em Cannes e me pergunto o que me "iluminou", me sacudiu, me elevou. Euforia interior. Foi o que senti dentro de mim: o filme de seu filho, cujo talento o levou ao topo, apresentado no festival, e você, você é apenas uma mulher idosa, alegre por assistir a esse evento e vê-lo alcançar esse topo.

Sinto também satisfação "íntima" por ainda ser capaz de sentir prazer não só como uma *yidishe mame* (que tenho orgulho de ser), mas como ser humano que gosta de multidões jubilosas, uma abundância de cores e formas, uma beleza tão tocante, a paisagem, nosso mar – o Mediterrâneo sem guerras agora –, seus navios, suas barcaças, a água e o céu e, é claro, nosso "palácio"[1] pendurado numa montanha.

As pequenas coisas foram fonte de felicidade para mim: nossa volta de Cannes, à noite, amontoados num pequeno carro, alegres, Amos cantando. Uri e as duas mulheres, a velha e a bela, exaustas. Foi tão divertido.

Cena dois: em Paris, a neta Keren dança na cama... com energia, com *joie de vivre*, uma futura atriz, quem sabe? E o pequenino que só sabe falar por meio de riso e de lágrimas: tão maravilhoso, e Rivka e Amos, que graça. Toda avó tem um relacionamento especial com cada um de seus netos.

---

1. Referência ao hotel no qual Efratia se hospedou em Cannes.

Pode ser uma forma aleatória, mas isso pouco importa; é algo muito animal, humano, renovação e continuidade. Porém creio que estou sendo objetiva ao estar orgulhosa e feliz, *toc, toc, toc*! Keren, a radiante, e Ben Ori, o luminoso.[1]

Que espetáculo! Como poderei esquecer Keren dançando como uma artista e saindo do sério em sua cama; que fonte de vida, que *joie de vivre*! Ninguém a ensinou a dançar assim. Veio de dentro.

E o fofo e engraçado pequeno Ben Ori, que ainda não sabe nada... Se esse querido pudesse falar e dizer por que chora... O que estão escondendo esses olhos azul-claros? Espero que sua aura seja tão radiante quanto seu rosto.

Efratia

=== **Efratia para Amos e Rivka** ===

Haifa, 20 de junho de 1986

O aniversário de Keren se aproxima, *many, many happy returns*.[2]

Comprem para ela um belo presente em Paris, algo que ela use. Eu reembolsarei. Tudo bem? A vida continua, ou pelo menos o espetáculo continua. Que continue belo e interessante.

Feliz aniversário para sua filha mais velha, a linda pequena Keren, tão boa e reluzente. Keren, minha amada neta!

E parabéns por ter defendido sua tese de doutorado, Amos! Já estou preparando minha roupa para a nossa come-

---

1. *Or* significa "luz" em hebraico, mas para Efratia também se refere a Uri (que seria "minha luz"), primeiro "arquiteto" mencionado na Bíblia (Êxodo, 31:2 e 35:30).
2. Efratia emprega a expressão em inglês no texto original em hebraico; é uma saudação comum em inglês, equivalente a feliz aniversário, algo como "feliz novo ano", "feliz recomeço".

moração. Agora é a vez de Rivka trabalhar em seu doutorado.[1] Maravilhoso!

Não estou fazendo muita coisa, por causa dos meus problemas de saúde. Envelhecer não é fácil. Ficar mais velha não tem a ver com idade, é verdade, mas minha vista está indo embora... Claro, tudo é relativo. É um processo natural que tem algumas vantagens, mas viver consome agora mais tempo e mais energia. E assim mesmo não desistimos. A vida ainda tem sabor. A universidade é meu bote salva-vidas. É uma pena não ter me graduado quando era mais moça, como vocês fizeram, meus queridos.

Dentro de duas horas irei até a Universidade. A. B. Yehoshua vai dar uma conferência sobre Yehudit Hendel, cujo último livro acabou de ser publicado.[2] Está sendo muito falado. Entrevistas na televisão, no rádio e nos jornais. Eu li o livro. Tem algumas partes muito boas, como a que trata de Itzik Manger,[3] ou uma sobre o ator maluco que vendia salsichas em Tel Aviv, ou sobre Mairovitch e seus quadros. Vários excertos foram publicados nos jornais. É bom ver uma mulher ter sucesso.

Estou lendo *A dinâmica da criação*, de Anthony Storr. Fala sobre Freud, Jung e pintores, escritores etc. É interessante. Estou ansiosa por ouvir o que A. B. Yehoshua teria a dizer sobre ele.

Cuidem-se.

Fiquem bem.

Sua, Efratia

---

1. *La Littérature hébraïque, sa place dans la formation des institutions sociales et son rôle dans la création d'une identité collective, à travers les thèmes de l'Exil et de la Rédemption* [O papel da literatura hebraica e a questão do exílio e da redenção no desenvolvimento das instituições sociais e na criação de uma identidade coletiva], tese apresentada em 9 de janeiro de 2001.
2. *Hakoach Ha'acher* (A outra força, 1984), romance autobiográfico de Yehudit Hendel (ver nota 3, p. 219) sobre a relação entre arte e literatura.
3. Poeta na língua ídiche, dramaturgo e escritor, Itzik Manger (1901-69), nascido na Romênia, foi figura de liderança na cultura judaica.

===== **Efratia para Amos e Rivka** =====

14 de março de 1987

Olá, queridíssimos Amos e Rivka,

Vocês devem saber que também eu gosto de escrever cartas. Consegui manter distância do telefone: um meio de comunicação no qual tudo espoca como bolhas de sabão e cintila, mas não deixa rastro – o telefone controla tudo e nos invade. É um fato. De qualquer maneira, ainda estou ligada ao meu amor de juventude: gosto de escrever e de ler belas cartas. Sempre podemos expressar o que acontece entre as dobras do pensamento, as sensações que atravessam cada computador íntimo e pessoal, essa "caixa trancada" de cores mutantes!

Hoje chove muito e sopra um vento frio. Saí para um passeio, sozinha como de costume. Desci a rua Keller, a rua Lotus, ao longo dos prédios – que, lamento dizer, não são muito bonitos, mas o mar surge e redime a feiura: que belas "janelas", toques de cinza, delicadas nuances, às vezes azuladas, às vezes mosqueadas de vivos prateados... Descendo a Kidron perto da rua Margalit... fui em direção a uma casa abandonada cujos moradores eu conhecia. Estão mortos, um casal abastado... Tinham uma sebe que ainda floresce: milhares de pequenas flores púrpura em tufos compactos, tremulando, seduzindo aqueles que, como eu, passam com olhos ávidos. Colhi algumas braçadas e as levei para casa. Coloquei em tigelas rasas, com crisântemos amarelos: uma verdadeira festa para os olhos!

Feliz Purim! Hoje é a festa de Ester.[1] E o aniversário de minha mãe, Esther, uma mulher admirável e nobre que nunca esquecerei, sobre cuja morte Gamzu me escreveu uma

---

1. Véspera da festa de Purim.

carta,[1] a qual achei depois de procurar entre as centenas que estão me "esperando" para que eu cumpra minha promessa de ordená-las e organizá-las! Mas sempre aparece uma tarefa urgente que me impede de fazer isso. Elas representam uma "crônica" da minha família, minha juventude, meu diálogo com amigos, amantes, meus pais, Munio, de abençoada memória, Guidon e Raiku, Gunilla e vocês dois, Amos e Rivka, meus queridos parisienses, que tenham longa vida.

Afinal de contas, o que fui capaz de realizar é limitado. Estou consciente disso, mas o que fazer? A vida em cores já passou; agora vem a velhice: tenho problemas de visão; a pele murcha, crestada pelo sol, e varizes. Paro por aqui. Pensando bem, minha velhice é bem prazerosa. Meu desejo, se não minha sede de vida, permanece, e ainda posso curtir as cores do arco-íris. Mantenho na íntegra minha capacidade de pensar e me comunicar com os outros, especialmente quando tenho interesse nisso. Mais importante, sinto serenidade e satisfação com a ideia de que Guidon e Raiku, Gunilla e Yael, Amos, Rivka, Keren e Ben Ori – todos vocês – conseguiram construir sua existência sobre boas e belas fundações, por mais diferentes que elas possam ser. Claro, algumas são fora do comum, mas, considerando tudo, devo dizer que estou feliz com a continuação da linha de descendentes.

—

Meus queridos, passaram-se quinze dias desde que escrevi essas primeiras duas páginas. Eu as reli. São bonitas. Eu estava inspirada, parece. Agora, algumas questões práticas: espero que nossa adorável Keren goste do vestido vermelho e que o tamanho esteja certo. Foi difícil encontrá-lo, pois o país está inundado de roupas de criança muito feias: de um

1. 10 de janeiro de 1958, ver p. 159.

kitsch absoluto, lamento dizer. Como vocês devem lembrar, sou daquelas pessoas que pensam haver uma conexão entre a estética e o status existencial de uma sociedade, e até mesmo a alma humana. Não riam!

Então, sim, "belas roupas" são acessórios totalmente necessários. Mas cada um tem sua própria definição do que é belo... Gosto de dar presentes bonitos e acredito que as roupas que comprei para vocês em Helsinque eram bonitas. Presentes são expressão de amor aos outros. Herdei essa ideia dos meus pais, sem excessos, é claro... Também acho que são presentes as cartas e os cartões nos quais dedicamos tempo para compartilhar algo que é sério. Aqui, Amos, devolvo a você o cumprimento: guardo como um tesouro suas cartas antigas, assim como seus maravilhosos cartões-postais do Japão.[1] Seu conteúdo aquece minha velha alma. Obrigada.

—

Estou anexando alguns recortes de jornal sobre o cinema israelense. Talvez possam interessar. Ainda estou pensando em seus filmes, Amos, inclusive quanto aos aspectos práticos, o orçamento de produção etc. Mas vou falar mais sobre isso em outra ocasião. Seja como for, eu lhe desejo o melhor, Amos. Desejo-lhe todas as forças mentais e criativas de que precisar e que faça um trabalho bom e produtivo e também muitos anos de felicidade. Você também, Rivka. Nunca duvidei de sua promessa. O mais importante é que esteja bem e nunca esqueça o meu lema: o que mais importa é uma boa saúde e... o penteado!

Feliz Pessach, que comemoremos a liberdade – ah, se pudéssemos nos livrar dos políticos do Heirut! Mas eles

---

1. Para onde Amos Gitai viajou para filmar *Brand New Day*, documentário que registra a turnê japonesa de Annie Lennox e o Eurythmics.

crescem e se multiplicam; ficam mais gordos e mais confiantes. Para o Seder, talvez eu vá ao *kibutz* Merchavia com os Heruti; se não for, farei a refeição tradicional sozinha, assistindo televisão em meu belo apartamento.

A cada um seu destino. Temos de arcar com os fardos da vida, e a minha é feliz, *bli ayin hará*. Falei bastante sobre mim mesma. Agora preciso correr à agência do correio porque se aproxima o aniversário da radiante Keren e tenho de escrever para ela também.

Então, feliz Pessach! Um grande alô a Uri e Nurith,[1] e à devotada Meme.[2]

Sua,
Mamãe – vovó

Efratia

====== **Efratia para Amos e Rivka** ======

26 de dezembro de 1988

Olá, meus queridos Amos e Rivka,

Estou sentada na varanda que dá para o Mediterrâneo, depois de passear durante uma hora. Tento ter um vislumbre do mar perdido. Escondeu-o todo o desenvolvimento, esse desenvolvimento estúpido e despido de qualquer talento.

Muito tempo atrás, Munio estava preparando um texto para uma conferência em alemão – que traduzi – sobre o trecho final de uma rua e o que se avistava daquele ponto (mais ou menos). Hoje eu estava tentando ver o mar além do monte Carmelo, mas não o encontrei.

---

1. Nurith Aviv foi a primeira mulher diretora de fotografia na França; trabalhou com Agnès Varda, Jacques Doillon, René Allio e Amos Gitai, entre outros.
2. Suzette Uzan, babá de Keren e de Ben Ori, judia sefardita de origem tunisiana.

Amos e Keren nos jardins de Fontainebleau, 1987.

Seja como for, meu humor está sombrio. É difícil prever e evitar a queda, o colapso. Claro, por natureza, nunca fui feliz. A expressão "vai ficar tudo bem" me deixa toda encolhida, e eu constantemente resmungo e reclamo quando falo com você, Amos. Você diz que exagero em minhas reações, mas não exagero. Você dispõe de meios muito mais efetivos para se expressar do que eu disponho. Em seus filmes, você usa seu talento para expressar, demonstrar e lançar luz sobre a degeneração. Quanto a mim, estou velha e não tenho mais força para firmar uma posição. Só resta a frustração. Nem em meus piores pesadelos (e não sonho com frequência) imaginei que nossa sociedade iria se degenerar tanto. Não sou a única que tem essa opinião. Somos muitos. Rachel Lazarowitz[1] me contou que não tem conseguido dormir

---

1. Tia materna de Rivka Gitai, Rachel Hertz-Lazarowitz foi professora de psicologia social e educacional na Universidade de Haifa.

desde as eleições.[1] Toda essa submissão aos ortodoxos é tão intolerável que ela está perdendo o sono. Tudo o que é belo em nossa religião está sendo posto de lado. É terrível! Vejo suas estratégias quando assisto televisão, todo dia!

Há neste governo onze ministros do Likud e onze do Partido Trabalhista. Aqui temos um equilíbrio, porém não podemos ignorar os cinco do Mafdal,[2] os cinco do Shas[3] e os cinco do Agudat Israel.[4] São quinze ministros que sempre vão se aliar aos do Likud! O Partido Trabalhista corre o risco de ser totalmente ineficaz. Alguns de seus ministros vão se encolher, e o partido vai perder tudo o que lhe resta de uma identidade social-democrata. Já vimos processos semelhantes se desenrolarem na Europa. Mas ainda existem alguns partidos social-democratas. Claro que não são muitos, mas sua identidade e essência são invejáveis. Aqui a maioria dos especialistas acha que o Partido Trabalhista é um navio afundando. O fim está próximo. Apesar de todo respeito que

---

1. Como em 1984, a 12ª Knesset estava dividida entre o Likud e o Partido Trabalhista. Um segundo governo de união nacional tinha sido formado, liderado por Yitzhak Shamir, tendo Rabin como ministro da Defesa e Peres como ministro das Finanças.

2. O Mafdal (Partido Religioso Nacional) foi criado em 1956 pela fusão do Mizrachi com a ala trabalhista do Hapoel Hamizrachi. Depois da Guerra dos Seis Dias, ele se opôs à retirada israelense dos territórios ocupados e manteve sua aliança com os trabalhadores. No entanto, surgiu rapidamente outra facção, formada por jovens e que tinha como ideal uma Grande Israel. A partir de 1977 o Mafdal se alinhou com governos de direita.

3. Partido Ortodoxo Sefardita, criado em 1984 para promover um financiamento equitativo de organizações educacionais sefarditas, em resposta à discriminação que os judeus orientais sentiam por parte das elites asquenazitas desde a criação de Israel.

4. O Agudat Israel foi fundado em 1912 em Katowice (hoje Polônia, mas na época era parte do Império Russo) por grupos de rabinos ortodoxos no seio da comunidade ortodoxa asquenazita. Em 1983, entrou no governo de Yitzhak Shamir e desde então frequentemente participa de coalizões governamentais. Em 1984, religiosos sefarditas deixaram o Agudat Israel, onde eram uma pequena minoria e tinham pouca influência, e fundaram o Shas.

Efratia, Keren e Bem, em Haifa, 1989.

tenho por Shulamit Aloni[1] (cujo discurso foi excepcional), será que o Ratz, o Mapam e Shinui[2] terão força suficiente para salvar o navio? Para resumir, as pessoas estão sendo enganadas. Estão na ponta da corda (nem podem mais comprar bilhetes de loteria). Triste. Mas existem alguns pequenos consolos. Exatamente esta manhã na Knesset, numa votação secreta, foi eleito o presidente do grupo. Chaim Ramon[3] derrotou David Libai,[4] que foi apoiado por Shimon Peres. Aguentem firme e sejam fortes.

Abraços,

Efratia

=============== **Efratia para Amos e Rivka** ===============

Helsinque, na ilha de Raija e Guidon,
28 de agosto de 1990

Meus queridos, meus filhos,

Hoje fiquei mais velha. Mais um ano no grande livro-razão da vida! Raija e Guidon fizeram uma bela surpresa para meu aniversário. Ontem, Amos e Rivka me ligaram de Paris. Todos juntos, em coro, meus adoráveis netos me disseram: "Que viva até os 120!". Graças a Deus o "computador" chegou até tão longe...

---

1. Nascida em 1928, Shulamit Aloni foi acadêmica da área jurídica, fundadora do Ratz e líder do Meretz, além de ministra da Educação (1992-93).
2. Partido secular liberal fundado em 1974 por Amnon Rubinstein para fortalecer o centro e promover uma política social e econômica progressista. Obteve quinze cadeiras nas eleições de 1977. Em 1992, uniu-se ao Ratz e ao Mapam para criar o novo Meretz, que representava os que desejavam um acordo de paz com os palestinos.
3. Chaim Ramon, líder do Partido Trabalhista, era membro da Knesset na época.
4. O advogado David Libai representava o Partido Trabalhista na Knesset.

Estou sentada num banco de madeira na ilha[1] – nunca me canso desse local à beira-mar, tão bonito e tranquilo. O sol se esconde atrás de uma grande nuvem negra que parece um cão deitado, com raios de luz dourados despontando de cada lado de seu focinho. A meu lado, orgulhosas e inabaláveis árvores, álamos e bétulas. Lembro-me da minha infância em Malakhovka... Mais sobre esse assunto em outro momento... Um jovem pinheiro cresce à beira d'água. Como conseguiu crescer tão perto dessas águas que se agitam tanto no inverno? Vocês não têm medo?

E esses finlandeses que me espantam e pelos quais minha curiosidade é incessante. Que calma, que silêncio, nenhum som de vozes, só o ruído de passos a todo momento, casais caminhando ou correndo, famílias andando de bicicleta ou aquela menininha de cachos louros dando mais uma volta de bicicleta antes de se recolher para a noite... O sol está à mostra novamente. Uma mulher corre, vestida com uma roupa de *jogging*. Seu cabelo louro preso num rabo de cavalo sacode para cima e para baixo... E agora um homem caminha vigorosamente, empurrando um carrinho de bebê. E mais bicicletas, e mais um homem caminhando... O sol voltou a ficar encoberto e os raios dourados que ele lançava na água desapareceram. Um último murmúrio antes de ir dormir.

São 21h03. Não mencionei os transeuntes nem o grande cão preso numa correia e outros menores e não tão ameaçadores.

Na água, a apenas alguns passos de onde estou, há todo tipo de barco pequeno. Cerca de uma hora atrás, um casal idoso entrou num bote a remo. A mulher usava um chapéu engraçado. Tudo isso é real. Ninguém presta muita atenção em você. Você pode ficar sentada escrevendo e ninguém vai olhar. As pessoas aqui respeitam seu direito de ficar sozinho,

---

1. Ilha na costa de Helsinque, aonde Efratia gostava de ir com Guidon e Raija.

Efratia com seu filho Gideon, sua nora Raiku, numa ilha na costa de Helsinque, 1990.

o que é delicioso. Agora um casal vem em minha direção. O homem empurra um carrinho e está acompanhado de um cão. O cão passa direto por meu banco com a língua pendente, mas não parece agressivo nem ameaçador...

O sol ainda não se pôs. Reaparece atrás de uma nuvem que tem o aspecto de um grande cão amarelo. Chega mais perto e, em seu declinar na vastidão, espalha algumas cintilações na superfície da água. E, sim, em volta da baía tudo é verde. Muitas árvores, uma floresta circunda tudo. Está escurecendo, a água está tranquila, tranquila... Que beleza! Que paz divina.

De vez em quando um cão late numa casa atrás de mim. Os corvos aparecem nas árvores ao alvorecer. Quando caminhava, vi um sabiá bicando a grama. A cabeça e o corpo eram cinzentos, como o de um franguinho jovem. Vi também um esquilinho fofo.

O sol se pôs. Foi um aniversário feliz. Já são dez dias...

—

30 de agosto, 10h30. um novo dia, o sol brilha, e o mar está diferente, mudou. Não mais branco, mas cinza, um pouco esquizofrênico, azul como o céu, cinza-azulado perto da costa. Uma gaivota paira lá em cima. O mar respinga reflexos iridescentes. A beleza de tudo isso... Hoje meu banco está ao sol (é engraçado, Efratia buscando um lugar ao sol como fazem os finlandeses: quando não estão caminhando, procuram um lugar ao sol, como lagartos). Hoje deparei com alguma bagunça, coisa rara nesta cidade: um monte de ferro-velho...

Efratia

Efratia para Yehudit Sinai[1]

Haifa, 27 de outubro de 1991

Queridíssima Yehudit!

Antes da minha viagem, você me pediu que entrasse em contato você quando voltasse. Bem, aqui estou e, como dizem as crianças, cansada, mas feliz, de verdade. Foi um olhar de relance à União Soviética, em especial Moscou.[2] Pude observar o que frequentemente lia e ouvia: a economia chegou ao fundo do poço. Viajei com Guidon de Helsinque a Moscou num trem soviético medieval... As paisagens que vi pela janela eram deprimentes. Aquelas planícies, que tinham se estendido ante os exércitos de Napoleão e aquelas ruínas – que amaldiçoaram Hitler! Agora, novamente, vi barracos e cabanas, colcozes e bétulas desfolhadas. Tudo isso me fez pensar na peça de Beckett *Esperando Godot*. Aqui também, ele está esperando há muito tempo! Mas duas coisas me aqueceram o coração: o Kremlin, uma verdadeira festa! Estruturas magníficas, formas arquitetônicas perfeitas, aquelas cores. Por vezes pensei que estava alucinando. A realidade se metamorfoseando num sonho... A segunda coisa foi uma surpresa: as longas e extremamente ordenadas filas. Pessoas bem-vestidas, elegantes, de aparência triste. E que silêncio. As pessoas que encontrávamos inspiravam respeito e demonstravam dignidade.

Amos estava conosco. Estava explorando a ideia de fazer um filme.[3] Doze de seus filmes estavam sendo apresentados numa sala superlotada do Museu Soviético do Cinema. Fui a duas sessões e fiquei fascinada com as perguntas dos

---

1. Bióloga e grande amiga de Efratia.
2. Efratia e Rivka acompanharam Amos a Moscou para a retrospectiva de seus filmes no Museu do Cinema e no Arquivo de Eisenstein.
3. *Golem, o jardim das pedras*, 1993.

espectadores após a exibição. Cada vez o diálogo demorava uma hora e meia, fiquei impressionada com o alto nível intelectual, não do meu filho, mas do que estou acostumada, do público. Sem que essa minha impressão fosse baseada num estudo científico, o que me impressionou foi o nível da educação: livros de literatura são mercadorias muito valorizadas. Claro, também nos encontramos com alguns judeus. Amos fez um pronunciamento num grande evento em memória das vítimas de Babi Yar.[1]

Na volta, visitamos a magnífica Roma. Um cenário totalmente diferente. Jantar com diretores famosos... E, é claro, afogados numa maré humana visitamos os museus do Vaticano, a Capela Sistina, que eu não via há cinquenta anos. Ainda é inesquecível.

E esta noite em casa: um evento histórico![2] Vamos manter a esperança. A vida merece ser vivida em sua completude antes que chegue a escuridão; não vai demorar, para uma mulher velha como eu.

Penso constantemente na geração jovem e me preocupo. Você e suas garotas são parte deste meu círculo. Espero que estejam bem.

Um caloroso abraço,

Shalom,

Sua Efratia

---

1. Comemoração realizada em Kiev no 50° aniversário do massacre, ocorrido em setembro de 1941, de cerca de 100 mil civis, muitos deles judeus, pelos nazistas.
2. Naquela noite, Efratia soube que Amos ia filmar *A guerra dos filhos da luz contra os filhos das trevas*, em Gibellina, na Sicília. (Ver nota 3, p. 90.)

Efratia para Amos

Haifa, 11 de outubro de 1994

Meu querido Amos,

Lembro minha infância, minha juventude; tão belas nas areias douradas da pequena Tel Aviv. Isso me vem por meio de alguns capítulos do romance de Yaakov Shabtai, *Passado contínuo*.[1] Tantas memórias de sonhos de amor naquelas dunas, ainda que com a idade eles fiquem mais modestos que durante a juventude. Tantas lutas, adversidades, estudos intermitentes... e uma sensação de distanciamento, de lacunas, sobretudo de "sonhos frustrados", uma frustração que pressiona e pressiona... E o que vai ser?

Quanto ao que você mencionou, que eu vá para outro país, às vezes considero essa ideia, mas para onde? Na juventude, depois do *kibutz*, estudei em Viena, depois em Berlim, entre 1930 e 1932. Deixei o provincianismo para trás e foi inspirador, mas agora? Londres, talvez. Em 1960 passei o ano na London School of Economics. Amei aquela cidade chuvosa e amei estar sozinha: esse esplêndido isolamento foi desafiador, mas também apaixonante e estimulante. E os outros estudantes eram como filhos, não tinham medo de se contaminar com minha velhice... Mas voltar para lá? Não. Londres e os ingleses já não são como eram, exceto o teatro, cuja memória continua a me espicaçar. Joyce e Beckett. Paris tem "algo"... Eu gostaria de circular pelo Pompidou, meus olhos nadariam nos chafarizes espumantes, e, é claro, eu mergulharia na escada rolante junto com aquele desfile de humanos. Não ia deixar de lado os impressionistas! Eu amo, amo o impressionismo, cada vez mais que da útima! Mas ficaria muda nessa cidade, porque não falo francês, nenhuma palavra!

---

1. Adaptado por Amos Gitai com o título *Coisas,* em 1995.

E por que não Berkeley? É um lugar magnífico: a paisagem, as vistas, melhor até que Haifa, a cidade em que vivo. Tenho amigos judeus lá – muito mais humanos do que muitos israelenses. Mas eles também dizem que Berkeley, onde passei duas semanas seis anos atrás, não é mais o que era. Los Angeles está sob a sombra invasiva projetada pela Sunset Boulevard! Não, não consigo ver outro lugar onde me instalar. Mas, afinal, há muitas coisas que fazem a vida ser boa em Israel hoje em dia: o belo monte Carmelo, a beira-mar e o calçadão, que é tão magnífico ao anoitecer; Bat Galim, a praia Dado, crepúsculos esplêndidos. E a universidade, onde fiz os cursos com Nathan Zach, A. B. Yehoshua e, sobretudo, com o excelente Guidon Efrat.[1] E os teatros em Haifa e em Jerusalém. E a música e os poucos amigos que restam. Sabemos o que é amizade. Para mim, estão enterradas aqui pessoas da geração da Segunda Aliá e meus pais, que nunca esquecerei e que sempre amarei! Aqui estão enterrados meus melhores amigos, meu marido, o arquiteto, e muitos outros... Não visito cemitérios. Para mim, nada de ossos secos e ocos. Minhas memórias estão ligadas a este lugar, e é difícil erradicá-las. Só algumas escapadas para o exterior, depois o retorno. Para mim, com certeza não existe outro lugar, mas uma preocupação me corrói: o que vai acontecer com vocês, os jovens, carne da nossa carne, vocês que ficam e vivem o sonho frustrado? Será que vão vencer essa escuridão que está nos envolvendo?

Estejam bem,

Mamãe

---

1. Historiador da arte israelense.

Efratia no terraço de seu apartamento em Haifa, 1994.

GLOSSÁRIO

AHSAHN: em árabe, interjeição com sentido positivo, "está bem".

ALEVAI VIDER NICHT SHLECHTER: em ídiche, literalmente, "tomara que não fique pior do que isso", mas também "vamos sobreviver".

ALLAH BAAREF: em árabe, "só Deus sabe".

ALLES MIT SILBER LÖFTEL: em alemão, "tudo tem a ver com prata", "com dinheiro".

ALTE KASHE: em ídiche, "velhas perguntas", "velho dilema".

BLI AYIN HARÁ: em hebraico, expressão que manifesta o desejo de repelir o mau-olhado, similar a "bater na madeira".

BLITZ LEITER: em alemão, "breves lampejos".

BRIT MILÁ: circuncisão dos recém-nascidos na cultura judaica.

CHAMSIN: vento quente, seco e arenoso que atinge o Egito e Israel e causa muito desconforto; o termo deriva da palavra árabe "cinquenta", porque no Egito o fenômeno dura esse número de dias durante a primavera; em Israel, ocorre no outono e na primavera.

CHAMULA: em árabe, "clã familiar", formado por vários núcleos (por exemplo, irmãos e suas respectivas famílias – cônjuge, filhos, netos).

CHANUKÁ: a festa das luzes, que comemora o triunfo dos macabeus sobre as tropas do monarca greco-sírio Antíoco IV em 165 a.C. e a reinauguração (o significado literal do termo) do Templo Sagrado de Jerusalém. Durante a ocupação grega, rituais pagãos haviam sido impostos aos moradores, e o Templo fora violado. Com a vitória dos macabeus, o local foi novamente consagrado, e a menorá (candelabro com sete braços), acesa com a última ânfora de azeite purificado pelo sacerdote encontrada ali, cujo líquido só seria suficiente para uma noite; milagrosamente, durou oito dias, dando tempo para que mais azeite fosse produzido; por isso, a festividade se estende por esse período, e a cada noite se acende uma vela (uma na primeira noite, uma outra na segunda etc., até que todas as velas do candelabro estejam acesas) para recordar o ocorrido.

CHAZAK VEEMATS: em hebraico, "força e coragem"; cumprimento entre membros do movimento juvenil Hashomer Hatsair.

EIN STRICH DURCH DIE RECHNUNG: em alemão, "seguir em frente", "recomeçar".

FREUDENSCHAFT: em alemão, "amizade".

GANTSER MENSCH, A: em ídiche, literalmente "um homem completo". No contexto da carta em que é citada, Efratia se refere ao filho pequeno, que lhe parece "um verdadeiro homenzinho" ao aprender a ficar em pé e usar sapatos e calça.

GEDDA: em árabe, "incrivelmente forte".

GMAR CHATIMÁ TOVÁ: entre as datas de ROSH HASHANÁ e YOM KIPUR é comum que as pessoas troquem a saudação *Leshaná tová tikatevu vetichatemu*, "Que (no Livro da Vida) esteja inscrito e selado que você tenha um bom ano". No Yom Kipur, que finaliza o período, dizer *Gmar chatimá tová* reforça o desejo de que esses votos se confirmem.

HAIÁ KEF: em hebraico, "que divertido!".

HORA: dança de roda típica dos pioneiros em Erets Israel e dos movimentos juvenis judaicos.

IMALE: em hebraico, "mãezinha".

KEN: em hebraico, "ninho"; no contexto dos movimentos juvenis sionistas, era como os jovens se referiam ao próprio grupo e às instalações da sede.

KIBUTZ, KIBUTZIM (plural): comunidades com orientação socialista, em que predominam atividades agrícolas, socialização dos bens e meios de produção, igualdade social e excelência no sistema educacional; seu ideal, nos primórdios da colonização judaica na Palestina, era construir uma nação própria calcada nos esforços comunitários.

KIBUTZNIKS: moradores de *kibutz*.

KIF HALEK: em árabe, "como vai?".

KYRIA, KYRIOT (plural): em hebraico, "cidade".

MA'ALESH: em árabe, "não faz mal", "fazer o quê?", "está bem".

MABSUT, MABSUTIM (plural): em árabe, "satisfeito", "contente".

MAN AT ZOH HABISHUL HOIS GESEREIN: em ídiche, "e os maridos também deixaram os fogões" (ver p. 106).

MEIDELE: em ídiche, "menina, garota".

MOISHE GROISSE: em ídiche, "rude, grosseirão".

MOSHAVOT: em hebraico, "colônias, aldeias".

PEKELACH: em ídiche, literalmente "pacotinhos, pequenos embrulhos", em geral com doces para distribuir em situações festivas; conforme o contexto, pode também significar "pequenas preocupações, complicações".

PESSACH: literalmente, "o ato de pular, de passar por cima de algo", é a festa da libertação dos judeus da escravidão no Egito. As comemorações duram oito dias no início da primavera conforme o calendário hebraico e envolvem um conjunto de ritos simbólicos, entre eles o SEDER.

PUCHTE YIDISHE MAMES: em ídiche, "simples mães judias" (ver p. 106).

PURIM: festa que comemora a salvação dos judeus da Pérsia antiga do extermínio ordenado por Hamã, ministro-chefe do rei Assuero, em 470 a.C., graças à intervenção da rainha Ester, que era judia e casada com o rei. A ocasião é bastante alegre e envolve jejum no dia anterior à festa, a leitura do livro de Ester na sinagoga (toda vez que se pronuncia o nome Hamã, os presentes agitam reco-recos ruidosamente), uma refeição festiva, doces típicos, troca de presentes, doações aos pobres e celebrações pelas ruas de Israel, com danças e pessoas fantasiadas, algo semelhante ao carnaval medieval.

RAK IVRIT: em hebraico, "(comunicar-se) somente em hebraico".

ROISTARATORGEN: em ídiche, "revisionismo" (ver nota 2, p. 84).

ROSH HASHANÁ: o Ano-novo judaico, que ocorre no mês Tishrei (geralmente setembro ou outubro no calendário gregoriano). Comemora-se em dois dias, e todos os costumes do período, dez dias que se seguem ao ROSH HASHANÁ e se encerram no YOM KIPUR, remetem à renovação do compromisso com a fé e reflexão; simbolicamente, é o período em que Deus julga as ações de cada um e registra sua sentença no Livro da Vida. Entre os ritos iniciais estão o toque do *shofar* (instrumento feito com chifre de carneiro) e o consumo de alguns alimentos doces, para que o ano tenha também essa característica.

SEDER: as duas primeiras noites festivas de PESSACH (em Israel, apenas uma), nas quais durante um jantar no qual se lê a *Hagadá*, a história do Êxodo, cantam-se canções, bebe-se vinho e fazem-se bênçãos.

SHABAT: o dia do descanso no judaísmo, por mandamento divino (portanto, sagrado) que se inicia ao pôr do sol da sexta-feira e termina ao anoitecer do sábado.

SHAVUOT: realizada sete semanas após PESSACH, essa festa celebra a entrega da Torá ao povo de Israel, no monte Sinai; também conhecida como Festa das Colheitas e Festa das Primícias, remonta ao período em que os agricultores levavam os primeiros frutos da estação ao Templo de Jerusalém, como forma de agradecimento a Deus.

SHIVÁ: sete primeiros dias de luto dos familiares, contados após o sepultamento do falecido.

SHLIMAZALIT: em ídiche, "azarada"; no contexto, "incompetente".

SHMATE: em ídiche, "trapo".

SUCOT: festa das cabanas ou Tabernáculos, é a ocasião em que se rememoram os quarenta anos durante os quais os judeus viveram no deserto, após a fuga do Egito, antes de chegar à Terra Prometida. Inicia-se cinco dias após YOM KIPUR e dura oito dias. Durante essa semana, as famílias constroem cabanas em suas residências, com folhagens que remetem à proteção divina que foi dada no momento histórico, e nelas realizam pelo menos uma refeição, eventualmente dormem, para celebrar a data.

TSRIF: em hebraico, "barracão, cabana", qualquer construção simples de madeira, inclusive residencial; no contexto, era o termo usado para o lugar em que os jovens pioneiros se reuniam.

TU BISHVAT: conhecida como "Ano-novo das árvores", essa festa simboliza o renascimento e a redenção; após um período de aridez atravessando o deserto, o povo, de volta à sua terra, comemora plantando árvores e celebrando o solo fértil, por isso é comum festejar a data ingerindo os "sete tipos" de alimentos destacados na Torá: trigo, cevada, uva, figo, romã, azeitona e tâmara.

YIDISHE MAME: em hebraico, "mãe judia"; antes de se tornar um estereótipo de mãe superprotetora, o termo em hebraico carregava um sentido mais afetivo, vinculado à ideia de amor incondicional e abnegado, propagado na canção "Mayn Yidishe Mama", de 1925, composta por Jack Yellen e Lew Pollack, cujos versos falam de uma mãe que atravessa as águas e o fogo por amor ao filho.

YOM HAATZMAUT: Dia da Independência; feriado comemorativo da fundação do Estado de Israel (14 de maio de 1948, no calendário gregoriano), é celebrado no quinto dia do mês de Iyar, no calendário judaico.

YOM KIPUR: Dia do Perdão – corresponde ao décimo dia após ROSH HASHANÁ –, é o momento em que, simbolicamente, o veredicto divino acerca das faltas humanas foi acrescentado ao Livro da Vida, portanto deve ser dedicado ao jejum, à oração e à reflexão.

ZITS FLEYSH: em ídiche, "quem permanece sentado", também "quem consegue ficar sentado por muito tempo", "pacato".

ZIFT: em hebraico, literalmente, "peneirar", mas a palavra também ganhou o uso informal "porcaria".

CAPA : Efratia em Tel Aviv, 1928.
pp. 2-3: Efratia c. 1925.
p. 4: Efratia na casa dos pais, na rua Hayarkon, em Tel Aviv, c. 1927.

Nesta edição, respeitou-se o novo Acordo
Ortográfico da Língua Portuguesa

Dados Internacionais de Catalogação na Publicação (CIP)
Elaborado por Odilio Hilario Moreira Junior - CRB-8/9949

Gitai, Efratia [1909 - 2004]
Em tempos como estes: Efratia Gitai
Organização: Rivka Gitai, Amos Gitai
Título original: *Efratia Gitai – Correspondence 1929 - 1994*
Tradução: Paulo Geiger
São Paulo: Ubu Editora, 2019
288 p.: 45 ils.

ISBN: 978-85-7126-053-5

1. Autobiografia. 2. Efratia Gitai. 3. Cartas. I. Gitai, Rivka.
II. Gitai, Amos. III. Geiger, Paulo. IV. Título.

2019-1578   CDD 920 . CDU 929

Índice para catálogo sistemático:
Autobiografia 920
Autobiografia 929

© Éditions Gallimard, 2010
© Ubu Editora, 2019
imagens © Acervo Gitai

coordenação editorial Florencia Ferrari, Maria Emília Bender
assistentes editoriais Isabela Sanches, Julia Knaipp
preparação Fabiana Medina
revisão Claudia Cantarin, Rita de Cássia Sam
design Flávia Castanheira
produção gráfica Marina Ambrasas
tratamento de imagem Carlos Mesquita

Agradecimento especial a Colline Faure-Poirée, da Gallimard.

UBU EDITORA
Largo do Arouche 161 sobreloja 2
01219 011 São Paulo SP
(11) 3331 2275
ubueditora.com.br
 /ubueditora

Tipologia APERÇU e INGEBORG
Papel PÓLEN SOFT 80g/m²
Impressão MARGRAF